大田南畝

江戸に狂歌の花咲かす

小林ふみ子

角川文庫
24337

プロローグ

江戸で独自の文化が花開いた頃、「狂歌」という、今はすっかり知られなくなってしまった文芸が人気を博した。文芸や出版に携わる人びとだけでなく、多くのふつうの人びとが参入し、気軽に楽しんだ。仲間とつどって歌を詠みあったり、師匠が出した題に対して誰がおもしろい歌を詠んだか競いあったり、それぞれが趣向を凝らした自慢の一首に浮世絵師によるきれいな挿絵を添えて印刷して交換しあったり。そんな文事が盛んに行われていた。文学史上、「天明狂歌」と呼ばれる一大流行だ。

そんな文化が十八世紀最後の三十年間に江戸で盛り上がり、十九世紀にかけて東日本を中心に各地に広まった。今でいうと俳句や短歌をたしなむ感覚に近いのだろうが、「狂歌」というだけあって軽妙に肩肘を張らない敷居の低さがあって、へんちくりんな狂名だけ名のって狂歌師の仲間入りをしつつも、肝心の狂歌は詠まないふとどき者もいたようだ。

この「狂歌」という文芸をここまでの大流行にもっていったのが、この本でスポットを当てる大田南畝《なんぽ》という人だ。五七五七七の形式に載せておもしろおかしい歌を詠むことは、歌人たちの余興として古くから行われ、鎌倉時代には「狂歌」と呼ばれるようになる。江戸時代に入ってからも文化の中心だった上方（今でいう関西）では行われていた。ところが新興都市だった江戸では、狂歌を詠み、狂歌集を出すような人がたまに現れたくらいで、まとまった動きはなかった。そこに猫も杓子《しゃくし》もといえるくらいの狂歌の大流行を巻き起こし、地方にも波及して幕末にまで至る一大潮流を作りあげていった大田南畝という人の、他人を巻きこむ力は尋常ではない。それをどのようにして作りあげたのか――それを解き明かすのがこの本の課題だ。

さて、南畝は今どのくらい認知されているのだろうか。高校で日本史を学んだことがある方は、その名前くらいは教科書でご存じだろう。江戸文化に多少関心があるという方がたならば、その名を随所で眼にされているのではないか。たとえば戯作《げさく》の第一人者山東京伝《さんとうきょうでん》が駆け出しの頃にその才を認めて出世の糸口を作った俗文芸界の大御所だとか、江戸文化の仕掛け人と呼ばれる版元蔦屋重三郎《つたやじゅうざぶろう》に重宝された大物だとか、写楽《しゃらく》についての記述で有名な『浮世絵類考』の最初の原稿をまとめた人だとか――江戸文化について語られるとき、さまざまなかたちで登場する。ただそのわりになぜか脇役として扱われがちなのが、この人だ。その作品はあまり読まれない。けれども実は狂歌大流行の立役者として、「山の手の大先生」として十八世紀後半から十九世紀前半にかけての江戸文芸界で重きをなし、また当時の数々の記録を今日に残してくれたことでも知られる彼を措《お》いて、江戸文化は語れない。

戦前には今よりずっと知名度が高く、当意即妙の一首をひねり出す狂歌の名人「蜀《しょく》山人《さんじん》」としてトンチの「一休さん」並みに子どもたちにまで知られていたそうだ。だが今や南畝のおもしろくも賢い生き方を愛する一部のファン（伝記や評伝は数々出されてきたし、南畝の展覧会は筆者も関わって近年数度開かれてそれなりに盛り上がった）は別とすれば、どうも脇役感が拭えない。

それはなぜか。彼が文芸界で名をはせた狂歌や狂詩が、現代の私たちには今一つぴんとこない、というのがあるだろう。だいいち、しょせんは「お笑い」。「文学」らしく人間の真実に迫ろうとするところは、正直にいって、あまりない……本人だって謙遜も込めて「ムダ口」というし。

現代でいうならば、井上ひさしとか清水義範《よしのり》あたりから気の利いた毒の部分を引き算してしまったみたいな感じか。しかも今となっては、南畝がしかけた数々の大技小技を理解するにはどうしても説明が必要になる。なにせ、日本と中国の、それも古典から同時代までの書籍を知り尽くし、そのうえ当時の流行モノの音曲や文芸、芝居や遊里の諸事情にも明るかった彼が、それらの知識を総動員してまぜこぜに随所にちりばめて、ひねりを加えて放った言葉の数々なのだ。もちろん、いちいち親切にその知識の出所を示したりするような野暮なことはしてくれない。

もっといえば、彼の狂歌作品はひたすら言葉遊びを楽しむものが多く、現代人にはともすれば「おやじギャグ」の類《たぐい》とみられかねない。「だから、それで？」と聞かれたら答えに困る。

……と書いていて本当にこの人のすごさが伝えられるのか不安になってきたが、南畝は今あらためて注目されていい。田沼《たぬま》時代の江戸の、一時的な景気のよさに支えられた都市文化を謳歌《おうか》していたところに襲いかかった関東一円の大洪水や浅間山の大噴火——それでもめげずに「めでたさ」をコンセプトに江戸の泰平を謳《うた》いあげる狂歌という文芸を一大ブームにしたてあげた。その、他人を巻きこむ機動力はやはりただ者ではない。彼のうち出した「めでたい江戸」戦略は、たぶん現代の私たちがなんとなく抱いている江戸文化の明るいイメージにまで影響している。しかもそれは間違っても、彼がその傑出した才能でたまたま成しとげたこと、ではない。意識的に時間をかけて鍛えあげた言葉への感覚を生かし、楽しくて楽しくてしかたがないというほどの狂歌仲間を作りあげた結果なのだ。

多くの追随者《フォロワー》を生んだその達成は、人びとに娯楽を与え、幸せな時間と空間を提供した。狂歌の大流行がどんなものだったのか、どこからその発想を得て、それを実現していったのか。それを考えることは、三・一一後の日本を生きる私たちにとって何かのヒントになるかもしれない。

こう書くと、この人が時代を超越した眼と突出した個性をもつ大天才だったかと思われるだろう。だが、南畝という人はたぶんそうではない。もちろん傑出した言葉への鋭敏な感覚は天才的だけれど、同じ時代に生きた有名な作者たち、たとえば平賀源内《ひらがげんない》や上田秋成《うえだあきなり》のような、強烈に表現へと向かう思想や内面、個性——自我と呼んでいいような——をもった人間ではない。むしろ、もっとも近世の知識人らしい、常識的な人だった。書物を読み書写することを愛し（当たり前だがコピーはないから、買えない本を手元に置くには写すしかないのだ）、自己の内面を表現するのではなく自己を措いて、書物に向きあった。重要な記録を抜き書きしたり、叢書《そうしょ》を編んだり、筆まめに種々の記録を残したりして、近世日本を通じてもっとも多くの資料を残した人物の一人だ。一方で常識的に代々続いた家を守るために、晩年に至るまで幕臣としての職責をはたすことに苦労した人だった。そんな、当時のふつうの人が世の中にどう向かいあい、人びとを動かしていったのか。

江戸時代の「ふつうの人」。それは今の私たちが考えるふつうの個人とはたぶん違う。今の人たちは一人ひとりみんな、他人とは異なる「私らしさ」をもつ存在だと思っている。しかしそんな個性の追求と多様化の時代は日本ではここ数十年のことで、その前まではみんな同じ価値観を共有していたではないか。同じ流行を追いかけ、同じ基準で「よりよい学校」「よりよい会社」を求めてきた。そう考えると、もともと本当に「個」はみんなそれぞれ異なるのだろうか、という疑いは濃厚だ。

かたや今日、近代的な一貫性のある「私」の存在は疑われはじめている。人の「本当の自分」は、場面や状況によって一つではない、と。それは私自身の実感でもある。職業上の自分と、私生活の自分は違わないだろうか。あるいは場での位置づけやその雰囲気、まわりの人たちとの関係性によっても違ってくる。作家の平野啓一郎も近年の本でそういう人のあり方を「分人」と名づけている（『私とは何か』）。明治以降、近代文学は「近代的自我」の確立を目指したとかいわれるけれど、それは文学を志したごく一部の知識人だけだろうし、「近代」という、今や終わった時代の妄想だったのかもしれないとも思えてくる。

あらためて考えよう、江戸の人びとにとって「自分」とはなんだったのか。近世詩歌研究の第一人者揖斐高《いびたかし》は、その論文集『江戸詩歌論』『近世文学の境界――個我と表現の変容』で、近世日本の詩歌がまさに南畝の時代を境に、古典主義から個性主義、現実主義へ、つまり古典の型による表現から個別の現実を描く方向に移っていったこと、そしてそこに現れた近世人の「個」の表現の種々相を描き出した。やはり近世文学研究の権威中野《なかの》三敏《みつとし》は、十八世紀に陽明学が盛んになるにつれ、自分の個人としての性・情を肯定する人びとが登場してきたことを説く（『江戸文化再考』四「近世的自我」）。

　そういう人びとが現れはじめた時代だということは、逆にいえばそうでない人びとが大半だったということだ。そんな特異な「個」をもった人の数々を紹介した中野三敏『江戸狂者伝』では、巻頭の「狂者論」に、そうした人たちは「あながち正統な流れとは言えないだろうが、謂《い》わば横流とも言うべきもの」という。そしてその本のもくじには南畝の名はない。それは『大田南畝全集』の編者としてよく南畝を知ったうえでの意図的な取捨の結果だと思うし、もっともな判断だろう。

　そこでこの本では、南畝という人を独自の思想や内面の表現を希求するような確立した「個」を最初からもった人として考えるのではなく、今述べたような江戸の「ふつうの人」が、その感覚でどうやって多くの人の共感を生み、狂歌の大流行を作りあげていったのかという視点で捉えてみたい。

　序章で南畝を紹介したあと、第一章は「狂歌の大親分になるまで」。滑稽者のモデルを求め続けた南畝の文芸的遍歴を追う。個の希薄な「ふつうの人」がそれぞれの「役」を担うことで成り立つ江戸時代の社会を前提として、そのなかで文芸的表現も「役」の演出として仮定してみる。その演出にのって南畝がどんなふうに他人を惹《ひ》きつけて狂歌という遊びに巻きこんでいったのかを考える。

第二章は「言葉のチカラで「役」づくり」。狂歌師の「役」づくりにあたって決定的に重要だった言葉による表現力を南畝がどうやって鍛えあげたのか、そのようすをみてみよう。

第三章は「われらが江戸自慢の流儀」。なぜ江戸の人びとにとって狂歌は魅力的に映ったのか。その大きな特色とされる「江戸自慢」の内実をみる。「江戸っ子」としての南畝の「江戸自慢」から、人にとって地元とは何か、それは美しくなければ愛せないものなのか、そんなことを考えてみよう。

終章は、「文芸界の大御所「蜀山人」として」。寛政の改革で狂歌を自粛するなかで、南畝はそれでもうっかり「ムダ口」が口をついて出る自身に気づく。そこであらたな役どころを求めた、その結果は——。


さてその前にまず、読者の皆さまに南畝を気に入ってもらえないと本題に入る前に飽きられてしまう。まずは、彼についての一通りのことを示したうえで、その珠玉のムダ口の数々をお目に掛けよう。

大田南畝　江戸に狂歌の花咲かす

目次

第三章　われらが江戸自慢の流儀　171

序章　大田南畝という人

『吾妻曲狂歌文庫』南畝像（法政大学図書館蔵）

大田南畝という人。十八世紀のちょうど中頃、寛延二年、西暦でいうと一七四九年に生まれ、江戸でもっとも江戸らしい文化が花開いた時代を生きた。巷《ちまた》で人気の狂詩(漢詩の形式で日本の俗語を交えた滑稽な詩)狂歌の作者、だがそれはいずれもアマチュアとしての芸(彼に限らず、プロの作者稼業はまだない時代だ)。本業は下級の幕臣だった。中年に至るまで彼があった「御徒《おかち》」という職務は、ひらたくいえば徒歩で将軍の行列の後ろを護衛する、警備の仕事。泰平の世とはいえ、いちおう武官だからアタマは使わない。そのうえ将軍のお供とはいえ、残念ながら直接お目見えできる身分ではない。

それだけに、なかなかの貧乏生活だった。あまりの困窮ぶりに、二十七歳だった安永四(一七七五)年には友人らがお金を集めて援助してくれたというほどだ(というのは南畝研究の草分け、玉林晴朗《たまばやしはるお》『蜀山人《しょくさんじん》の研究』の指摘)。下級武士のご多分に漏れず、父の代以来、数年先の俸給まで抵当に入れて借金をしていたらしい(さすが安定職の幕臣。今では公務員だって将来の収入を担保に借金できないことを考えると、当時はありがたい制度があったものだ)。ちなみにモノを書いて出版しても、あってもちょっとした謝礼程度、印税どころか原稿料みたいなものさえまともにはない。そんな制度ができるのはもう少し後の時代とされる。出版のための文字を清書すると（当時の刊本は木版刷りで、板に文字を彫って紙に摺《す》り出していたのだ）、その手間賃をもらえるくらいだったらしい。

南畝は、子どもの頃から賢く、人一倍勉強家だったという。その人が、アタマを使わない将軍の警備の職務——さすがに本人もどうかと思うだろう。少年の頃には漢学者や漢詩人を志したと彼自身いう（『吉書初《きっしょはじめ》』、狂文集『四方《よも》の留粕《とめかす》』文政二・一八一九年刊所収）。学者とか医者というのは、身分・職業が固定されていた江戸時代に自らの才能で道を拓《ひら》ける数少ない業種だった。今、「夢は詩人です」とか聞くとちょっと痛々しい感じだが、当時、職業は多く、家のもので、そこを離れて携われる職種は限られていたのだから、名声が上がればそれで生計を立てられる、貴重な道のうちの一つだった。文芸関係でいえば、原稿料のない時代に小説家が職業として成立するわけもなかったので、あとは俳諧の宗匠くらいか。

ところが特異な言葉の才能が、そんな常識的な道ではないところへ彼を誘いこんだ。ちょっとした遊びで作った狂詩を塾仲間に見せたところから話が進み、うっかり調子に乗って出版した狂詩集『寝惚先生文集《ねぼけせんせいぶんしゅう》』（明和四・一七六七年刊）の人気が、漢学者になるはずだった彼の人生を、ある意味で狂わせた。

南畝という人は、没後も、今の知名度からしたら意外なくらいに人気があった。そここその役人人生を送り、それでいて酒と女を愛して粋筋《いきすじ》での遊びも欠かさず、文芸界で重きをなした常識人なんて、いかにも世のおじさんたちがちょっと自分を重ねては憧れそうな姿ではないか。江戸趣味で知られた近代の作家たち、永井荷風《ながいかふう》や石川淳《いしかわじゅん》はその代表格だ。南畝の伝記や評伝の類がいくつも書かれてきたのも理解できる。だからむしろこの本では、これ以上南畝の人生を追うより、彼がどんなふうに狂歌の大流行を巻きおこし、当時の多くの人びとに楽しみを提供したのか、その秘訣《ひけつ》に迫ることにする。

南畝の才気とボケ

さて、まず彼がどんな人なのかを理解してもらうためにもその作品のさわりを紹介しておこう。

助走として、わかりやすいところから。三十歳あまりの頃、当時の流行にのって（たぶん）小遣い稼ぎ半分に出したといわれる（とは往年の南畝研究の泰斗濱田義一郎《はまだぎいちろう》『大田南畝』の推測）噺本《はなし》のうち『うぐひす笛』（安永末頃刊）から「鎗《やり》の師匠」。息子が鎗の稽古に行くようになってから「どうも物事ぞんざい」になってよくない、武芸の教え方としてどうかと腹を立てて師匠のところへ押しかけた親父、

「せがれが段々おせわで、ぞんざい物になりました。御流義は何でござります」

といへば、師匠、

「拙者、流義は投鎗《なげやり》」

——投げやり。鎗の稽古でぞんざいになったというその設定からすでに、誰しもが想像していたこのボケを、あえてしかつめらしい武士言葉で仕上げる呼吸が一話のキモだ。

次はやはり噺本『鯛の味噌須《みそず》』（「味噌ず」は味噌仕立ての吸い物のこと。味噌汁と違って酒の肴《さかな》だ）の一話、「比目魚《かれい》」。歳暮の祝儀として出されたのがカレイ四枚。亭主はその縁起の悪い数に、三枚か五枚ならともかく四枚とは合点がいかない、とさんざん叱りちらす。そこで贈り主、少しも騒ぐことなく、

「私は御しまい、よかれいとお祝申す心で四枚あげましたものを」

といへば、亭主、ことの外きげん直り、

「おれは又、そのやうな事とはしらず、ただその方を、しかれいといふ事と思った」

四《し》カレイとは予想もしない解釈、それで叱りちらした、と。なるほど。
　この本にはもっと大胆なボケをかます一話もある。海の上を飛んでいた鷺《さぎ》が飛び疲れて、丸太だと思ってとまったのがなんと、まさかの鰤《ぶり》。この設定からして充分にシュールでおかしいのだが、この時代には荒唐無稽な寓話《ぐうわ》がまんさいの『荘子』が多くの人に愛好され、その精神をわかりやすく戯作に仕立てて鳥や動物や虫が脱力するようなことをいう『田舎荘子《いなかそうじ》』（享保十二・一七二七年刊）のような作品もさかんに読まれていたことを考えると、そこはたぶんそんなにひどく奇抜でもない（のかも）。そんな鷺と鰤の会話。

　鰤、大きに腹をたて「鰤つけ千万《せんばん》な」といへば、
　鷺、あやまつて「まつぴら五位鷺《ごいさぎ》ませ」。

ゴイサギは鷺の一種。「ぶしつけせんばん」を「鰤つけせんばん」はまあいいとしても、まっぴら「ごめんくださりませ」を「五位鷺ませ」はいくらなんでも……「ご」と「さ」の音しか合っていないのは強引すぎだというツッコミも想定内だろう。

狂歌のスキル

狂歌師として名高い南畝のこと、このあたりでやはり狂歌を挙げねばなるまい。これもまずはわかりやすそうなものから。「蕨《わらび》」と題する春の歌。

早蕨《さわらび》のにぎりこぶしをふりあげて山の横つらはる風ぞ吹く

蕨を拳骨《げんこつ》に擬《なぞら》えるのは、漢語に「蕨拳」、和語でも「蕨手」という言葉があって、平安朝の漢詩人小《お》野《の》篁《たかむら》の詩の一節「蕨は人手を拳《にぎ》る」が『和漢朗詠集』で知られていたように、伝統的なことだ。蕨が生える山の斜面を顔に喩《たと》え、その横面を「はる」に春風を掛けるだけなのだが、その奇抜な見立てがなんとも笑える。なかなか悪くないと思うのだが、本人としては技巧不足の判定なのか、出版した本には載せず、ひっそり歌稿『巴人集《はじんしゅう》』に残した歌だ。

　次は南畝の代表作の一つ。三十五歳で最初に編集した狂歌集『万載狂歌集《まんざいきょうかしゅう》』（天明三・一七八三年刊）に収め、のちに愛弟子《まなでし》の宿屋飯盛《やどやのめしもり》が、浮世絵師北尾政演《きたおまさのぶ》こと戯作者山東京伝の挿絵を得てまとめた、狂歌師の肖像入り狂歌集『吾妻曲狂歌文庫《あづまぶりきょうかぶんこ》』（天明六年刊）で南畝の肖像の上に掲げたものだ。

あなうなぎいづくの山のいもとせをさかれて後に身をこがすとは

「穴鰻《あなうなぎ》」、ではなく「あな憂《う》」。王朝物語の男女のような愁《うれ》いの表情で始める。が、ここで詠まれるのはしょせん、鰻だ。山芋が化けて鰻になるという俗伝（両方ヌルヌルで力がつくからか）を下敷きに、「いづくの山の芋」……どこの山の芋が化けた鰻なのか、と。これに掛けた「芋」ならぬ「妹」と「背」、つまり恋仲の二人。それが無理やり仲を裂かれて身を焦がすような想いにもだえるように、鰻も背割《ざ》きにされて（江戸の鰻は上方と違って背中からさばいた）炭火で焦がされ蒲《かば》焼きになるそのつらさ、ああ憂いつらいことよ……と、鰻の身になって同情してみせる。掛詞《かけことば》を多用して恋に身を焦がす男女に喩えて鰻を詠む、そのギャップ、掛詞にされた言葉の間の落差の生むおかしみは、たしかにうまい。

　さてはやくも禁じ手の下ネタを出してしまおう。南畝には「放屁《ほうひ》百首」という幻の「百首歌」があった、ことになっている。「百首歌」とは、平安時代も終わり近く、堀《ほり》河《かわ》天皇の上覧に供された『堀河百首』の百の題のセットにもとづいて詠まれる百首の和歌のこと。「放屁百首」とはその題を「屁《へ》」ネタで詠んだ百首の連作ということになる。が、その存在は怪しい。いくつかの撰集《せんしゅう》に数首が残るだけで、あとで触れる『めでた百首夷歌《えびすうた》』（天明三年刊）のように百首をまるごと書き記した形跡がみえないことからして、「放屁百首」とかいう企画がもしあったらおもしろいとばかりに、てきとうに書いてみただけだろう、と私はにらんでいる。で、そのうち「山吹」の一首。山吹といえば、徳川家康以前に江戸に城を築いた中世の武将、太田《おおた》道灌《どうかん》の逸話が有名だ。道灌が雨に降られ、蓑《みの》がほしいと訪れた小家で娘に山吹を差し出された。その心は「七重八重花はさけども山吹の実の一つだになきぞかなしき」(『後拾遺和歌集』兼《かね》明《あきら》親王)、つまり「実の」ない山吹のように蓑もないのが哀しい、ということだったのだが、それが理解できなかった道灌はおのれを恥じてのち歌道に励んだという話だ(儒者湯浅常山《ゆあさじょうざん》の『常山紀談《じょうざんきだん》』巻一など)。その一首をひねった狂歌がこれ。

七へ八へへをこき井出の山吹のみのひとつだに出ぬぞきよけれ　(『万載狂歌集』)

「井出」は京都の名所井出の玉川で、たいてい山吹とともに和歌に詠まれる。「七重八重」と花びらも豊かに咲き誇る井出の山吹よろしく、七つ八つと屁をこき「出」る、に「井出」を掛け、その山吹に実がならないように、「実」が一つも出てしまわないのだからキレイなものだ、と強弁する。それにしても本歌の「七重八重」(読み方は「へ」だが)、「山吹のみのひとつだに」と第三・四句をそのままに、すっかり転倒しているのはうまい。

パロディの技

狂詩も少し紹介しておこう。当時ちょっと読書をするような人の間では広く読まれていた『唐詩選《とうしせん》』のうち五言絶句の部を取り出して逐語的にもじったうえ、注釈書のかたちでいいかげんな語注まで加えてみせた『通詩選笑知《つうしせんしょうち》』（天明三・一七八三年刊）から。これを読むにあたって、まずパロディ元の杜甫《とほ》の「復愁」を江戸時代の読み方で掲げる。

万国尚戎馬　故園今若何
昔帰相識少　蚤已戦場多

万国尚《ばんこくな》ほ戎馬《じゅうば》　故園今《こえんいま》いかん
昔帰《むかしかえ》りしに相識少《そうしきしょう》なり　蚤《はや》く已《すで》に戦場多《せんじょうおお》し

いわく「国中がすっかり軍馬でいっぱいの今、わが故郷はどうなってしまっているのか。昔帰ったときにもう知りあいも少なく、とっくに戦場となっていたのだから」と、戦乱の世を嘆き、郷里に想いをはせる詩。これを南畝はなんと、二日酔いの芸者の姿に落とす。辛さの質がだいぶ違う。題して「復愁」ならぬ「腹愁」、お腹の具合がなんともよろしくないことを強引に表現する。網のかかった部分が原詩の音や用字を生かしたところ。傍線はそれに準じて音を似せている箇所。

先刻尚生酔　今夜又若何
昨帰相識少　早已座鋪多

先刻《せんこく》尚《な》を生酔《なまえ》ひ　今夜又いかん
昨帰《きのうかえ》りしに相識《あいし》ること少《すく》なし　早《はや》く已《すで》に座鋪《ざしき》〈敷〉多し

音や用字はなかなかよく元の詩に似せている。しかし内容はそうとうひどい。生酔いというのは泥酔状態のことで、「さっきまでまだべろべろに酔っ払っていた。今晩もまた（飲まなければいけないのに）どうしよう。昨日帰ったときには識る――というか覚えていなかったっけ。今日も早々にもうたくさんのお座敷から声がかかっているのだけど」くらいの意味。「相識ること少なし」と記憶が飛んでいるところにこじつけるのが秀逸（実感）。それもそのはず、この作品自体序文の「付言」ならぬ「戯言《けげん》」によれば、南畝が机に向かって一人で作ったのではなく、息子の三歳の髪置き（七五三の「三」のルーツ）のお祝いの席上、ほろ酔いきげんで、狂歌仲間が寄ってたかってでっちあげた作だというのだ。

もっと有名な詩のもじりもみてみよう。孟浩然《もうこうねん》「春暁」なら、国語の教科書などでご存じの方も多いだろう。「春眠暁を覚えず。処々啼鳥を聞く。夜来風雨の声。花落ちること、知んぬ多少ぞ」――春の心地いい眠りのなか夜明けにも気づかず、まどろみのなかで鳥の鳴き声を聞く。思い返せば昨晩は風雨の音が激しかったが、花はどれほど落ちてしまったろうか、という、あれだ。これを「春前」、つまり正月の前、年末のツケ（掛け）の支払いの攻防のさまに転じる。網かけと傍線はさっきと同じ。

証文不知数　処々掛鳥歩　　証文数を知らず　処々　掛鳥歩く
野郎風気時　行残知多少　　野郎風気の時　行き残ること知んぬ多少ぞ

借金の証文は数知れず。あちらこちらを鳥ならぬ「掛け取り」が集金をしてまわる声が聞こえる（声を聞いている感じは原詩と同じだ）。支払いを避けようとみんな出払ってしまうのだが、風邪を引いて寝込んでいる野郎は逃げるに逃げられず、部屋に居残っている。そんなかわいそうなヤツが何人いるだろうかと、こんな意味だろう。行間が広くて意味が取りにくい感もあるが、そこは酔っ払いの戯言だ。それが出版されて今日に残っている（しかもかなり売れたらしく、何刷りもした後の印刷状態の悪い本が多く残っている）のだからすごい。

今どきの定家になる

さて、そんな南畝がどんな顔の人なのかを見ておきたいと思う方も多いだろう。

青年期の南畝でいうと、たとえば章扉の図や、図0－1。額の広いエラの張った顔

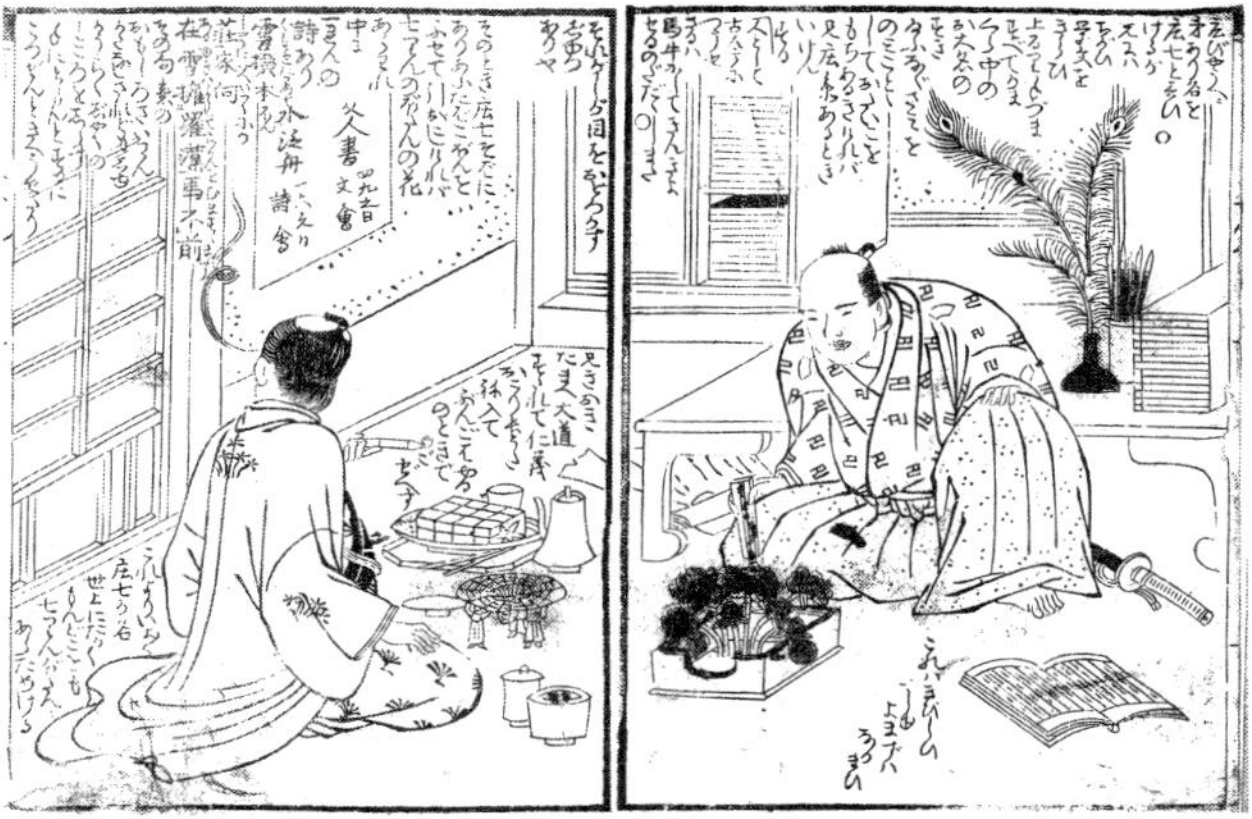

図0-1　恋川春町作・画『鎌倉太平序（菅荘兵衛文集）』南畝をモデルとした菅荘兵衛の図（個人蔵）

が特徴だ。

そのなかに図０－２『三十六人狂歌撰』（天明五～六・一七八五～八六年頃刊）のようなものがある（拙稿「膝を抱えた南畝像」）。膝を抱え、うつむくその姿は俗文芸界の寵児《ちょうじ》とも思えないが、自らの序を冠し、刊記からわかるように本人の私家版で出した本の挿絵だから本人の意向を反映していることは確実だ。この、どうみても消極的な肖像は、ちなみに以前「大江戸マルチ文化人交遊録」という副題をつけて太田記念美術館で開催した南畝展で、「交遊録」にしては「友達いなそう」だからという理由でポスターにしてももらえなかったものだ。

たしかにいじけた感じで「友達いな

そう」なこの像には、実は図0－3のような兄弟がある。愛弟子宿屋飯盛の編、北尾政演こと山東京伝の挿絵を取り合わせた『古今狂歌袋《ここんきょうかぶくろ》』（天明七・一七八七年頃刊）掲載の一図。エラの張った例の顔だちは見えるように描くが、これも膝を抱えて目をつむる。本人のごく身近で作られた二つの像に共通する構図には何か意図があるのではないか。

一つにはペンネームが「寝惚先生」だから。もちろんそれもあるだろう。あるいは狂歌師なんていうおどけ者に身をやつすことへの照れか韜晦《とうかい》の表現か。

いやいや、そんな素朴なものと侮ってはいけない。図0－4は近世初期に浮世絵を確立した菱川師宣《ひしかわもろのぶ》による百人一首の図像のうち藤原定家《ふじわらのていか》（『百人一首和歌像讃抄』延宝六・一六七八年刊）。いわずと知れた百人一首の編者にして、中世和歌の巨人。このうつむいて眼を閉じ、片膝を抱く型は、これ以降、百人一首の定家像の定番の一つとなる。南畝像の原型は、これだ。これを誇張して背を丸め、滑稽に描いたものなのだ。

つまりこの南畝の肖像のかたちは、古典和歌世界の大物藤原定家卿《きょう》の向こうを張る、狂歌界の親分だとさりげなく宣言しているのだ。天明狂歌の爆発的流行を当てこんだ恋川春町《こいかわはるまち》作・画の黄表紙『万載集著微来歴《まんざいしゅうちょびらいれき》』（天明四・一七八四年刊）で、彼はすでに、『千載和歌集』を編む、定家の父の藤原俊成《しゅんぜい》卿に仕える雑用係として描かれていた。ここはその黄表紙一作分の趣向を一図にこめ、いってみれば天明狂歌版の藤原定家と

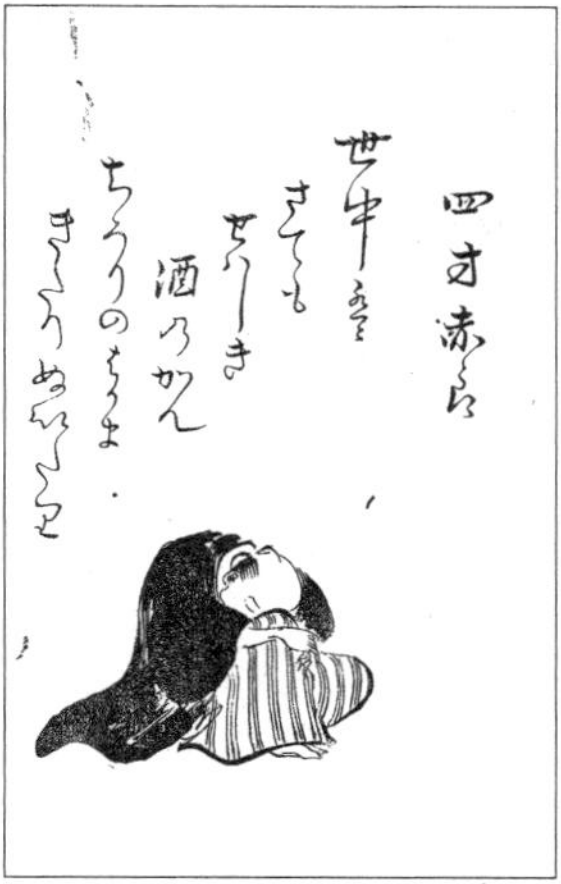

図0-2　『三十六人狂歌撰』(個人蔵)

図0-3　『古今狂歌袋』(国文学研究資料館蔵)

図0-4　『百人一首和歌像讃抄』(国立国会図書館蔵)

して、狂歌仲間たちがこぞって南畝を祭りあげたことを象徴するものだった。

○

南畝はこうして狂歌界の藤原定家として、人びとを巻きこんで狂歌という参加型文芸の楽しみを作りあげ、浮世の身分や職業とは異なる「狂歌師」になるという新しい遊び方を提供した。彼がどうやってそれを成しとげていったのか、これからたどっていこう。

第一章 狂歌の大親分になるまで

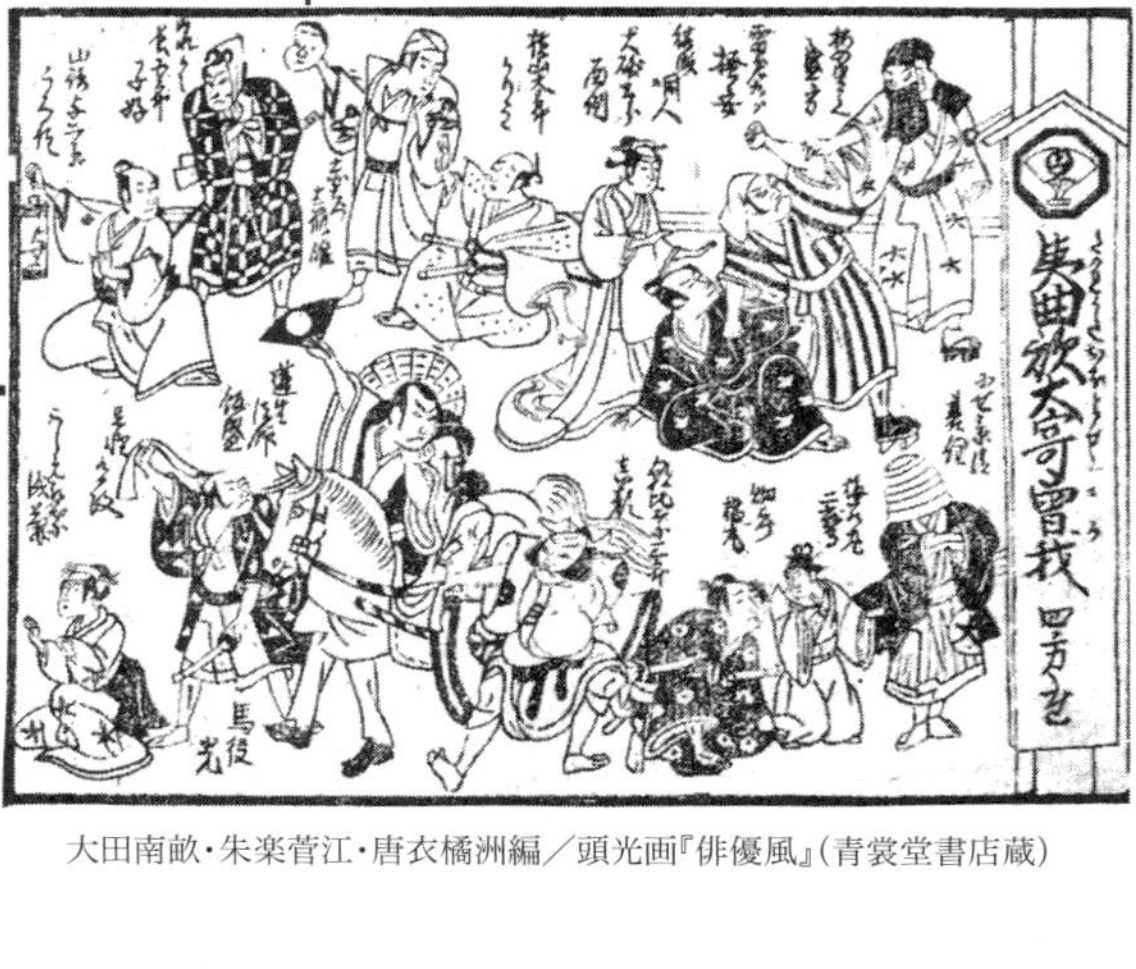

大田南畝・朱楽菅江・唐衣橘洲編／頭光画『俳優風』（青裳堂書店蔵）

十八世紀も後半にさしかかり、とは、現代からの見方で、側用人《そばようにん》となった田沼意次《おきつぐ》が実権を握り、積極的な経済政策を展開しはじめた時代（というのもやっぱりあとから歴史をふり返っていえることか）。多色摺木《たしよくずり》版画「東錦絵」が発明されて浮世絵界に技術革新が起き、江戸独自の文化が生まれてきたことが視覚的にも確認できるようになった明和という時代（一七六四〜七二年）。その空気を吸って育った南畝少年は、十九歳にして大ヒットとなる狂詩集『寝惚先生文集《ねぼけせんせいぶんしゅう》』（明和四年刊）を出して、いちやく、ときを同じくしてだんだんと盛り上がりつつあった俗文芸界の寵児となる。が、それでそのまま遊び続けるだけで、あれだけの人になれるわけがない。一方で本業（？）として漢詩を作りつづけ、書物を読んで学問にも励んだが、文芸の遊びの世界でもあれこれと修行を積んでいった。本人としては本能の赴くままに楽しんだ結果というだけなのかもしれないが、遊びは遊びなりに滑稽者としての求道《ぐどう》にも似た様相を呈していた。まずはその南畝少年の努力のさまをみていこう。

1　滑稽者の「型」を求めて

デビューの頃

内山賀邸《うちやまがてい》と称する、江戸は市ヶ谷にすむ歌人で、和学・漢学の塾を開いていた人の下で学んでいた、十代の南畝少年。「沈鬱澹雅《ちんうつたんが》」な（つまり、落ち着いていて奥ゆかしい）気質で、その優秀さは群を抜いていた、とは、彼が数えで十八歳の若さではじめて出版した漢詩用語集『明詩擢材《みんしてきざい》』（明和三年刊）を出すにあたっての師匠の弁。学者か詩人か、なんて堅実な未来を心に描いて学問に励んでいたその姿は、かつて揖斐高によって描き出された（『江戸詩歌論』「寝惚先生の誕生」）。

そんな落ち着き払った秀才なのに、いやむしろそういう秀才だからこそ、笑いを好んだ。『寝惚先生文集』よりも少し前、「明和三、四年、予十八、九歳の時に作りし狂詩」を自身、記録している（随筆『金曽木《かなそぎ》』）。「内山先生の点削」を受けたという狂詩も一緒に書き記しているように、師匠の賀邸も狂歌を嗜《たしな》む人だった。後で述べるように狂歌の遊びを「発明」した唐衣橘洲《からごろもきつじゅう》もこの内山塾でともに学んでおり、これはその塾そのものの雰囲気が育てた感性だったにちがいない。本人、調子に乗って経文をもじった狂詩文「浮楽経自堕落品《ぼん》」を作ったのはさすがに賀邸先生に諫《いさ》められたと回想している（『金曽木』）。なかなかすてきなタイトルなだけに本人が捨ててしまったというのが残念だ。これは両国回《え》向院《こういん》で京都の嵯《さ》峨《が》清涼《せいりょう》寺の出開帳があったときというから明和七年のこと。『寝惚先生文集』刊行よりも数年のちで、常々こんな遊びをしていたのだろう。

揖斐も指摘したように、たんに狂詩を作ることと、それを世に出すことは別のことだ。作ったものがそのまま出版に結びつくとは限らない。『寝惚先生文集』がとにかく出版にこぎ着けたのにはかの平賀源内から序文をもらったことが大きかった。内山塾の先輩格、四谷で煙草屋を営んでいた立松東蒙こと平《へ》秩東作《ずっとうさく》が紹介してくれたのだ。

東作は、源内と前からお互いよく知る間柄で、南畝に自作の狂詩十数首を見せられ、版元須《す》原屋《わらや》市兵衛《いちべえ》に仲介したこと、この『寝惚先生文集』に収めた作のうち「下官《げかん》ノ唐人《とうじん》朝鮮ニ環《かえ》ルヲ送ル」は自作だということを随筆『莘野茗談《しんやめいだん》』に記している。版元を紹介し、推薦状ともいえる源内の序文をもらい、自作まで提供した東作の世話の賜物が、この作品だったのだ。

平賀源内——さすがにいわずと知れた当時の大スターだった。その時代の日本人としては驚くべき視野で「国益」を考え、殖産興業のために本草学、つまり動植物や鉱物類の研究を手がけた人物だ。才能はそれだけに収まりきらず、風来山人《ふうらいさんじん》を名のって浅草の講釈僧をモデルにした世界遍歴物語『風流志道軒伝《ふうりゅうしどうけんでん》』（宝暦十三・一七六三年

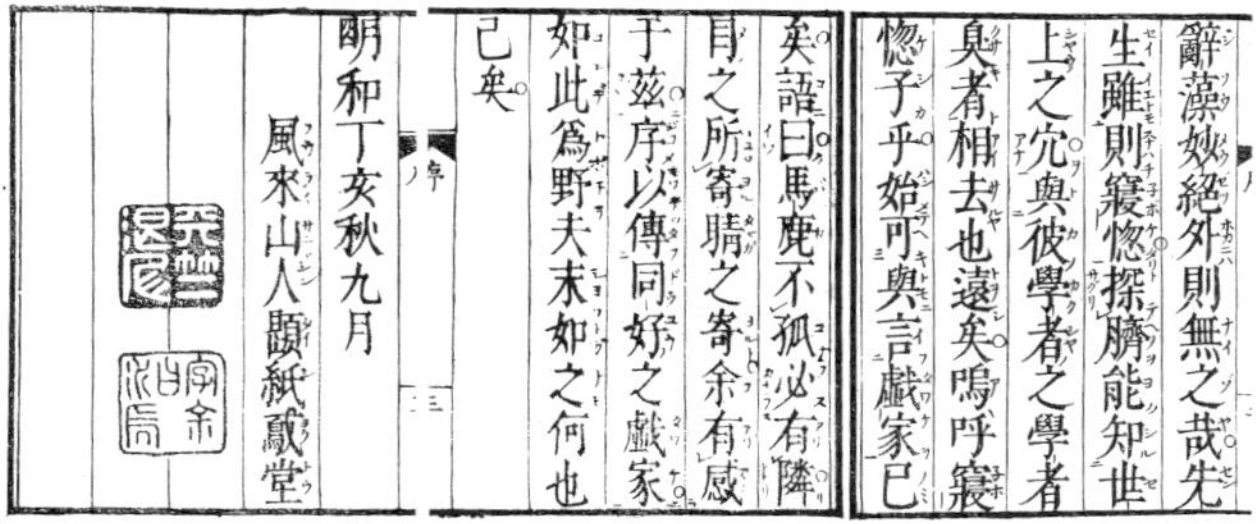
辭藻妙絶外則無之哉先生雖則寢惚探臍能知世上之穴與彼學者之學者奥者相去也遠矣嗚呼寢惚子乎始可與言戯家已矣語曰馬鹿不孤必有隣有之所寄晴之寄余有感于茲序以傳同好之戯家如此爲野夫未如之何也已矣

明和丁亥秋九月
風來山人題紙鳶堂

図1-1　『寝惚先生文集』源内序(個人蔵)

刊)などの奇想天外なおもしろおかしい読み物を著し、福内《ふくち》鬼《き》外《がい》の名前で人形浄瑠璃を発表するなど、型にはまらない八面六臂《はちめんろっぴ》の活躍をみせたことはよく知られている。もちろん南畝少年にとっても源内はキラキラに輝いてみえたことだろう。

その源内からもらった序文で、南畝は「寝惚先生」として、こう激賞された(図1－1)。

先生、則《すなわ》ち寝惚けたりと雖《いえど》も、臍《へそ》を探りて能《よ》く世上の穴を知る。……嗚呼《ああ》、寝惚子《ねぼけし》か、始めてともに戯《たわ》家《け》を言ふべきのみ。語《ご》に曰《いわ》く、馬鹿《ばか》孤ならず、必ず隣《となり》有り

「先生」は南畝少年のこと。「語」は『論語』の略で、ここはその里仁篇にみえる「徳孤ならず、必ず隣有り」のもじり。いわく、この人は「寝惚」先生といっても、よく世のツッコミどころを知っている、あぁ、ともに「た

わけ」を尽くせる同志だ(「戯家」の宛て字も秀逸)、『論語』にいうとおり(実はそのもじりだが)、馬鹿は孤独ではない、必ず仲間がいるものだ、と。これは大絶賛だ。「たわけ」仲間としてこうやって源内に承認されたのは、南畝には大いなる栄誉だったにちがいない。

源内先生に憧れて

この経験から、この源内が南畝少年憧れの、いってみればロールモデルとなる。揖斐は『新日本古典文学大系』でこの作品に注釈を施すにあたって、至るところで源内作品を引用して、その用語・発想に影響を受けたことを示唆している。「罪人、閻魔《えんま》大王ノ宴ニ侍スル応制ニ擬ス」(罪人が閻魔大王の宴会で命じられて詠む詩を真似て)と題した地獄の繁昌《はんじよう》を詠む一首には、源内が『根南志具佐《ねなしぐさ》』(宝暦十三年刊)で、亡くなった歌舞伎役者荻野八重桐《おぎのやえぎり》をモデルに地獄体験を描いたこととの内容的な影響をみる。また流行の医術「古方《こほう》」の胡散《うさん》臭さを詠ずる「古方家ニ寄ス」の詩には『根南志具佐』巻一の記述との発想の類似を指摘する。『根南志具佐』巻一にいわく「古方家或いは儒医などとは名乗れども」、しかし「漫《みだり》に石膏《せつこう》・芒消《ぼうしよう》の類を用いて殺す」(やたらに患者に石膏・芒消[含水硫酸ナトリウム]などの「薬」を飲ませて殺してしまう)。南畝の狂詩は、たしかにこれと結びのところの発想と表現がよく似ている。

医案滅多欲瀉頻
匕加減見薬箱新
莫言仲景孫思邈
飛以古方剤殺人

医案《いあん》　滅多《めつた》に瀉《くだ》さんと欲すること頻《しき》りなり
匕《さじ》加減は薬箱の新しきを見せ
言ふこと莫《なか》れ　仲景《ちゆうけい》　孫思邈《そんしばく》と
飛んだ古方を以《もつ》て人を剤殺《もりころ》す

治療法はやたら下剤を処方するばかりの新米医者。薬のさじかげんのおぼつかなさは真新しい薬箱からわかるとおり。えらそうに仲景だの孫思邈だの中国の伝説的名医を引き合いに出すなよ、とんでもない療法で薬を飲ませて患者を殺してしまうくせに、と。医者になるのに資格のいらない当時のこと、漢籍が少しでも読めれば誰でも医者を名のれた分、ヤブも多く、とくにこの「古方」の流派は流行しただけに、いいかげんな医者も多かったのだろう。

　揖斐の指摘によって、さらに源内の影響を示そう。「金ヲ詠ズ」詩の次のくだりは、十月二十日の商人の行事恵比須講《えびすこう》で、百万両などとケタ違いの商売の真似ごとをして祝う習慣があるのを詠む。

還思百万両　夷講付虚深

還《かえ》つて思ふ百万両　夷講《えびすこう》　虚《うそ》を付くこと深し

百万両だなんて言ってしまう恵比須講は大嘘つきだ、と。これはたしかに『風流志道軒伝』巻二「恵美須《えびす》講の百万両は商人の虚言《うそ》をかざる」に学んだにちがいない。

同じ種類の芸事だというのに流派に分かれてそのなかで競い合うことを批判する長文「水懸論《みずかけろん》」の学者批判にも、源内の『風流志道軒伝』の影響がみえる。朱子学者の堅さに南畝のいわく「面は師噛《しかみ》火鉢の如く、体は金甲《ぐそく》の如く」（顔は「しかみ火鉢」の獅子《しし》顔の飾りみたいにいかつく、体は鎧《よろい》を着たようにしゃちほこばっている）。『風流志道軒伝』巻一で「腐儒《くされがくしや》」「屁ツぴり儒者」を形容した表現に「我《わが》が身我自由にならぬ具足《ぐそく》の虫干見るごとく、四角八面に喰しばつて」（虫干しにした具足みたいに体も自由に動かず、顔も歯を食いしばったしかめ面で）云々《うんぬん》。たしかによく似ている。

何より、源内に先述の『寝惚先生文集』の序で褒められたところ、「臍を探りて能く世上の穴を知る」……この「穴」をうがつ、つまり世の裏事情や弱点・欠点を突こうとする点、そのために勢いよく罵詈《ばり》雑言を乱発する態度そのものにこそ、平賀ぶりを写そうとする意識が覗《のぞ》く。源内の放言ぶりは「自我の執念……他を罵ることの甚だしさ」（中村幸彦『日本古典文学大系　風来山人集』解説）が特徴とされ、いわゆる「平賀ぶり」の諸要素を分析した石上敏《いしがみさとし》はその文章を「悪態をもっぱらとした憤激文体」と名づけている（『平賀源内の文芸史的位置』）。

「水懸論」の続きでいえば、南畝が道三流《どうさんりゅう》の医者を「文盲」（当時の用法で無学の意味）と切り捨て、唐様《からよう》の書家を「読めざるを以て貴しと為す」（書いた字が読めないことを誇る）、「蚯蚓《みみず》」と嘲笑し、今どきの和歌を俳諧みたいに俗っぽいと罵倒し、国学者が好んだ万葉風和歌をその語彙が古代めいて特殊なのをあげつらって「沈紛閑《ちんぷんかん》に近し」といいなすのが、まさに源内を真似た点だろう。

これは、滑稽者として南畝本人にも向けられる。「寝惚先生」であるだけに、自序にいわく我が言葉は「寝言」、その詩はもともと「虚言《うそ》八百首」あったが、火災や大地震で失われ、残ったのは「千三つ」。千のうちに三つしか真実がないという嘘つきの譬喩《ひゆ》をこじつけた表現だ。本書で使った筆名も、著者は「毛唐　陳奮翰子角」……寝惚先生の出身地は「毛唐」、姓名は「陳奮翰《ちんぷんかん》」、字《あざな》（もう一つの名）は「子角《しかく》」（図1－2）。要するに「四角な文字」つまり漢字の漢文は「ちんぷんかん」という意味の擬人名。

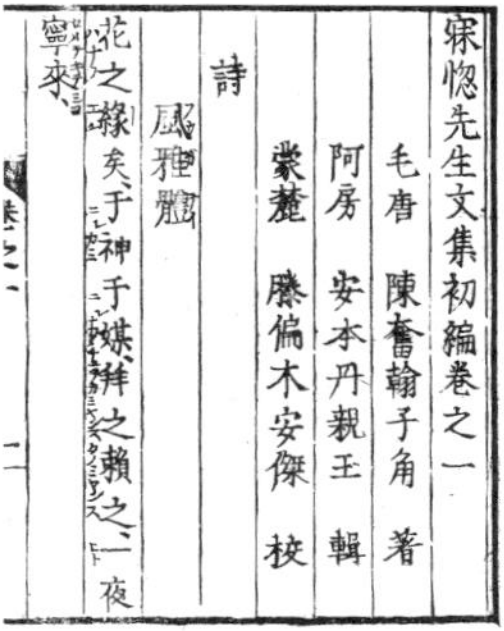

図1-2　『寝惚先生文集』巻頭（個人蔵）

さらに編集や校正にもいちいち別人の名前を立てる。ちんぷんかんの寝惚のくせにどれだけ門人がいるんだ、と言いたくなるが、もちろん本のうえだけの遊びだ。編集担当は「阿房《あほう》　安本《あんぽん》丹親王《たんのおやだま》」、校合担当は「蒙麓《もうろく》　滕偏木安傑《とうへんぼくあんけつ》」……

…いちいち解説はいらないだろうが、「阿房」は阿波（今の徳島県）と安房（今でいう房総半島の先）を組み合わせ、地名らしくなっているところに注目してほしい。「あんけつ」だけは意味を書き添えておくと、これも「アホ、バカ」の類の罵語。門人がたくさんいる漢詩文の大学者先生のように多くの名前を立てるにあたり、子どもの喧嘩《けんか》のような罵語にそれらしい漢字を宛ててみせたのだ。昔も今も、十九歳の青さとはこんなもの、か（しかも江戸時代の人だから数え年だ）。

若造の限界

滑稽者として源内を慕い、彼にならって世のツッコミどころに容赦なく毒を吐いてみせたのが『寝惚先生文集』だった。とはいえ十九歳のうがちには限界があった。風俗や流行を捉えて描く初々しさは裏を返せば、いまだ大して世慣れないひよっ子だ。世の欠点や弱点をえぐりだそうと気のきいたふうを装おうとして、諺《ことわざ》を多用することになる。貧乏を嘆く次の「貧鈍行」はその典型。題、また転句で「君」に問う形式、字数が揃わない古詩の形式は、わざわざ杜甫の「貧交行」に擬《なぞら》えたもの。

為貧為鈍奈世何　　貧すれば鈍する世を奈何《いか》ん
食也不食吾口過　　食うや食はずの吾《わ》が口過《くちす》ぎ

君不聞地獄沙汰金次第
于挊追付貧乏多

君聞かずや　地獄の沙汰も金次第
挊《かせ》ぐに追い付く貧乏多し

諺に「貧すれば鈍する」という世の中だけに、どうしよう、「食うや食わず」の我が暮らしは。「地獄の沙汰も金次第」ともいうじゃないか。諺には「稼ぐに追いつく貧乏なし」なんていうが、実際は稼いだって追いついてくる貧乏ばっかりだ、と。内容より、いかにも漢文らしく、貧「す」鈍「す」に「為」、食う「や」に「也」、挊ぐ「に」に「于」を宛てる手際のよさのほうが光っている。

めでたい正月も現実には前夜に年末のツケの支払いをやり過ごしたばかりだという悲喜こもごもをうがった「元日篇」でも、「武士は食わねど高楊枝《ようじ》」を引き、「性理《せいり》学」（朱子学）の学者を批判する「性理学ニ寄ス」では、物事を字面だけで理解したつもりの人を嘲《あざけ》る諺「論語知らずの論語読み」を使う。『万葉集』風の和歌を好んだ和学者たちを当てこする「万葉ニ寄ス」では、当地に出向かずに名所を詠む歌人をいう諺「歌人は居ながらにして名所を知る」をふまえて、転・結句にこういう。

歌人莫道知名所
鍛冶屋居炊飯時

歌人道《い》ふこと莫《なか》れ　名所を知ると
鍛冶屋も居ながら飯を炊く時

「鍛冶屋《かじ》も居ながら飯を炊く」は、右の歌人の諺をもじって鍛冶屋が仕事のついでに飯を炊くことをいった諺。どうせ鍛冶屋と同じ扱いなのだから、偉そうに「居ながらにして名所を知っている」などと言うでないぞ、と。憎まれ口をたたくにも、世間智を諺に借りてのスタートだった。

だがこのスタイルは南畝自身の趣味に合っていなかったらしく、その後は続けていない。二年後の明和六年に当世の流行を狂詩文で記した『売飴土平伝《あめうりどへいがでん》』で、次のように和尚や儒者の好色をおかしげに、「遊所に通うなら闇夜にどうぞ」「まさに孔子の言われた通りだ」と皮肉ったのがせいぜいだ。

和尚《ぼんさん》嫖遊之時《かよはば》宜以暗夜《やみがよい》　子曰《しののとうまく》儒学之《の》身易迷色道《でもまよいやすきはいろのみち》

この作品自体、明治の末に刊行された『新百家説林　蜀山人全集』の元になった本には、源内の添削を受けたという南畝の書きこみがあったらしいから、これも源内の影響かもしれない。

が、毒を吐くのもここまで。巷で評判の二人、飴の行商「奥州土平」と水茶屋の看板娘「笠森お仙」（鈴木《すずき》春信《はるのぶ》の浮世絵で知られる美少女、図1－3）を主人公にすえたこ

図1-3　『売飴土平伝』鈴木春信挿絵（個人蔵）

の作品はむしろ、泰平の江戸の世の豊かさや華やかさ、おもしろさを謳歌する態度のほうを前面におし出している。若者の好奇心は、悪意や批判のスタイルに勝ってしまった。

南畝は後年の随筆『奴凧《やっこだこ》』で、源内の文章を「皆不遇のあまりに鬱懐を吐し文なり」と評している。この言い回しには、「不遇」だった――高松藩を離れた後、一介の浪人にして「国益」を考えながら東奔西走しても望むような地位に就くことができなかった――そんな源内に対する同情だけでなく、ある種の距離がある。自身を振りかえれば、満足ではなくても官に仕え、それなりに給与をもらって「不遇」というほどでもなく、吐くほどの「鬱懐」もない――そう考えれば、文体も内容も違ってくるのが当たり前だ、そう悟ってのちのこの言葉だったのかもしれない。

考えてみれば、源内のようなとげとげしい文体に南畝の性格はもともと向いていたとも思えない。最初にみたように「鰤《ぶり》つけ千万」ととぼけ、のうのうと「あな憂《う》なぎ」とのたまい、あとでみるように、堂々と「かりにも落書《らくしょ》などゝいふ様な鄙劣《ひれつ》な歌をよむ事なき正風体《しょうふうてい》の狂歌連中」（『江戸花海老《えどのはなえび》』天明二・一七八二年刊）と高らかに宣言した南畝。他を批判し、攻撃するなんてことは性に合わないことを早々に発見する。次に向かったのはもっと、あっけらかんと底抜けに明るい笑いの世界だった。

次のキーパーソン・大根太木

天明狂歌の歴史は、いつもかならず歌人内山賀邸の家塾から説き起こされてきた。前にも触れたように、ここに集った南畝や、その狂歌仲間だった唐衣橘洲・朱楽菅江《あけらかんこう》、『寝惚先生文集』出版の恩人の先輩平秩東作たちの先生だったこの内山という人にはたしかにお笑い志向があり、それが彼らをこの道へと導く要因となったのはたしかなことだ。

ただそこでは重要な人物が見落とされてきた。その人物とは、狂名、大根太木《おおねのふとき》。この人が、源内はロールモデルにならないと気づいた南畝少年の、次の滑稽の道の師匠となる。その大根太木という狂名そのものが、南畝の名のった狂名「四方赤良《よものあから》」と対をなしている。「太い」、江戸弁で「ふてえ」をいう言葉遊び的表現「大木《たいぼく》の生え際太いの根」による狂名だ。当時、昔話や芝居の筋を絵解きにして、子どもらに愛好された草双紙と呼ばれる絵本類に頻出したとされた言葉だ。今の人にはピンと来ないだろうが、当時は子ども絵本のたわいない気分を狂名にしたのが「くすっ」とくる感じだったのだろう。

　南畝の「四方赤良」は、これも同じく草双紙のなかで一杯呑《の》むような場面で多用された言い回し「鯛の味噌ずで（に）四方のあか」による。「あか」は酒のことで、日本橋新和泉町の酒屋四方屋《よもや》久兵衛《きゆうべえ》の銘酒「滝水」のこと。「鯛の味噌ずで（に）四方のあか」で、鯛の味噌味の吸い物を肴に「滝水」で一杯というほどの意味で、子どもにもわかるくらいの定番だったのだろう。これらの草双紙の定番表現は『寝惚先生文集』の「絵草紙〔草双紙のこと〕ヲ詠ム　二首」にも詠みこまれている。

　このように一対の狂名でコンビを組んだ（？）二人は、連れだって、内山塾仲間の唐衣橘洲が始めていた狂歌の会に参加したらしい。橘洲は、数人で狂歌の遊びを始めたばかりの頃のことをこんなふうに回想している（『狂歌弄花集《きょうかろうかしゅう》』序、寛政九・一七九七年付）。

四方赤良は予が詩友にてありしが……我もいざ「しれもの」の仲間入せむとて、大根太木てふものをともなひ来り、太木また木網《もくあみ》、知恵内子《ちえのないし》をいざなひ来れば、平秩東作、浜辺黒人《はまべのくろひと》など類をもてあつまるに、二とせばかり経て朱楽菅江また入り来る。

いわく、漢詩文の友だった四方赤良が、狂歌なんていうアホなことをする遊び仲間に入ろうと大根太木という者を連れてきて、太木がさらに元木網《もとのもくあみ》・智恵内子夫妻を誘ってきた。そして平秩東作、浜辺黒人など同類の仲間が集結してきたところに、二年ほどして朱楽菅江が参加してきた、と。木網や智恵内子、浜辺黒人というのはみんな天明狂歌はじまりの頃の重要人物だ。そこで真っ先に南畝と連れだってやってきたのが、まさに太木だったのだ。このことは南畝の側から狂歌流行のはじめを書き記した記述でも確認できる（随筆『奴凧』）。

本名を松本熊長《ゆうちょう》といったこの人と南畝がどこでいつどのように出会ったのかはわからない。彼は、飯田町中坂下（今でいえば武道館近くの九段坂の一本北の坂の下）で、武家屋敷地の出入り口の番人を請け負う「辻番請負《つじばんうけおい》」を業としていたという。南畝が牛込中御徒町の家から江戸城へ出勤する途中でもあるし、その近所の好学の人びととの紹介ででも知り合ったのだろうか。太木は、天明狂歌最初の大々的な催しとして明記される「明和十五番狂歌合」（明和七・一七七〇年）には、都合でも悪かったのか、出席していない。ただそこで賀邸先生とともに判者の役を務めた、江戸歌壇のもう一人の重鎮萩原宗固《はぎわらそうこ》とのつながりもある人物で、南畝が宗固の蔵書を借り受けるとき、また橘洲が狂歌の指導を宗固に依頼するとき、太木を頼っている（拙稿「狂歌の先達大根太木が示唆すること」）。そうした学もあり、経験や人脈もある人だったようだ。

太木の重要さがこれまで見落とされてきたのは、安永八（一七七九）年没と、狂歌が大流行を迎えるよりも早くに亡くなってしまったからだろうが、その死を惜しむ声は数多い。朱楽菅江は、はじめて編んだ狂歌集『故混馬鹿集《ここんばかしゅう》』（天明五・一七八五年刊、ちなみにこの題は『古今和歌集』をさすがにばかにしすぎだから「狂言鶯蛙集《きょうげんおうあしゅう》」に変える、と序文でいいながら表の題はそのままというふざけた作品）の序文にいう。

近来、大根太木といふものあり。狂歌こちすいの好士にして……嗚呼《ああ》、太木亡くなりにたれど、ますく此《この》ことさかんにして、いひたきことをいひもてはやせば……

「こちすいの好士」とは骨の髄まで狂歌を愛した人物という意味。逝ってしまった太木を悼みつつ、言いたい放題で大騒ぎする狂歌の盛行をいう文章だ。

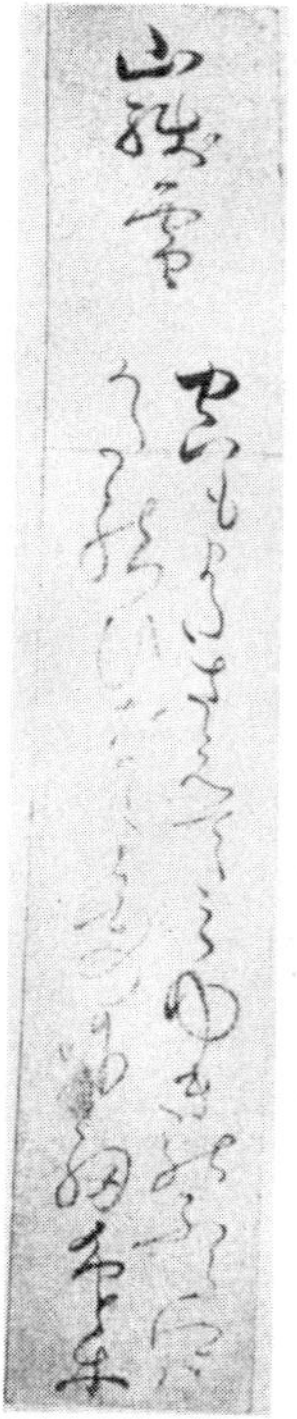

図1-4　大根太木短冊『滑稽短冊集』(法政大学図書館蔵)

南畝も随筆『奴凧』に、太木は狂歌の「歳旦摺物《さいたんすりもの》」（正月に歌や句を載せて印刷して配るもの）の創始、もう一人の狂歌仲間の酒上熟寝《さけのうえのじゆくね》は狂名のはじめだが（この人については次項で詳しく述べる）、二人とも早くに亡くなって今日の狂歌の隆盛をみなかったと嘆き、また後年著した江戸の各地の故事来歴を集めた地誌『武江披砂《ぶこうひしゃ》』で太木の墓所に触れるにあたって、江戸で「狂歌をはじめて好」んだ人だと記したところからも、その並々でない慕いぶりがわかる。

さてこの人。南畝が編んだ最初の狂歌集『万載狂歌集』にその人となりをみてみよう。

借銭の山にすむ身のしづかさは二季より外にとふ人もなし

こもりくのこたつに足をふみこみてふとんの山に身はのがれつゝ

一首めは、隠者気取りで奥山に籠もるのではなく、同じ山でも借金の山にすむ私の暮らしは静かなもので、ツケの支払いが来る盆と年末以外には訪れる人もいない、という（狂歌で楽しくやっていたはずなので、ばればれの大嘘だ）。二首めは、コタツに足を突っこんで、枕詞《まくらことば》「こもりくの」がほんらい導くはずの初瀬《はつせ》の山ではなくて、「布団の山」に隠棲《いんせい》するのだ、と。山に籠もって隠者になるというのは、当時の文人なら多かれ少なかれ憧れた理想的な生き方なのだが、その山をよりによって借金の山にしたり布団の山にしたりしてちゃかす、おちゃめな人柄がすてきだ。

ほかにも安永三年二月の稲荷《いなり》の祭り「初午《はつうま》」に、南畝と太木と、安土弦音《あづちのつるおと》を名のった狂歌師（正体不明だが、弓場の盛り土「安土」の弓弦《ゆづる》の音と名のるのは武士だろう）の三人で、江戸の下町の稲荷三十三箇所をひたすらめぐって、行く先々で狂歌を詠んで捧《ささ》げる「下町稲荷社三十三番御詠歌」という催しもおこなっている。こんなばかばかしいことをやる熱いノリを彼らは共有していた。

「宝合わせ」という遊び

だがなんといってもおもしろいのは、前年安永二年に行われた「宝合わせ」だ（南畝自身、この年の開催ともいい、翌年ともいうのだが……細かいことは気にしないのだろう。岩田秀行「機知の文学」参照）。「宝合わせ」といっても、まともなお宝をもちよって自慢しあう、のではない。正統なお宝も興味深いかもしれないが、それでは笑えない。この「宝合わせ」は、その記録『たから合の記』によれば、さつまいもとか、のこぎりとか、はりねずみとか、むしろどうでもいいモノを各自の家宝と称してもちより、それがどうして家宝なのか、「由緒」を述べる狂文を添えて披露しあう遊びだった。しかも会場には赤い毛氈《もうせん》を敷いて、礼服で勢揃いし、いちいちお辞儀をし、うやうやしく袱紗《ふくさ》に包んで箱に入れた宝を出して壇上に飾りに行っては、各自用意してきた狂文でその来歴（と称するもの）をかしこまって披露しあったという。本物の宝だと信じてまじめに見守った人びとはあまりにくだらない物ばかりが出てくるので怪しんで帰ったというから（随筆『奴凧』）、そうとうおもしろおかしかったにちがいない（松田高行・山本陽史・和田博通「略註『たから合の記』」参照。新宿区立新宿歴史博物館『蜀山人』大田南畝と江戸のまち」展では出品物の再現も）。

会場は南畝の家からもほど近い、神楽坂の西、牛込の恵光寺というお寺だったが、これを主催したのが前に触れた酒上熟寝で、これを支えて重要な役割を果たしたのが太木だったらしい。『たから合の記』の巻末に跋文《ばつぶん》代わりに載せる、浄土宗の開祖法然上人ならぬ「方便上人一枚起請文《ほうべんしょうにんいちまいきしょうもん》」で、太木は次のように大宣言する。

もろ人わが党のばかもの達の沙汰し申さるゝ宝合は、古物目利《こぶつめき》きの為にもあらず、又文章かきならふ種にもならず、たゞ一生戯言《たわごと》の一助となすべし。……その品はかろくとも思ひ付を専一にすべし。兎角、座中、腹をかゝへさするより外のしさる候まじ。

いわく、我がばかもの仲間たちが大騒ぎいたします「宝合わせ」は、骨董《こっとう》の鑑定力を磨くためでもなければ文章力の研鑽《けんさん》のためにもならない、ひたすら戯言をいうための手助けです。宝そのものは軽々しいものですが、もっぱら思いつき優先。ともかく、この催しには人に腹を抱えて笑わせるということ以外、他意は一切ございません、と。

ここで研究的なことをちょっと付け足しておく。この文言にも、また最初に掲げられる「何某《なにがし》の院宝合記」という文章にも、実は「狂歌」の文字が一切ない。狂歌を詠んでいるのは南畝一人で、それぞれがもちよった宝の由緒の文章の末に、狂歌ではなく（俳諧の）発句を添えている者さえもいる。狂歌の狂名に通じる珍妙な名前がならんでいるため、また後の天明三（一七八三）年にこれを慕って狂歌師たちが大規模な「宝合わせ」を行ったために、これは天明狂歌が産声をあげた頃の催しとしてこれまで位置づけられてきた。けれどもこの催しの参加者のうち、のちに天明狂歌が盛んになっていく過程で積極的な活動をみせたのは、滑稽の先輩として尊重されたこの太木のほか、当時「橘　実副《たちばなのみさえ》」（万葉歌を出典とする）を名のっていた唐衣橘洲だけなのだ。

この時点では狂歌の遊びとは切り離して考えるべきだろう。

　さて、どんな催しだったのか、もったいぶっていないで紹介しよう。わかりやすいものでいえば、かの源平の戦の名将木曽義仲の妾《しょう》にして武勇で名高い女武者巴御前《ともえごぜん》が落としたかんざしが我が家に伝わっていると言い放って、煎餅を挟んで焼く道具をもちだす者（さすが女武者のかんざしは巨大だ。図1－5）。地獄に落ちたという伝説のある醍醐《だいご》天皇から預かってきた地獄の剣の山の芝生だと称してはりねずみをとりだす者（ありえないし）。この醍醐天皇の話は『参考太平記』や『宇治拾遺物語』にみえるものだ。他にも、小さい頃から舌切り雀の話が好きでお爺《じい》さんのもらった葛籠《つづら》に何が入っていたのかを見たいと思っていたら、ある晩、夢に乙女となった雀が現れてお礼を言って葛籠と切られた舌を授けてくれた、と強弁する者あり。鞍馬《くらま》山の天狗《てんぐ》が源義経に差し出したという誓いの状とそれに添えた生爪（誓いの起請文に生爪を添えて思いの丈を証明するのは遊女の手法だ）と称して「天狗の爪」（と呼ばれた鮫《さめ》などの化石。漢方薬の素材だ）をもちだす者あり。中国伝来「屁ひりの神」の正体「放屁の玉」と称し

図1-5　『たから合の記』（東京都立中央図書館蔵）

て芋がしら（里芋の親芋）を崇《あが》めてみせたのもある（図1－6）。これは好腹万図伎《すきはらのまずき》を名のる狂歌師の出品だ。ふつう空《す》き腹ならなんでもおいしいはずなのに、それでもまずいという狂名の人だが、神仏らしく「祝詞《のりと》」とともに「真言」を示していわく、

唵《おん》波《は》羅《ら》波《は》利《り》多《た》耶《や》屁《へ》比《ひ》利《り》久《く》薩《そ》婆《は》訶《か》

「真言」とは、仏像に向かって唱える呪文のようなもの。お寺で賽銭箱の横に解説してあったりする、あれだ。もとはサンスクリット語で、たとえば地蔵菩薩《ぼさつ》は「オン・カカカビ・サンマエイ・ソワカ」。「おん～そわか」というのがよくあるかたちで、この「放屁の玉」の真言はそれをもじる。「おん」で始めて「そわか」で終えれば、そのなかに「腹張り」とか「屁放り」や「くそ」が入っていようと、かなりそれらしいのが笑わせる。

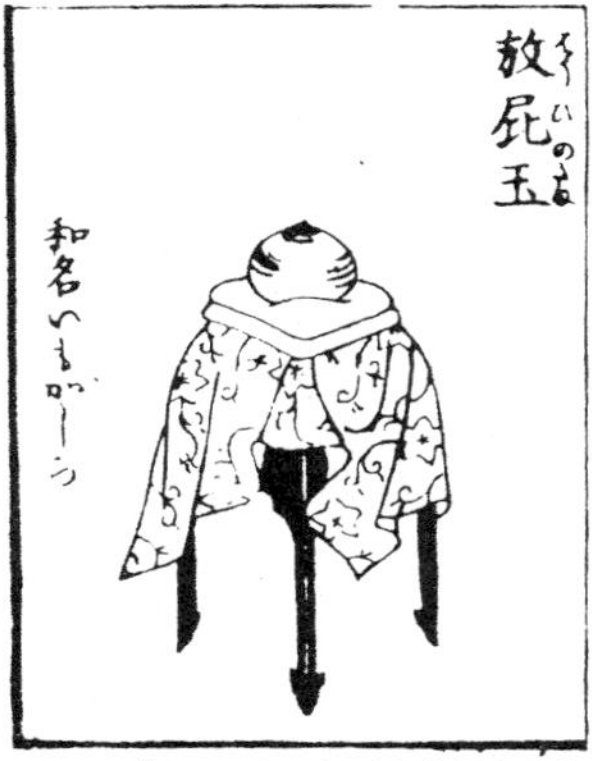

図1-6　『たから合の記』（東京都立中央図書館蔵）

彼ら「宝合わせ」仲間の名誉のためにいっておくが、多くの宝の由緒は、歌舞伎などでも親しまれた曽我《そが》兄弟の仇討《あだう》ちやら、

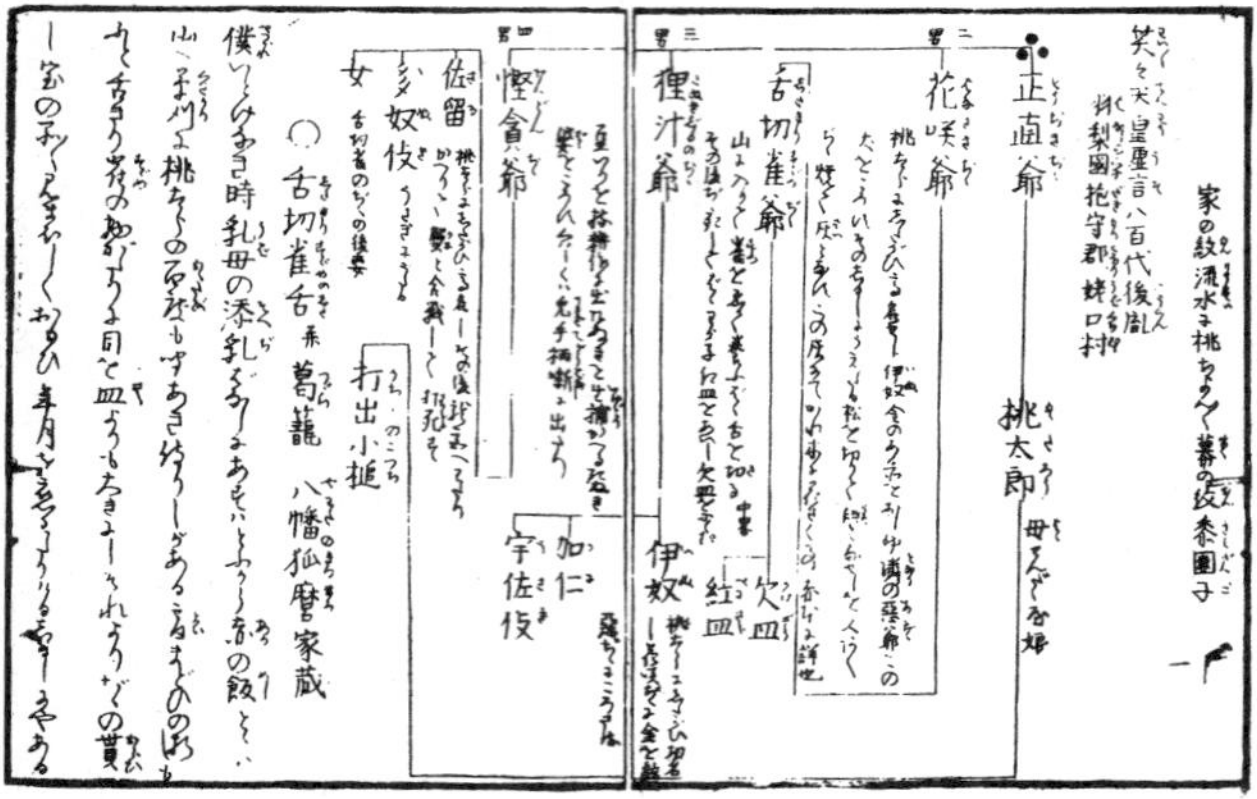

図1-7　『たから合の記』(東京都立中央図書館蔵)

日本や中国の歴史や文化の知識をふまえて語られるのだけれども、解説がややこしいのでここではわかりやすいものだけを取りあげている。四方赤良こと南畝の出品も、観世音ならぬ「弄世音」の御詠歌と称して、紺色の高級な料紙に金泥で経文を記したものに似せて、江戸名物浅草海苔《のり》に浅草観音の詠歌をもじった狂歌を載せたものなどいくつかあるが、めんどうな解説が要るわりにおもしろさがわかりにくいので略してしまおう。

　太木の出品には、さきの「方便上人」のほか「桃太郎系図」もある（図1－7）。そもそも太木自身は「笑々天皇《わいわいてんおう》虚言八百代《そはっぴゃくだい》後胤《こういん》」と称する。「わいわい天皇」というのは、当時の巷にいた芸達者な物乞《ものご》いで、その嘘八百代の子孫というのだから、そこからして訳がわからないが、大嘘つきに輪を掛けたという感じは伝わってくる。その上で作りあげた系図がなかなか秀逸だ。「正直爺」を筆頭に、昔話の登場人物がこぞって親戚だという設定。「正直爺」の子が「桃太郎」（しかも「母、洗濯屋娘」と注記）、「正直爺」の兄弟には「花咲爺」がいて、その子が「舌切雀爺」で、その娘に当時継母《まま》母《はは》物語でよく知られていた「紅皿」「欠皿」。そこ、親子関係だったのか！　というボケ（ちがうだろ、というツッコミ待ち）。「正直爺」のもう一人の弟の「狸汁爺」、つまり今でいう「かちかち山」のお爺さんだが、その子に「伊奴《いぬ》」「加仁《かに》」「宇佐伎《うさぎ》」……たしかに「かちかち山」のお爺さんの味方は兎だが、犬や蟹《かに》は……？　しかもそれ人間じゃないし。ちなみにこの「伊奴」は、注記によれば桃太郎のお供をしたのち花咲爺で活躍したあの犬らしい（なんと同じ犬だったのか！）。さらに「正直爺」にはもう一人「慳貪爺《けんどんじじ》」という弟がいることになっている。花咲爺の犬を殺したあの人。その子どもに桃太郎の供をした後、さるかに合戦で討ち死にした「佐留《さる》」、かちかち山で兎に討たれた「多奴伎《たぬき》」、それに舌切り雀のお爺さんの後妻となった娘がいる（いいお爺さんなのに奥さんが悪い人ではかわいそうだと思っていたが再婚したとは！）……と、やたらなこじつけぶりが微笑ましい。こんな人が身近にいたからこそ、南畝青年のお笑い趣味に磨きがかかっていったのだ。

地元の大酒仲間たち

南畝が狂名の祖として挙げ、「宝合わせ」の主催者の一人でもあった酒上熟寝は、市ヶ谷左内町の名主だった。現在の市ヶ谷駅から見て外濠《そとぼり》を渡ってその先から北西に上る坂のあたり、南畝の住んだ中御徒町のわりあい近所だ。「熟寝」は「宿禰《すくね》」のもじり。酒上熟寝というからには、大酒飲みで酔っ払うとすぐ寝てしまう人だったのだろう。この人も二十代の南畝の滑稽の才を育てた一人だった。酒上熟寝をはじめとして「十余人」の同盟が集って、「即坐《そくざ》に酒を下す事、滝のごとし」という、ものすごそうな会のさまを南畝が書き残したのが「から誓文」と題する狂文（『四方のあか』天明八年頃刊所収）だ。これは「宝合わせ」の翌安永三（一七七四）年のこと。

四方赤良、左に盃をあげ、右にてんぷらを杖つきて、以《もっ》てさしまねいて曰《いわ》く、来れわが同盟の通人、汝《なんじ》の耳をかつぽぢり、汝の舌をつん出し、つゝしんでわが御《ご》託《たく》をきけ。

盃《さかずき》を挙げるのはともかく、天ぷらを箸で突きさすのは行儀が悪いだろう……といっても相手は酔っぱらいだ。耳をかっぽじるのはいいとして、なんで舌を出すのかがわからないが、まあ江戸っ子の愛する荒事芝居のヒーロー風なのだろう。その「御託」

を聞いてみよう。

いにしへ天地いまだわかれざる時、混沌《こんとん》としてふはくのごとし。その清《す》めるは上りて諸白《もろはく》となり、濁《にご》るは下りて中汲《なかくみ》となる。

『日本書紀』神代の巻の天地の創生神話をいっているようだが、酒の肴「玉子のふわふわ」のよう、といってみたり、上澄みは天ではなくて上等な酒「諸白」、濁った部分は下で地ではなくてどぶろく「中汲」になるといってみたり……とすべてが酒の話になる。あげくは『仮名手本忠臣蔵』の大星由良之助《おおぼしゆらのすけ》が祇園《ぎおん》で遊ぶ場面のセリフを使って「とかく浮世はつゝてん、つゝてん（三味線の音）」と。その宴会のめちゃくちゃぶりを南畝はこんなふうに記している。

今日の事、四盃五盃ですまず、一盃々々また一盃、ねぢあひへしあひする事なかれ。畳にこぼす事なかれ、天水桶となす事なかれ。飲食する事ながるゝごとくにせよ。そら時宜《じぎ》をして悔《あなど》る事なかれ。もし酒尽きせば銚子《ちょうし》をかへてもつてのめ。もし肴あらば懐中箸《かいちゅうばし》を出してもつてゆけ。

ぐいぐい呑んでも慌てて押し合うな、「天水桶《おけ》」（防火用の雨水桶）みたいに盃を置きっぱなしにするな、流れるように飲食しろ、「そら時宜」、ムダな遠慮なんてバカにしたことをするな、酒がなければ次のお銚子、肴ももって行け……と呑めや食えやのらんちき騒ぎ。この「同盟」はたぶん「宝合わせ」の仲間と重なっていたことだろうが、太木のほうは下戸だったようで「酒のさの字もさのみにて、餅の木坂に心ひかれ」（酒はさほどでもなく餅に心惹かれ）という（南畝「大根太木壟積楼記」『四方のあか』）から、呑めなくても参加できる、ゆるい会だったようでもある。

「宝合わせ」の仲間には、ほかに橘洲や、目が見えないながらも努力を重ね、なんと日本の古典籍を集成して『群書類従』を完成させる塙保己一《はなわほきいち》（この数年後、彼は今の法政大学市ヶ谷キャンパス内の旗本屋敷地内に転居する）もいたりするのだが、前に触れた好腹万図伎にしても、太木とともに「下町稲荷社三十三番御詠歌」をやった安土弦音にしても、変な狂名の他には得体の知れない人のほうがずっと多い。そのなかでも、もう一人注目しておきたいのが、当時流行の噺本の作者として知られた小松百亀《こまつひゃっき》だ。この人も太木と同じく飯田町中坂で漢方薬の材料を商うかたわら、噺本のほか、艶本も多く手がけて狂名「和気春画《わけのはるえ》」（つまり気の「やわらかな」春画の作者という意味）といった人だ。

この頃の江戸では、まだ専業の噺家が話すような場はなく、素人が集まっておもしろおかしい話を披露しあうような会が盛んに開かれていた（延広真治『江戸落語――誕生と発展』、島田大助『近世はなしの作り方読み方研究』――二「安永期江戸小咄本の消長」）。その成果、あるいはネタ本として数多くの噺本が出される、いわゆる江戸小咄の流行期だった。百亀の『聞上手』初〜三篇（安永二年刊）ほかの諸作や、南畝が手がけた噺本『鯛の味噌須《みそず》』（安永八年刊）の版元は同じく飯田町の遠州屋弥《えんしゅうやや》七《しち》という本屋なのだが、ここが手がけたもう一点の噺本『管巻《くだまき》』（安永六年刊）も、この仲間うちのものらしい。序跋を著した「糟喰人月風《かすくらいびとげつぷう》」「李白散人《りはくさんじん》」の正体こそ不明ながら（「李白散人」は、李白が杜甫の「飲中八仙歌」に詠まれた大酒飲みで歴史上有名だから、それにちなんで文人の号らしい「山人」ならぬ「散人」をつけた名だし、「げっぷう」の名もいかにも酒飲みらしい）、赤良の別号「四方赤人《よものあかひと》」に触れている点、「くだまき」という直《ちょく》截《せつ》な題名、何より豪快な飲みっぷりは、先ほどの「から誓文」と同じノリだ。

伝え聞く、飲中八仙《いんちゅうはっせん》を直下に見おろし、「焼酎や淡盛《あわも》りヤァ、水のむやうでたわいがない」と世を一飲《ひとのみ》に見破り、下戸《げこ》と成《なり》てお蚕《かいこ》にくるまるより、呑倒《のみたおし》て菰《こも》かぶりとならむにはしかずと、シ《さんずい》にひよみの酉《とり》の年玉物《としだまもの》に、新酒向《しゅこう》の一帖を古《こ》酒《しゅ》らへ、管巻と外題《げだい》し、世人の口に合《あう》や否を試すため、角田川《すみだがわ》に燗居《かんきょ》有る、柿の本の四斗《しと》樽《だる》、満願寺《まんがんじ》に隣《となり》て猩々翁《しょうじょうおう》の流れを汲む、四万の酒人の許《もと》へ見せに遣《つかわ》しけるに、是《これ》で酔《よい》〳〵《よい》と申漉《もうしこさ》れし。

焼酎や泡盛なんて水みたいなのでなく（そのほうが強いはずだが）、飲み倒して「菰かぶり」、つまり物乞いになってもいいと破れかぶれ。酒にゆかりの酉年のお年玉（当時は子どもの小遣いではなく、新年の贈り物）に、新趣（酒）向の一冊をこし（古酒）らえ、世の人の好みに合うかどうか、隅田川（酒のブランド）に閑（燗）居している人《ひと》麿《まる》ならぬ四斗樽で、満願寺（これも酒のブランド）の隣の猩々（空想上の動物で大酒飲み）翁の流れを汲む四方赤人に見せにやったら、これでよい（酔い）と申し来さ（漉《こ》さ）れた、と、傍点部をすべて酒の縁語で、無理矢理綴《つづ》る。

江戸小咄の流行も、孤立した個々の作者ではなく、愛好家たちのグループの存在を背景としていた（武藤禎夫「噺本の作り手に関する一考察——大衆参加による安永期噺本」）。百亀やこの『管巻』の作者たちは、たぶん「宝合わせ」や「から誓文」の仲間でもあったことだろう。前節で「宝合わせ」は狂歌の催しではないと書いておいたのも、そのためだ。こんな小咄の笑いを喜んだ、市ヶ谷・牛込・飯田町あたりの南畝にとって近所の連中の遊びの延長だったのだろう。

○

平賀源内に続き、和歌、和学の知識に富み、狂歌と滑稽の趣味を教えてくれた大根太木。太木とともに宝合わせや小咄などの楽しみを共有した酒上熟寝、小松百亀ら。滑稽をこよなく愛する大人たちの存在こそ、二十代の南畝にとって滑稽の道の先達だった。酒上熟寝と百亀はともに南畝の二十五歳上、太木の年齢はわからないが、先の慕われ方からしても、萩原宗固とのかかわりなどの経験の豊富さからいっても、たぶん南畝たちよりもかなり年上だったにちがいない。仲間というより、先輩たちだ。江戸戯作の開祖としてカリスマ的存在だった平賀源内に代わって、こうした小咄の会や「宝合わせ」を楽しんだ遊びの経験豊富なオヤジたちが、滑稽者としての、いってみればロールモデルとなり、南畝青年はそのなかで自分なりの滑稽者のスタイルを模索しはじめたのだった。

2 「役」と「型」の江戸人的自己表現

「役」の社会

ここまで、源内、太木や熟寝、百亀を南畝少年の滑稽者のロールモデルとして論じてきた。若者の成長にロールモデルが必要なのは今も変わらないが、実はそんなに単純なことではない。時代劇や時代小説・マンガのせいで私たちは江戸の人びとを同じように考えるけれど、彼らは私たちと似て非なる違う価値観を生きていた。「ロール」つまり「役」は近世社会を考えるうえで重要な概念なのだ。

日本近世史学の大家尾藤正英《びとうまさひで》は、日本近世を「役」の体系によって成る社会とみることを提唱した（『江戸時代とは何か』）。そこでは身分、さらに細かく分かれた職分に応じて課される「役」を務めるのが義務で、それに従って暮らすのが正しい生き方だったという。当時、文字通り男子に「重宝」な書物として流布した『男重宝記《なんちようほうき》』（元禄六・一六九三年刊）をみると、たしかに男子たる者がなすべきことが身分別に語られている。つまりなんと、身分によって身の処し方が違うのだ。

江戸時代初期に出された、処世訓を一覧にした『子孫鑑《しそんかがみ》』（寛文十三・一六七三年刊）上には「人はまづその家々の職第一に勤べし」という条がしっかりある。前に少し触れた教訓的寓話集『田舎荘子』（享保十二・一七二七年刊）は虫や鳥獣が老荘思想的な語りを披瀝《ひれき》するという、なかなかシュールな短編集なのだが、そのなかでカゲロウがこんなふうにいう。

この形を受けて生まれ出しより死するまでの間には、「物あれば則《のり》あり」とて、この形に付ての職分あり。その職に随《したがい》てその中に遊ぶものを君子といふ。其《その》職をつとめずして、その形に私《わたくし》する者を小人《しょうじん》といふ。

「物あれば則あり」とは、儒学の四書五経の一つ『詩経』大雅にみえる言葉。カゲロウいわく、この形で生まれたからには、それぞれに「職分」があって、その務めをちゃんと果たすのが立派な人物（？）で、それをやらずに勝手をするのは小物だと。ちんけな虫の分際でなかなか立派なセリフだ。

職分のことだけではない。身分に応じて慣習的に格式として定められた髪型・服装、言語やふるまいがあり、その点でもそれぞれ身分相応にあるべきだったのが江戸時代の社会だった。南畝は、老年にさしかかった享和三（一八〇三）年の日々を綴った『細推物理《さいすいぶつり》』に、三味線に合わせて唄う三人の武士たちを見て「かゝるわざをして市人《いちびと》のさままねぶのもあさまし」――町人のまねごとをするのにはあきれ果てると書いている。これも彼が身分相応のふるまいを強く意識していたことの表れだろう。

こういう社会に生きた人びとは、身分や役割を離れた何者でもない素の「自分」なんてふつうは考えてもみないのではないか。「私」とは、たとえば播磨屋《はりまや》の番頭だとか、秋田藩の留守居だとか、大野屋の嫁だとか、そうやってふるまい、世間からもそう認識され、それが自己認識ともなる。それでない自分、というのは彼らの想像力を超えているのではないか。

南畝の没後にその遺作として刊行された、古今さまざまな人びとの逸話を集めた『仮名世説《かなせせつ》』(文政八・一八二五年刊)という作品がある。この本に見える四谷の飴屋忠七という人の話が、その意味でおもしろい。この人、早朝から日暮れまで、粗末な服を着て家業の飴作りに精を出す。仕事が終わって風呂に入り、黒羽二重の立派な着物に着替え黒いビロードの蒲団《ふとん》の上でたばこを吸って、繻子《しゅす》や緞子《どんす》の立派な寝具で寝る、という日々をくり返す。その心は、

人といへるものは日々おのれが渡世《とせい》にのみ心を労して慰むかたなし。たとひ外にいかなるたのしみをなすとも、その中に利を得んと思ふ心の離るゝ時しなければ、心のなぐさめにならず。たゞ夜眠たる内ばかりまことのたのしみなり。これによつてさる事をして性を養ふ、といへり。

人間は日々、商売に心を砕いて安らぐことがない。どんな娯楽でもその延長で損得勘定をしてしまい、離れられるのは寝ているときだけだ――そんな真実を指摘したのだ。この人もその商売「飴屋」がそのまま通称だったように、近世の人にとってどれだけ自分というものがその職分と一体だったか、それから離れた領域がどれだけ小さかったかを物語る。

こういうあり方を、今の私たちと較べてみよう。現代社会についても、人間をさまざまな場でその人が引き受ける「役割の束」だとみなす考え方がある。個人は、家庭でも、職業上も、その他の場でもさまざまな役割を担う。その「役割の束」が、生涯を通じて年齢や立場に応じ、移り変わっていくのを虹に見立てた、ドナルド・E・スーパーという心理学者が唱える「ライフキャリアレインボー」という理論だそうだが、これからすれば、近世人の自己意識が今日の人びととまったく違うというわけでもない気もする。ただそれでも、現代では役割の外にある「本当の私」などというい方がまだ広く行われて、「自分探し」という営みもいまだにそれなりに生きている。今の若者たちが、場に応じて「キャラ」を「作っている」とかいうとき、作っていない素の「自分」の存在を疑う人は多くないだろう。その「本当の自分」も多元化しているとしたのが、前に触れた平野啓一郎や社会学分野の知見（たとえば浅野智彦『「若者」

とは誰か』）なのだが、そのときの「自分」も「キャラ」も状況によって変化する、やっぱり自分に近い存在の表現だという。定まった類型としての「役」ではない。今の人の考え方をうっかり江戸時代の人びとに当てはめてはいけないのだ。

「公」「私」の区別をいい、仕事とプライベートを別々のものとして考えるのが現代人だが、その点でも江戸の人びとは違っていたらしい。「公」「私」の日本的なあり方は、現代の公共を考えるうえで重要な問題となるために、公共哲学をめぐってさまざまに論じられている。それによればどうも日本では、古代よりそれらは対立概念ではなく、重層、あるいは包摂関係にあったらしい（『公共哲学1　公と私の思想史』『同3日本における公と私』）。そのうち政治思想史学者の渡辺浩が指摘しているのは、日本語でいう「おほやけ」と「わたくし」は、漢字でいう「公」「私」とも、英語でいうpublicとprivateとも違って、「わたくし」は大きな家としての「大宅＝おほやけ」のなかの存在だったということだ（渡辺「「おほやけ」と「わたくし」の語義」上記3所収）。家庭人としての「わたくし」も、イエという「おほやけ」に奉仕する「役」を務めるから、そこでの人情も現代の意味で私的な感情というより、やっぱり役割と類型の世界なのだ。たしかに歌舞伎や人形浄瑠璃で描かれる人情に、たとえば親が子を愛せないとか父母との葛藤とか、そんな型破りな（でも今ならままある）悩みは描かれないではないか。

江戸時代の文芸にはときどき「天地間一大戯場」という言葉が出てくる。西田耕三《にしだこうぞう》はこれを仏教的観念からこの世を仮象としてみたものと解釈しているが（「世界は戯場の如し」『人は万物の霊　日本近世文学の条件』）、今述べてきた文脈で考えると、さらにこの観念が江戸の人びとに親しまれたわけが理解しやすくなる。つまり、どんな場でも「役」に応じてふるまい、世間でもその「役」として認識される江戸時代の人びとにとって、世の中すべてはお芝居だというのがしっくりくる世の理解のしかただったのではないかということだ。南畝たちに年代が近いところでは、江戸名物紹介本『江戸じまん評判記』（安永六・一七七七年刊）もこの言葉に触れて、この地上は一つの芝居で、「上は天子の尊きより下はお菰（物乞いのこと）の卑しきに至るまで、皆芝居の役者なり。善人は立ち役、悪人は敵役、道化のごとく愚かなるあれば、荒事の猛《たけ》き有り」という。もちろん歌舞伎の評判記に擬《なぞら》えて江戸の有名店を論評することの理由づけでもあるのだが、彼らの「役」に即したふるまいのあり方あってこその説得力あるフレーズだったのだろう。

ここにあるのは「公」のなかの「役」としての「私」。そんな当時の人には、そこから離れた何者でもない素の自分というものを考えるのはむずかしかったのではないだろうか。

「役」と文芸

こういう世界を生きる人びとが言語表現を行うとなったら、やはりまず務めるべき「役」を求めるだろう。南畝が学んだのは「古文辞派」と呼ばれる流派の漢詩文だ。ここの教えは基本的に古典の語彙を使って古人になりきって詠むことだが、それを近世文学の大家、日野《ひの》龍夫《たつお》はかつてこう説明した。

> 近世社会では、武士は武士らしく、町人は町人らしく、約束事に従ってらしく生活することが最高の道徳とされる。詩人といえどもこの道徳から自由ではないから、彼等もまた何ものからしく振る舞わねばならなかった。
>
> （「演技する詩人たち」『日野龍夫著作集』一）

江戸の社会に「詩人」というスタイルができる前に、それを求めて中国の唐代の詩人になりきった古文辞派の詩人について述べたものだが、南畝だって、漢詩ではこれをやったのだから、他のジャンルの表現でもそう大きくは変わるはずがない。昔年の近世文学研究の泰斗中村幸彦《なかむらゆきひこ》は、近世には社会を反映して場・形式それぞれに応じた「型」「類型」に従って表現がなされたことをいうにあたって、南畝はそういう類型をよく使いこなした点で才人だ（が、類型を破る意味では才人ではない）と、褒めているような、いないようないい方をしている（『中村幸彦著述集』二）。この「型」こそ、まさに「役」を言語で表現したものだ。南畝が得意だったのはこれだ。

こう書いていくと、南畝は特殊だ、となりそうだが、そんなつもりはない。そもそも人がその心を詠《うた》うことが疑いようのない前提と考えられている和歌だって、渡部泰明《わたなべやすあき》の説明するところでは、『万葉集』以来、長らく歌人らしい「心」に則《のっと》った演技だったという（『和歌とは何か』）。江戸時代初めの儒学のもっていた道徳的文学観から解放された漢詩は、伊藤仁斎《いとうじんさい》らの古義学以来「人情」をいうものとされていたが、それを承《う》けた古文辞学派の詩はまさに古人になりきった演技だったと日野龍夫が看破したのは前述の通り。彼らの自己とは、揖斐高の言葉を借りれば、儒学を学ぶなかで形成された「士大夫的な自我」で、詩人たちが古典の物真似ではなく、その個性に従って経験を詠じるようになるには、新しい漢詩の理論と、日常のささいな出来事を詠む宋詩風という規範の助けが必要だった（『江戸詩歌論』一・三）。俳諧だって、それまでおおざっぱにいって芭蕉《ばしょう》の教えに従って外界の現象を言葉で写し取るということが俳人たちの課題だったところに、この時期にようやく個としての表現が生まれてきていることを、田中道雄《たなかみちお》が京都の俳諧師蝶夢《ちょうむ》に即して指摘している（『蝶夢全集』解説）。これだって、例の「型」から「個」への流れといえるもので、一部のトップランナーを除けばまだ多くの「型」による句づくりがあったことだろう。小説類や芝居の作者だって、版元・座元、そして購買者や観衆のニーズを読んで作品を書いたのだろう。それらも、商業ベースに乗っている以上、外側の期待に応じたものという意味で、やはり読者の期待する作者という「役」に即した行為だったといえる。

こう考えると、こんな社会と文芸の状況下に生きた人びとが、何者でもない「個」としての自己の内面や思想みたいなものをもち、それを表現するにいたるまでには何かと関門がありそうだ。

「役」を表す言葉の「型」を作る

江戸時代の人びとにとって、自身の「役」の格式を表現するのは服装や髪型、言葉遣いやふるまい方で、文芸の場合、それを表すのは言葉の「型」だった。今日考える「文学」というようなくくりは当時なかったので、詩歌でいえば「(漢)詩人」だったり「歌人」だったり「俳諧師」だったり、それぞれの型に即して、それらしい表現をどうやってうまく作り出すか、ということになる。

南畝という人がそれを得意としていたといわれることも前に述べた。彼が、青山の薬種屋長兵衛、号を「宛丘《えんきゅう》」という人の伝記を五つの文体で書き分けたことがあった(「宛丘伝　五体」)。なぜそんなことをしてみたかというと、寛政の改革の一環で、全国の親孝行な子どもたちの逸話をまとめて書籍にして孝行を推進しようという、いかにも松平定信がしそうなことが行われ、そのときに文章力の誉れ高かった南畝にお声がかかったのだ。それは『孝義録』という名前で出版されることになるが、その編に携わるという栄誉に、南畝はそのための文体を求めて実験的にさまざまなスタイルを試みた。

それは、いってみれば、一介の臣でしかなかった彼が、「御公儀」（つまり幕府）という立場で物を書くとはどういうことで、それにはどんな言葉の「型」がふさわしいのかを探究するという経験だったろう。孝子たちの伝をどうやって誰にでもわかりやすく、かつ「公儀」らしい品格を保って伝えるかということを、どれだけ南畝がまじめに考えたかをよく表す事例だ。そのくらい言葉というものに真摯に向かい合ったのがこの人だった。

○

南畝ははじめ、狂詩作者「寝惚先生」としてこの業界に登場した。デビュー作『寝惚先生文集』の頃をふりかえってみよう。「狂詩」にせよ、「狂歌」にせよ、その先例は時代をさかのぼってもわずかで、その作者という「役」にふさわしい「型」とはどんなものなのか、「狂」という名にふさわしい滑稽者の「役」あるいは「型」を一から作ることが必要だったのだ。そのモデルが源内であり、太木らだったということだ。

狂歌を詠むにあたっても「役」どころを作りあげねばならない。次の模索はそこから始まる。

3 「狂歌師」の「役」づくり

狂名の由来

源内のような強烈な「個」に憧れつつも何か違うと感じ、太木《ふとき》や熟寝《じゆくね》といった身近な大人たちの熟練した滑稽の遊びに鍛えられた若き日の南畝と、その仲間の橘洲《きつじゆう》たち。彼らはどうやって天明狂歌の大流行を作りあげていったのだろうか。

彼らが狂歌につけたおもしろおかしい狂名が、この問題を考えるうえでまずは鍵となる。のちに、大屋裏住《おおやのうらずみ》とか腹唐秋人《はらからのあきんど》とか、宿屋飯盛《やどやのめしもり》とかいうように名のられる、あれだ。この章の1で触れたように、南畝は随筆『奴凧《やつこだこ》』のなかで天明狂歌の狂名の開祖として酒上熟寝の名を挙げていた。天明四（一七八四）年五月に没した彼を悼んだ狂歌の詞書きに、南畝はこんなふうに記してもいる（狂歌稿『巴人集《はじんしゆう》』）。

この嶋田氏、安永二のとし、宝合となんいへる戯れをなせしとき、酒上熟寝とたはれ名をつき侍りき。新撰狂歌集などに見えたる昔はしらず、今の狂名はその頃より呼び侍りし。

この最初の「宝合わせ」には狂歌はほとんど出されていないし、南畝・橘洲を除くと天明狂歌と関係も薄いことから狂歌の催しとはみなせないと少し前に書いた。ただ、「戯れ名」つまり狂名によって滑稽者としての「役」を作ったという点では、このときの熟寝の発案が狂歌流行のうえで決定的に重要だった。逆に、たしかに早くからの狂歌の遊び仲間でも狂名に笑いの仕掛けがない人もいる。唐衣橘洲は、本名小島源之助から謡曲の詞章「橘の小島」(「頼政」「浮舟」)によって橘洲、それに「き」を導く枕詞「唐衣」をつけたもので、凝ってはいるが、おかしみはない。平秩東作《へずつとうさく》の名は『書経《しよきよう》』尭典《ぎようてん》に由来するといい(井上隆明『平秩東作の戯作的歳月』)、やっぱり笑いとは無縁だ。「明和十五番狂歌合」には、ほかにも嵩松《すうしよう》(のちの元木網《もとのもくあみ》)、坡柳《はりゆう》といったぜんぜん滑稽味のない号で参加していた人たちもいた。狂名の問題と狂歌の遊びの開始は、もともとは別々のことで(「明和十五番狂歌合」は後年の写本しか残っていないので、書かれた名がその時点のものなのかもわからないのだが)、狂名は、たしかに熟寝たちの「宝合わせ」のときの大発明なのだろう。こんな奇妙な名前で楽しいことをする仲間には、たしかに加わってみたくなる。

南畝は右の文のなかで『『新撰狂歌集』などに見えたる昔」に触れている。これは江戸時代のごく初めの寛永十(一六三三)年頃に出版された狂歌集で、団子の歌に「小野の小餅」、貧乏を詠む詠に「貧屋《ひんや》の痩人《やせびと》」「無銭法師」、酒を呑む一首に「前大上戸《さきのだいじようご》朝臣《あそん》」のような名前を付けたものがみられる。が、それらはそれぞれの歌の内容に合わせたその歌かぎりの仮号にすぎなかった。それもすべての歌に付いているのではなく、ごく一部にあるだけだ。おもしろおかしい名前の先例としては他にも、南畝自身がけっこう気に入って『万載狂歌集』に多くの歌を採録した『堀河百首題狂歌合《ほりかわひゃくしゅだいきょうかあわせ》』（寛文十一・一六七一年刊）もある。江戸時代初期の松永貞徳《ていとく》門の俳諧師池田正式《まさのり》による作で、そこでは正式が一人で「平群実柿《へぐりのさねがき》」「布留田造《ふるのたつくり》」の二つの名を使い分けている。大和国（現、奈良県）の地名「平群」「布留」を使って、狂歌らしく奈良の田舎っぽさを擬人名にしたものだ。その意味で南畝たちの狂名のつけ方と少し似ているが、おかしみはそんなに強くない。これらに比べると、南畝たち天明狂歌師が職業や特技、癖や身体の特徴などを捉えて、自分を戯画化するために滑稽な狂名を名のるようになったのは、そうとう目新しい試みだったことだろう。

　これよりひとあし早く、戯作の世界では作品ごとに一回きりのとぼけた筆名が用いられることもあった。洒落本《しゃれぼん》の代表作『遊子方言《ゆうしほうげん》』（明和七・一七七〇年頃刊）の作者は「田舎老人多田爺《いなかろうじんただのじじい》」。南畝たちの天明狂歌とはおそらく関わりなく明和の江戸風俗を詠んだ狂歌集『肖歌《やつし》』というのが出されていたが（拙著『天明狂歌研究』紹介）、その作者は「山辺馬鹿人《やまべのばかひと》」。南畝が『寝惚先生文集』を出したときに「陳奮翰」を名のったのもこんな趣向に乗ったものだ。だが、これらは作品の一部としてのその作限りの名づけだった。それに対して、狂名は、一作品、一撰集を超えて狂歌師たち一人ひとりの実体の貌《かお》を表す、れっきとした（？）名前となる。その点で違っている。

滑稽な狂名はその人が「狂歌師」だということを示すラベルとなるのだが、そもそも「狂歌師」などという役割は、社会のなかにもそれまでの文学のなかにも存在しなかった、新しい発明だった。

「狂歌師」の発明

「師」というのは、職業としてそれに従事する者を指す呼称だろう。幕府のなかで制度化された「連歌師」でもそうだし、文芸以外の世界の「医師」「講釈師」「絵師」「仏師」にしてもそうだ。俳諧では江戸時代初期からの積み重ねのなかで制度化が進んでいた。句づくりを指導し、応募してきた句に点をつける宗匠が職業となり、「俳諧師」というのは現実の存在だった。だが狂歌は少なくとも江戸では系脈をなすことなく、狂歌の指南などということが職業として成り立つわけもなかった。狂歌でそれが職業となるのは南畝らがこの遊びを始めた数十年後のことだし、それも多くは副業の範囲だった。つまり「狂歌師」を称することそのものが、しょせん遊びにすぎないものをあえておおげさに表現した、遊び心溢《あふ》れるいい方だったはずだ。

この狂歌師という言葉がたぶん史上はじめて確認できるのは、狂歌の流行が日増し

図1-8　『月露草』（早稲田大学図書館蔵）

に熱気を帯びゆく安永八（一七七九）年。当時、南畝らが住んでいた山の手地域の西のはずれにあって文字通り野原だった高田馬場の茶屋を借りて、南畝の主催で、もの好きにも五夜連続で月を見、酒を呑みながら、狂歌・俳諧その他思い思いの文芸を吐き散らす催しが行われた、その記録——題して『月露草』（図1－8）。写本でだけ伝わるものだが、南畝自身の狂文と仲間の狂歌の一部は南畝の狂文集『四方のあか』にも収められる。その成果を少し紹介しよう。

夜もすがらいもねせずして姑が
狂歌をよめの衣かつぎとや

芋屁臭人《いもへのくさひと》

南畝の甥《おい》で、のちに紀定丸《きのさだまる》を名のる吉見義方の作。「いも」は「寝《い》も寝ず」の「いも」にして、芋であり、「妹」（ここでは若い嫁）でもある。十五夜のお供え物の里芋の縁で「衣《きぬ》かつぎ」を詠みこみ、姑《しゅうとめ》は嫁に夜なべしてこれを作らせ、彼ら狂歌師は狂歌を詠め詠めと互いに責めながらの寝ずの宴を催すさまを詠む。べたべたな狂名もそれに合わせてこのとき（だけ？）名のったものだろう。

月をめづる夜のつもりてや茶屋のかゝも終に高田のばゞとなるらん

相場高安《そうばのたかやす》

月見の晩が続くうち、茶屋の「嬶《かか》」が高田の馬場ならぬ「婆」になってしまうだろうという、素朴にして笑いを誘う一首。こんな単純な歌を笑いあうノリにこの宴会の盛り上がりが偲《しの》ばれる。作者は本名服部高保を生かして米相場に一喜一憂する武士を戯画化した狂名を名のる。

おもしろや月のかゞみをうちぬいて樽もたちまちあきの酒もり

出来秋万作《できあきのまんさく》

作者は山の手の武士仲間の一人青木信孝。月を鏡に喩えていう「月の鏡」を樽の蓋の「鏡」に転じて、それをぶち抜いたらたちまち樽が空いてしまうという酒客たちの勢いのよさを詠う。月の縁となる「立ち待ち」に「たちまち」を、「秋」に樽が「空き」を掛けるのもうまい。

肝心の「狂歌師」という言葉が出てくるのは、この楽しい催しを病気で泣く泣く欠席した橘洲の弁。いわく、その日を指折り数えて楽しみにしていたが脚気《かつけ》を発症、薬を飲んでも効かないままに月日も「水ばなの流るゝがごとく」（汚い！）、あっというまにその日を迎えたところ、幸い赤良と菅江が馬で迎えに来て会場の茶屋に到着する。そこで迎えた人びとが、「詩人のくすみたる、歌人のにやけたる、俳人の粋顔したる、狂歌師のざれたる」、まじめらしい漢詩人やなよなよした歌人、粋人ぶった俳人に、そしてふざけた我らが「狂歌師」たち、というわけだ。最後は実はこれは夢だった、という、いわゆる夢オチで終わるのだが、とにかく、このあたりから、素人の遊びながらもプロフェッショナルぶってみせる「狂歌師」という意識をもった仲間たちが生みだされていくことがわかる。

南畝は、天明二（一七八二）年十一月に吉原の大きな妓楼《ぎろう》、大文字屋の主人で狂歌仲間の加保茶元成《かぼちゃのもとなり》のところを訪れて狂文「冬日逍遥亭詠夷歌序《とうじつしょうようていにえびすうたをよむじょ》」を著す（これも『四方のあか』所収）。あとで述べるように天明狂歌がにわかに大出版ラッシュを迎え

る、そのちょうど数ヶ月前のことだ。その末尾に、

狂歌師の引つくろはぬ衣紋《えもん》坂うちつれてゆく昼中の町

狂歌師仲間が衣紋を整えもしないで、吉原の大門口へ向かってくだる衣紋坂から、吉原の目抜き通り「中」の町を昼日「中」から連れ立って歩く。それだけをいう素朴な狂歌なのだが、これで楽しいと思えたのはそこに狂歌仲間のノリと連帯意識があるからだろう。

狂歌が大流行を迎えた翌天明三年には、南畝は調子に乗ってこんな狂歌も残している。

世の中の人には時の狂歌師とよばる丶名こそおかしかりけれ(『徳和歌後万載集《とくわかごまんざいしゅう》』)

奥州は桑折《こおり》の名所、葛《くず》の松原を詠む古歌「世の中の人にはくづの松ばらとよばるる名こそうれしかりけれ」(『撰集抄』覚英僧都)のもじり。我らが「時の狂歌師」などともてはやされる時代になったこともちゃんちゃらおかしいが、その狂名ときたらどれもくだらなくて笑える、というのだ。

おかしな名前のゆかいな仲間

こうして狂歌師仲間の狂名は奇抜さを競いあい、変な名前ばかりになっていった。禿頭《とくとう》の男は「頭光《つむりのひかる》」と自虐に走り、芝の海辺の近くに住んでいた色黒の男は「浜辺《はまべの》黒人《くろひと》」と称し（この人は出家姿でお歯黒をしていたので南畝の『奴凧』によればあだ名は「歯まで黒人」だったとか）、別の色黒の男は渡来人秦《はた》氏一族ぶって「秦久呂《はだのくろ》面《つら》」と名のった。くさや好きは「草屋師鯵《くさやのもろあじ》」と名のり、地口（だじゃれ）が得意な奴は「地口《じぐちの》有武《ありたけ》」、山の手住まいの旗本は素人ぶりを謙遜して山辺赤人ならぬ「山手白人《やまのてのしろひと》」。南畝の弟は有名な兄に対して「多田人成《ただのひとなり》」と称し、油屋は公家《くげ》油小路家めかして「油杜《あぶらのとう》氏錬方《じのねりかた》」といい、気が利かないことを開き直っては「紀束《きのつかぬ》」という者もいた。今や由来もわからないが元木網の初名は「網破損針金《あみのはそんはりがね》」（破損は「朝臣」のもじりだ）、「芋掘《いもほりの》仲正《なかまさ》」（仲間さ！）なんて名のった人もいる。黄表紙作者恋川春町が「酒上不埒《さけのうえのふらち》」を称したのは確信犯的だ。五代目市川団十郎《いちかわだんじゅうろう》もこの遊びに巻きこまれて「花道《はなみちの》つらね」、浮世絵師喜多川歌麿《きたがわうたまろ》もこの仲間に加わって「筆綾丸《ふでのあやまる》」、その浮世絵を含めた当時の出版界の名プロデューサー蔦屋重三郎《つたやじゅうざぶろう》は「蔦唐丸《つたのからまる》」だった。ちなみにこの連中のなかに「磯野《いその》若女《わかめ》」がいたことも付け加えておこう。

狂歌の流行を詠む狂詩「夷《い》風《ふう》の歌」には「聞説《きくなら》く狂歌師　近年秀句に耽《ふけ》る」といい

（秀句はだじゃれのこと）、自ら注釈をつけて「近年狂歌大にひろまりて思ひ〳〵の狂名をつく。連中相互ひに狂名のみ覚へて本名をしらず」状態なので、互いに訪ねていくと家中の者はばかばかしすぎて「あきれた顔」だという。この狂詩集『通詩《つうし》選笑《せんしょう》知《ち》』は、前にも書いたように南畝の息子の三歳のお祝いで狂歌師仲間が自宅に集まっての大騒ぎのなかででっちあげた作だったというから誇張もあるだろうが、これだけ奇妙な名前で呼びあっていればそんなものか。狂詩に注釈があるのは『唐詩選』本体ではなくその注釈書『唐詩《とうし》選掌故《せんしょうこ》』の形式に似せるという遊びだったからだ。

遊びといえば、この天明三年には、吉原の各妓楼名のもとにその抱えの遊女の名前と格付けを載せて出された『吉原細見《よしわらさいけん》』に擬えて、『狂歌師《きょうかし》細見《さいけん》』などとして仲間連中ごとに名前を並べる作も出されたし、さらにそんな趣向も狂歌もなくひたすらグループ別に狂名だけを羅列する作品『狂歌知足振《きょうかしったりぶり》』までも作られた。後者には総勢三百二十六名。まだまだ流行のはじめにしてこの人数となり、以後、この数字はひたすら増えていく。

狂歌師たちは誰も彼も口数が多く、集まると楽しくもやかましいのが相場とされていた。『万載狂歌集』の出版を源平の戦の茶番劇に擬えた『万載集著微来歴《まんざいしゅうちょびらいれき》』（天明四・一七八四年刊）には「狂歌師の癖として声々に騒がし」いといい、仲間内で出した黄表紙型の狂歌集『早来恵方道《さございえほうのみち》』（同年刊）には「狂歌師はよく口をきくもんだの」。

同類の『金平子供遊《きんぴらこどもあそび》』（同刊）にも「この頃は狂歌師が来ねへで相応の内所がしづかさ」（「そうおう」は、狂歌師の一人相応内所《そうおうのないしょ》の名にひっかける）。

そんなにぎやかで楽しい人たちなら誰だって仲間に入りたい。しかも狂名を名のるだけで誰でも狂歌師になれた。南畝の天明三、四年頃の狂歌手控え『巴人集』には、役者や相撲取りら狂名をほしがる人びとを命名したときの狂歌が記録されている。

となると「名ばかり狂歌師」も出てくることになる。朱楽菅江編『故混馬鹿集《ここんばかしゅう》』（天明五年刊）にはそんな状況を嘆く狂歌さえある。その詞書きには次のようにふざけた「表徳《ひょうとく》」、つまり狂名ばかりでおもしろい歌一つでてこない者がいる、というのだ。


このごろ専らたはれ歌を世にもてあそびて、ことにたはれたる表徳をいひのゝしるに、ことばはさしたるおかしきふしもいひ出ざりければ

これは、裏を返せば、その気さえあればほんとうに誰でも参加できたということではないか。

こうしてやかましくも愉快な狂歌師仲間たちの昂揚《こうよう》した連帯感が積極的に打ち出されていく。酒上不埒こと黄表紙作者恋川春町は、南畝に狂歌会の延期を手紙で知らせるにあたって、「後楽園」の出典ともなった言葉、立派な士は「天下の憂ひに先んじて憂ひ、天下の楽しみに後れて楽しむ」（范仲淹《はんちゅうえん》「岳陽楼記」）をひねって、「狂歌師は、天下の楽に先立て楽しみ、天下の憂にかまはず楽しむ」と記す（早稲田大学図書館蔵）。狂歌師とはそういう楽天的なたちだとみずから任じた人びとだった。

「狂歌師」という独特の役どころ、キャラクタ－をこんなふうに確立したことが、狂歌を他の文事、趣味とは少し異なる位相にもちあげたのではないかと筆者はにらんでいる。俳諧でも、漢詩や和歌でも、書道や茶の湯、生け花（当時は男性の趣味だ）や園芸などでも、なんでもいいが、それらの趣味を嗜んだところで、それでふだんの自分とは違った自分になったとまでは感じにくいのではないか。それぞれの趣味に応じて号という別の名前を名のっても、ちょっと風流な気がするくらいだろう。その点、おかしな狂名によってにぎやかで楽しい役どころになりきる「狂歌師」は、キャラクターが明確な分、それになりきることがむしろかんたんで、かつ、ひと味違う気分が味わえそうだ。なにせ狂名を名のるだけで（狂歌を詠まなくても）仲間入りできる。これが流行の拡大の秘訣だったにちがいない。

米国を拠点とする歴史社会学者池上英子《いけがみえいこ》は、日本近世の趣味や芸事で獲得される「自己」を、総じて日常世界のヒエラルキーから離れた私的で自由な「隠れ家」アイデンティティとして論じる（『美と礼節の絆――日本における交際文化の政治的起源』）。しかし、それを日常の階層社会の関係性を無化する「個人」の私的な活動とみるのは、公―私を対立的に考える現代人の感覚だと思う。これもまた「私」そのものではなく、「狂歌師」という「役」としてのふるまいなのだ。

南畝を愛した昭和の作家、石川淳は、かつて「天明狂歌師はその狂名の中に不在である。すなはち無名人格である。いひかへれば、読人不知といふことにほかならない」と記した（「江戸人の発想法について」）。筆者は、「よみ人知らず」「無名人格」というほど彼らは没個性的ではなく、少なくとも目立った活躍をみせる狂歌師たちはそれぞれ自身の詠みぶりをもっていたと思うが（拙著『天明狂歌研究』一―一）、この言葉はたぶん、彼らがみんなで揃って明るく楽しくやかましい「狂歌師」という役どころ、キャラクターとしてふるまったことをいいあてたものだったのだろう。

「会」の楽しみ

楽しみといえば、本を読むか、人と話すか、たまに行楽や芝居（そして男性なら遊里や相撲見物）に出掛けるくらいが至上の悦楽だったこの時代（ちなみに寄席の成立はもう少しあと、十九世紀に入ってからのことだ）。限られた娯楽のなかで、人びとは集まってみんなで何かをするということを大切にした。とくに通人たちは音曲や遊芸の「会《けえ》」（江戸弁だ！）を楽しんでいた。先にも触れた田舎老人多田爺作『遊子方言』で、「会」を話題にして、通人なら「会へちッと、出るやうにしたい」などといったのがそれをよく表している。俳諧の「会」、河東節の「会」……などなど、種々の「会」が開かれ、楽しまれた（鈴木俊幸『新版　蔦屋重三郎』Ⅲ「戯作と蔦屋重三郎」）。狂歌にも参加した烏亭焉馬《うていえんば》（大工の棟梁《とうりょう》だったことから狂名は大工道具で鑿釿言墨金《のみちょうなごんすみかね》）という、江戸落語中興の祖によって落とし噺の「咄の会」も、狂歌と並行して盛んに開かれるようになっていく時代だ（延広真治『江戸落語』）。

狂歌ももちろん例外のはずはない。「連」と呼ばれたいくつもの活動単位が主催するさまざまな「会」が江戸の各地で行われた。それが今述べたようなやかましく明るく気楽な「狂歌師」キャラクターになりきる人びとの集まりだから、そうとう楽しかったことだろう。

天明狂歌は、流行が広がるなかで南畝や朱楽菅江、元木網ら、早くからの狂歌仲間がそれぞれ門人集団を作り、そのなかでもまた居住・活動地域ごとに「連」を作って定期的に仲間ごとに「会」を開き、ときには「連」を超えた参加者を得て狂歌を詠みあうようになりつつあった（石川了『江戸狂歌壇史の研究』一―五「連について」）。少し前に触れた天明三（一七八三）年の狂歌連ごとの名寄せ『狂歌知足振』には八つの連の名のもとに三百二十六人の狂名が並び、『吉原細見』に擬えられた同年刊行の『狂歌師細見』には、実質的に十五のグループに分けて三百八十六人が数えられるが、両書の人名は重なり合わない部分も大きい（同石川書一―四「『狂歌師細見』の狂歌作者

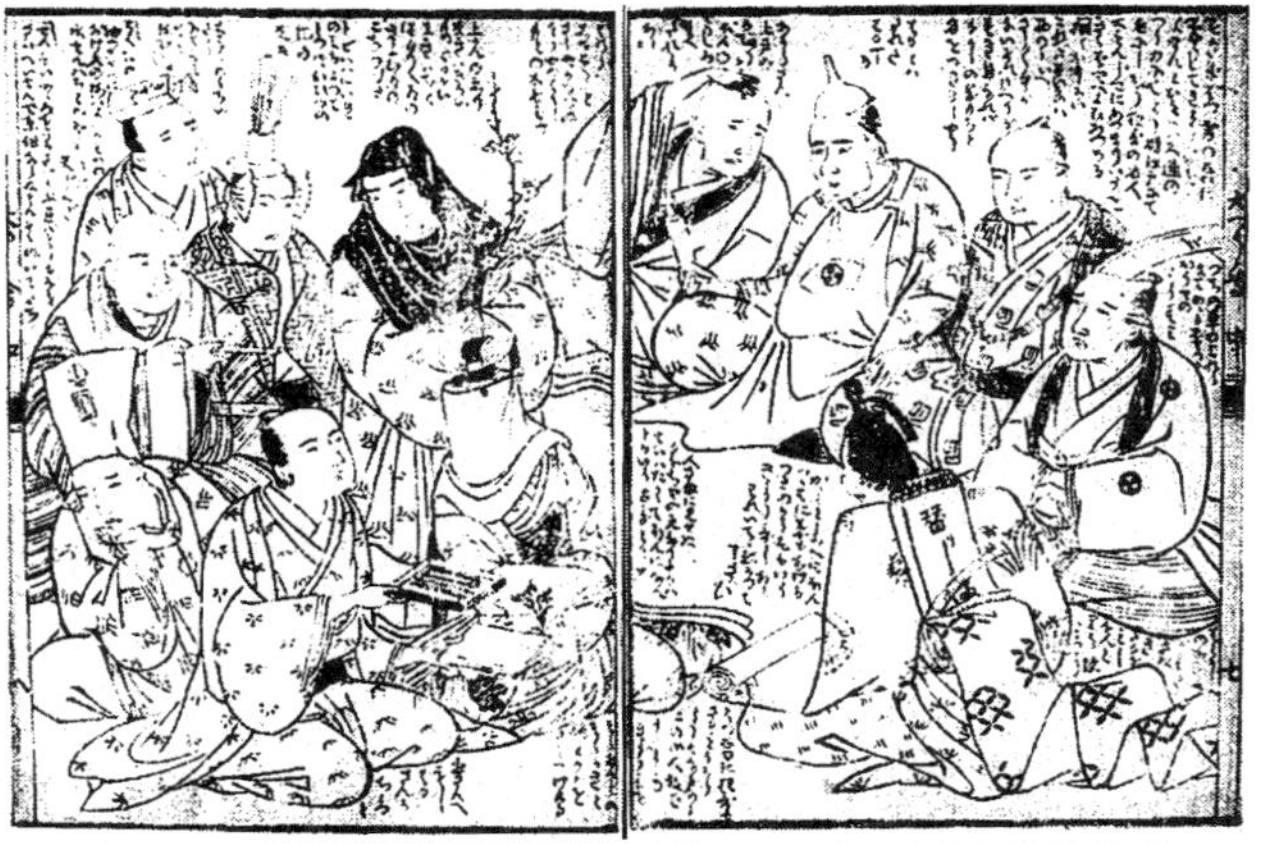

図1-9　恋川春町作・画『吉原大通会』狂歌会の図（東京都立中央図書館蔵）

比定」）。こういう「連」は、ときによっては同じ狂歌師が異なった連に分類されたりするような曖昧なものだったようだが、全体としては参加者を増やしながらだんだんに細かく分かれていく。

南畝の狂歌の手控え『巴人集』天明三年の分に、彼が狂歌の「会」にどのくらい盛んに参加していたかをみてみよう。正月七日には吉原の「五明楼《ごめいろう》」こと扇屋で狂歌仲間たちと遊び、十三日には「京橋会」というからその地で湯屋を営んでいた元木網・智恵内子主催の会に出たのだろう。その後は日付不明ながら一月中に「子子孫彦会《このこのまごひこ》」、続いて吉原の妓楼大《だい》文字屋《もんじや》での「京町、加保茶元成会」（これも題が「凧《たこ》」「手鞠《てまり》」だから春の開催）と計四回。二、三月の春の狂歌を続けてみていくと、「初午の前日」（初午は稲荷社の祭礼で二月の最初の午の日に行われる）に狂歌仲間となった旗本布施《ふせ》胤致《たねむね》、狂名山手白人宅に招かれ、また五明楼扇屋重三郎たちと集い、また小石川の牛天神下に住む幕臣、山道高彦《やまみちのたかひこ》の会に参加し、つづいて子子孫彦会でもまた「屋敷初午」の題で一首。この間に吉原の大妓楼大文字屋でデビューしたての遊女のために一首詠んでいるからここでも登楼したのかもしれない。さらにやはり幕臣狂歌師仲間の坂上《さかのうえの》竹藪《たけやぶ》会、内匠《たくみの》はしら会にも出て、またまた加保茶元成と……と書いているので大文字屋に行ったことになる。さらには神田お玉が池の狂歌仲間沢辺《さわべの》沢潟《おもだか》のもとに招待にあずかっているようだ。そしてさらに「酒上不埒日暮里《にっぽり》大会」となる。

酒上不埒こと黄表紙の花形作者恋川春町主催のこの会、実はその参加者名簿が例の『狂歌知足振』で、そこから三月十九日のことだったとわかる。「大会」という言葉は今でこそ当たり前の一般名詞だが、当時としては珍しい。いつもの「会」にもまして、大々的に開催しようという意味を込めた名づけだったのだろう。そこに、何度も書いているように総勢三百二十六名。当日に欠席した人もいたかもしれないが、ものすごい人数が集まったことはまちがいない。

この翌日もまた、日本橋近く本町に住んでいた狂歌仲間、大屋裏住、酒月米人《さかづきのこめんど》らと潮干狩りに出かけてこんな一首を詠んでいる。

けふも又馬鹿をつくだの塩干がりきのふは山に日ぐらしの里

昨日は日暮里の山で一日過ごし、自ら「今日もまた」、「馬鹿を尽く」（佃《つくだ》と掛詞）というのだから、連日「馬鹿を尽く」している自覚も愉快だったにちがいない。その四日後、三月二十四日には、南畝自身の母の六十歳の賀宴でまた「目白台大会」。中国の孝子伝説「二十四孝」のうち、幼児返りをしてみせて老親を喜ばせた人物の名を取って『老莱子《ろうらいし》』と名づけ、翌年春に出版されたその日の成果集から、百八十名余の参加があったことがわかる（これも当日欠席者の作も含んでの数だろうが）。

三ヶ月でざっと十五回ほどの会合――どれだけ熱心に集まっていたのか、そこまでの情熱を生むほどの楽しさが偲ばれる。『巴人集』にはその後も、この年、また翌年分にも、楽しい日々を思わせる狂歌が並べられている。馬喰町《ばくろちょう》で結成された、宿屋飯盛らの門人たちの会、小石川御門脇（現在の水道橋駅南西あたり）にあった高松藩邸の門人たちが結成した赤松連の会などにたびたび出たり、元木網、朱楽菅江と橘洲のもとに集ったり、松本幸四郎《まつもとこうしろう》や瀬川菊之丞《せがわきくのじょう》ら芝居関係者と会ったり、花道つらねこと五代目市川団十郎を訪ねたり、秋田藩主に中洲《なかず》（隅田川河口近くの埋めたて地にできた盛り場）の宴に呼ばれたりなどなど、その集まりは実にさかんだった。

「会」のいろいろ

狂歌の会は、ただ集まって狂歌を詠みあうだけの場合もあったようだが、もう一趣向を凝らして盛り上げる工夫をすることもあった。おもしろい会をいくつか紹介してみよう。今みてきた天明三年のさまざまな「会」の前年の四月、向島《むこうじま》（東京スカイツリーの北）は三囲稲荷《みめぐりいなり》（現、三囲神社）で開かれた「団扇《うちわ》合わせ」（図1－10、写本『栗花集』で伝わるだけで、未刊）。元木網の門人連中の主催で、各自が考えだした団扇のデザインに合わせて狂歌を詠んだもので、三十一人が参加した。この会の趣向はそれだけではない。当時、賀茂真淵《かものまぶち》以下、国学者たちが古代人の素直な精神を回復すべく『万葉集』など古代の和歌の詠みぶりを模擬していたが、そういう真剣な試みをちゃかした、万葉風狂歌なのだ。

まずは江戸名物「蒲焼《かばやき》」。『万葉集』にも大伴家持《おおとものやかもち》が痩せた人をからかって「夏痩せに良しといふ物ぞむなぎ取り食《め》せ」と鰻を勧めた歌があるので、たしかに『万葉集』らしい素材というわけだ。その心を汲《く》んで、

せなが身の弱きかなしびわぎも子がす丶めしむなぎそのかばやきを　本屋安売《ほんやのやすうり》

「せな」(背)、「わぎもこ」(我妹子)といかにも『万葉集』らしい単語で攻めてくる。夫の体が弱いのを悲しんで妻が鰻を勧める……ここまでも『万葉集』らしくも俗っぽくていい感じにおかしいのだが、最後の「その蒲焼きを」のギャップが笑いのだめ押しをする。

次は「べかこう」、つまり「あかんべい」。いきなり古風でない題材でくる。

なく子なす慕ひきまして舌をべろり間なく時なくする面《おも》がはり　小鍋《こなべ》みそうづ

「なく子なす」は泣いている子どものように、という意味で『万葉集』で多用された枕詞。「間なく時なく」も『万葉集』にみえる言葉で、絶え間なくという意味。泣いた子どものように慕ってきたくせに急に舌をべろっと出すなんて、まったくひっきりなしに表情が変わることだ、この人は、というような意味だろう。これも万葉語と「舌をべろり」のギャップがいい。狂名は小鍋で煮た味噌味の吸い物の意味なのだが、本人の好物なのだろうか。

次は「たこ」。これも風流でない、ごく日常的な素材だ。

上戸らはたこのいぼらを花と見てさくらいりにし酒をのむかも　蛙《あ》面坊《めんぼう》

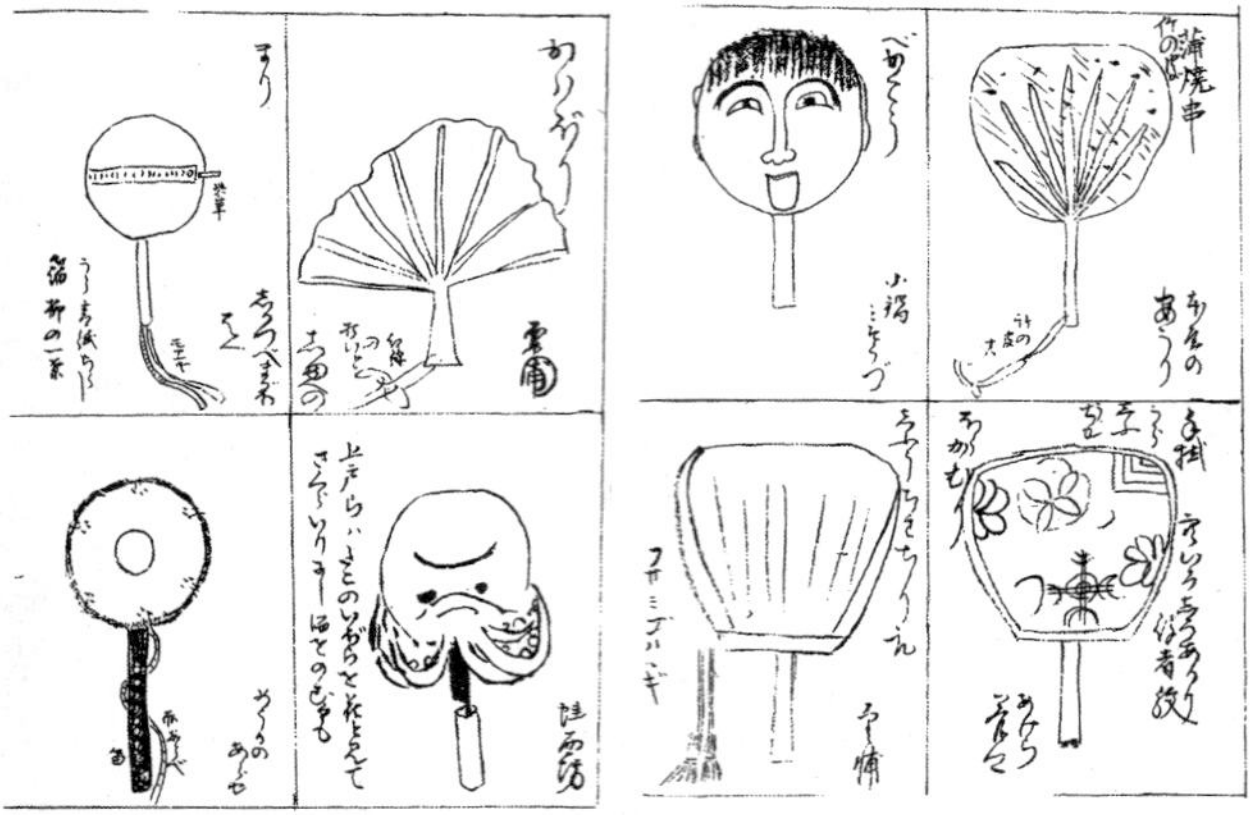

図1-10　「団扇合図」『栗花集』（国立国会図書館蔵）

「〜ら」は例の「憶良らは今は罷《まか》らむ」（『万葉集』）で知られる、自称につく接尾辞を意識しつつも、ここでは普通に江戸時代の用法で、複数の意味。上戸の人びとがタコ足のいぼを花に見たてた「桜煎り」にして酒を呑むことだ、と。「桜煎り」はタコの足を薄切りにして出汁《だし》で煮た料理のこと（おいしそうだ）。結びの「かも」の詠嘆もいかにも古代めいている。これらの歌は、内容的には日常的な一場面を捉えただけで、それ自体すごくおかしいわけではない。むしろそういう卑近な題材を、国学者よろしく、すまし顔して『万葉集』の言葉で詠みあげた、そのギャップがおもしろいのだ。

もう一つ、別の催しを紹介してみよう。

天明五（一七八五）年秋に行われた肝試しのような狂歌会だ。参加者が順番に百話の怪談を語り終えたとき、怪異が現れるとされた「百物語」の形式がある。この伝で一首ずつ、妖怪を題に詠んでは灯《ひ》を消していくものだった。集まったのは狂歌師たちに山東京伝や唐来参和《とうらいさんな》といった戯作者も加わって総勢十五名。平秩東作が書いた臨場感溢れるリポート「百物語の記」がその場の盛り上がりを伝えてくれる。

ところは深川のあばらや、しかも元は墓地。空は折しも時雨《しぐれ》の悪天候。ちびちび飲みながらの進行。百首のうち半分ほど詠んだところで、すわ、向こうの部屋で鈴の鳴る音。驚き恐れながらふすまを開けてみると「鈴のようなるもの二つ宙を飛びめぐる」「こなたへ向きて走り来る」！……がよくよく見れば猫。はたまた六十首詠んだところで、灯は六十本消したはずなのに、まだ六十本もあるという事態が発生。早々に恐がってもう止めようという声もあがるが、怖《お》じ気づいて消さないで逃げ帰ってきたヤツがいたのだろう、ということになる。そんなこんなでときは丑三《うし》つ、おびえながら連れだって行った三人が青ざめて帰ってきた。「机の上にかかるものこそありけり」といって出したのは、まさかの焼き芋十本。そこで宿屋飯盛がやおら平然と大きいのを三つも平らげる……というのも彼の仕業だったことを告白し、しれっとみんなお腹が空いていそうだから買ってきたという。次に慌てて帰ってきたのは参和。こんどは饅頭《まんじゅう》か、などというツッコミも入るなか、物音がしたので探ってみたら牛のしっぽのような長い毛に触ったという。が、結局、仏具の払子《ほっす》だったことがわかるが、恐がらずに探ってみた参和の勇気をみんなで褒める。さらににわかに暗くなって上から雫《しずく》が降ってきて灯心が消え、驚いてみんな走り出ると積んであった畳に蹴つまずいて、こけつ倒れつ戻ってくる。そこからはひたすら飲んで詠んで夜を明かす。東作が夜中にぶつかったという簀戸《すど》の謎が解けないことに人びとみな怪しみ恐れ、「かかるエセわざは、あなかしこ、すまじき事」、してはいけないということになって解散と、こんな次第だ。彼らのノリがよくわかる。途中で帰った人などについての記述も詳しく、現実感のある文章だ（江戸狂歌研究会編の注釈書『化物で楽しむ江戸狂歌――『狂歌百鬼夜狂』をよむ』をご覧ください！）。

他にも挙げればきりがない。天明三年四月には、かつての「宝合わせ」を慕って、百人以上の人が集ってふたたび「宝合わせ」を開いて『狂文宝合記』にまとめ（これもよろしければ注釈書『『狂文宝合記』の研究』のご一読を）、この年六月十五日には、恋川春町の主催で六月の神事「夏越《なごし》の祓《はら》え」ならぬ「なよごしの祓」というばかばかしい名前の催しも行われたらしい。これは参加者名の記録が近代の写本で残るだけなのが残念だが、こんな催し名をつけるノリに彼らがいかに楽しく盛り上がったかが想像される。それがそのまま狂歌熱を盛り上げるエネルギーとなっていく。

やかましく愉快だということを共通の役どころとして、みんなで楽しく盛り上がった「狂歌師」たち。さまざまなアイディアを出しあって趣向を凝らした会を開いていた。もちろん凝った企画なんかなくても、この仲間で集まればそれだけで楽しいから、定期的な会合も開く。なんでも楽しい――この楽しさこそが狂歌大流行の核心にある。

○

4 「めでたい」というコンセプト

ついに出版へ

記述が前後するが、人びとの狂歌熱が高まっていくなか、天明三（一七八三）年正月には新たな局面を迎える。それまでは詠んだ歌を出版なんてしなくても奇妙な名前を名のりながら大勢で集まって、その場で思いつきの狂歌を詠みあうだけで充分におもしろかった。それが商売になると嗅ぎつけた版元たちにけしかけられて、多くの狂歌集が世に出される時代を迎えるようになったのだ（鈴木俊幸『新版　蔦屋重三郎』参照）。早くからの狂歌仲間浜辺黒人は版元三河屋《みかわや》半兵衛《はんべえ》でもあって、少し前から狂歌を出版に結びつけていたが、この年になって、南畝も、橘洲や元木網などおもな狂歌人たちも一斉に狂歌集を出版するようになる。この年に出された狂歌関係の書籍は、『万載狂歌集』や『狂歌若葉集』、狂歌作法書『浜のきさご』（和歌の作法書『浜のまさご』のもじりで、「きさご」は貝の名）ほか、現在確認できるだけでも十三点。前年にはたった三点で、その前にはほとんど知られていないから、どれほど急激に狂歌の出版ブームがやってきたかがわかる。

ここまでお付き合いくださった方はなんとなく察しておいでだと思うが、狂歌の流行は笑いをこよなく愛するいろいろな人びとが集まって催しを重ねるなかで盛り上がってきたものだ。彼らのノリの相乗効果でできたものだけに、統一した方針も詠風もなかった。橘洲や木網は古典的な和歌の規範を大切にしてそれと戯れることを好み、南畝は技巧的には和歌も漢詩文もなんでもありの、今どき感覚とおかしみ重視派、菅江はその中間だが、どちらかというと南畝寄り。そんな詠風はなんでもよく、参加するだけで楽しい派が、実は大多数。天明狂歌は「運動」と呼ばれることもあるのだが、こんなふうに共通の理念や目的があったりしないので、「天明狂歌運動」と呼ぶのは妥当ではない。

そんななか、四方赤良こと南畝がにわかにくり出したのが、むやみやたらと「めでた」がる戦術だった。花のお江戸はめでたい。この世はすべてめでたい。我らもみんなめでたい……ばかばかしくも能天気なこの呪文も、くり返すとたしかにめでたく楽しくなる。これを地でいったのが、まさに天明狂歌出版元年、天明三年に彼が出版した二書『めでた百首夷歌《えびすうた》』と『万載狂歌集』だった。

「めでた」唄の気分

天明狂歌の気分を「めでたさ」で捉えようと提唱したのは久保田啓一の論文『めでたさ』の季節」だ。この「めでたい」というコンセプトは、ここで突然うち出され

図1-11　『売飴土平伝』土平図（個人蔵）

たかと思いきや、実はそれまでに兆候がないでもなかった。

　たしかに『寝惚先生文集』では、本来めでたいはずの「元日篇」でも「万歳楽歌」に触れてはいても「めでた」い云々の言葉はなかった。ところが、前にもとりあげた、それに続く南畝の狂詩文集『売飴土平伝《あめうりどへいがでん》』（明和六・一七六九年序刊）に「めでたい」が出てくる。図1－11のように奇妙な扮装《ふんそう》で変な歌を唄って人気を博した実在の飴売り「奥州土平」を登場人物とするこの作で、土平に「千秋楽には民を撫《な》で。万歳楽には命を延ぶ」（謡曲「高砂」）につづけて、次のように「めでた」さを祝う歌を唄わせ、天下泰平を祝福しているのだ。若松の成長に世の「めでた」さをみる、今でも歌い継がれる定番のあれだ。

時之賀也猶新松《みよはめでたのわかまつさまよ》、枝栄而葉繁《えだもさかえてはもしげる》

南畝はこの歌をかなり気に入っていたようで、噺本の序でも触れている。「宝の君」ともちあげた出雲の広瀬藩主松平近貞《ちかさだ》の屋敷で開かれた、笑い話の「会」の成果として出された『万の宝』（安永九・一七八〇年正月付）の序文で、めでたい御代、めでたい正月を寿《ことほ》いで、こういう。

めでた〳〵の若松さまよ、枝も栄て葉もしげる。しげき言葉のはなしの会、宝の君の御やしきにて、けふをはなしの三番叟《さんばそう》……

ふり返ってみると、例の安永八年の高田馬場での月見の成果『月露草』でも、この歌でめでたさを盛り上げていた。この日の菅江による「口上」は、（たぶん）へべれけに酔っ払いながら、こんな遊びができる泰平のすばらしさを、こう賞賛している。

無体に酔たる一座の者、家もぐる〳〵廻るかとみれば……こぼるゝ程につぎ三味

せん、ねじめも空にすみのぼる、秋の最中の月かげを、めでた〳〵の若松さまよ、
枝も栄えて葉もしよげる《(原文ママ)》。おめでたや、千世の子おめでたや、千秋万歳万歳〳〵万々歳。

家がぐるぐる回って見えるほどの酔い方。こぼれるほどに酒を「注ぎ」あい、「注ぎ」ならぬもち運び用の「継ぎ」三味線の緒も締めて、「ねじめ」の冴《さ》えた音色が空に響くなか、十五夜の月が照り映える、そのおめでたさを満喫する気分をこの歌で謳いあげる。

この俚謡《りよう》は他にも出てくる。この頃、よほどさかんに連中が機嫌よく口ずさんだのだろう。『市川贔屓江戸花海老』、南畝がこの空前の狂歌書出版ブームの二ヶ月前の顔見世芝居で狂歌仲間に引き入れた（?）ばかりの五代目市川団十郎に捧げた狂歌集だ。その五歳の子徳蔵《とくぞう》に海老蔵《えびぞう》の名を継がせることを祝って、次のようにこの祝い歌で口火を切る。

めでた〳〵の若松さまよ、枝も栄て葉もしげる。その千代の子のめでたき顔見せ、
名もあらためて海老蔵と……

ここまでたびたび使うとは、南畝たちはこの歌をそうとう気に入っていたのだろう。

気分は「めでた」い万歳師

こんな気分を背景に、南畝が初の狂歌撰集を編むことになったとき（南畝が次作『徳和歌後万載集』自序にいうところでは、この出版は狂歌の流行に眼をつけた版元須原屋《すわらや》伊《い》八《はち》の頼みに応《こた》えたものだったらしい）、思いついたのが正月の門付け芸人「万歳」だったのだろう。さすがにもう「めでためでたの若松様」ではなく、一ひねりして「めでたい」といえばめでたいと祝うのを専門（？）とする芸人を真似してみよう、というわけだ。

「万歳」とは、現代の定番のお笑いスタイル「漫才」のルーツとなった二人組の芸。江戸では三河（今の愛知県）から出てきたツッコミ役の「太夫」が、下総《しもうさ》（今の千葉県）などからやってきて相方となる「才蔵」とコンビを組んで家々を回り、決まり文句で始まる祝言を述べ、滑稽な掛け合いを演じては米銭を乞うたという。狂歌の遊びを始めた頃に橘洲たちと催した「明和十五番狂歌合」でも万歳を題の一つにしていたのだが、そのときにはこんなふうにイメージキャラクター的に起用するとは思ってもみなかったことだろう。そんな南畝もこの万歳の芸をかなり愛好したらしく、のち文化十（一八一三）年には贔屓《ひいき》にしていた芸人、若杉竜太夫に万歳の唱歌を書いた自筆の書を与え、彼が没したときには墓碑銘まで書いている（西尾市教育委員会『西尾の三河万歳』／安城市歴史博物館『三河万歳』）。

『万載狂歌集』は、『千載和歌集』の題をもじり、わざわざ勅撰和歌集と同じ構成を取って書物の体裁ごとパロディするという遊びをしつつ、この「万歳」の気分を前面に押し出している。盟友の菅江の序は、次のように「たはれ歌」、つまり狂歌の口吻《こうふん》には万歳と通じ合うものがあるという。

たはれ歌は……ほとほと手まり歌にひとしく、ひいふう三河まざい（万歳を古語めかす）の口つきにかよひて、腹の皮よりく〵に口すさび、紙の鶴おりく〵にいひいだせるなり。

手まり歌のようにあどけなく、三河万歳に似た調子で、腹の皮をよじりながら人が集まるごと、折り紙で鶴を折るほどたびたび楽しまれている、と。これに南畝みずからかかげた序文はその「万歳」の口上のもじりだ。そのセリフ「徳若に御万歳とは君も栄えて」の文句取りで、「徳若に万載集とは、君も栄へてますく〵ごきげん」と始める。さらに「万歳」には、訪れた先の家の繁栄を言祝《ことほ》いで「一本の柱は」「二本の柱は」「三本の柱は」と柱を数えあげるくだりがあるのだが、それを巻々の説明に宛て、さらにそのセリフは、こんなふうに都合よく、作品の不朽を願う言葉に化ける。

〈この本は〉雨がふれども紙くちず、風が吹いても吹き散らず、日は照るとも干し店にいでず、虫は喰ふとも反古《ほご》にならず。

風雨にも日照りにも虫喰《く》いにも負けず、ずっと読み継がれてほしい。「干し店」つまり露天の古本屋に出されないように——これは今も昔も作者の共通の願いだ。「万歳」の元の唱歌に馴染《なじ》みがない私たちにこのおかしみはわかりにくいが、こんな跋文の一節から想像していただきたい。

万歳をもて名とせるこそ、かゝる楽しき御代に腹を鼓うつ戯《たわ》れ男《お》の友が散り失《う》せぬ言の葉なりけれ。

「万歳」を題にしたこの狂歌集は、こんなに楽しい当世を謳歌し「鼓腹撃壌《こふくげきじょう》」するふざけた友人たちの散ることのない不朽の言葉の数々だ、と。当時、江戸派の歌人として名をなした加藤千蔭《ちかげ》の弁だ。この人までもかりそめに狂名「橘八衢《たちばなやちまた》」（万葉歌に基づくれっきとした名だ）を名のって本書にお墨付きを与え、こうして楽しい万歳をイメージキャラクターとした『万載狂歌集』が世に出される。この趣向は、次作『徳和歌後万載集』（天明五年刊）、次々作『狂歌才蔵集』（天明七年頃刊）にまで引き継がれていく。その間、狂歌は、南畝自身、「この頃のやうにはやりて」誰も彼もふざけた狂名をつけるのは「なほ稀《まれ》なり」（ともに『徳和歌後万載集』序）と公称する大流行になった。投稿は「五車にあまり」「千箱にみてり」（『同』菅江跋）だったという。多少盛っているにしても、そうとうの数だったにちがいない。この万歳的「めでた」がり戦略は大当たりのヒットを生んだのだった。

究極の「めでた」がり

そんな南畝が個人プレイで百首ひたすら「めでた」がってみせた作品、それが狂歌出版ラッシュの天明三年に出した『めでた百首夷歌』だった。平安時代の末、院政期に大江匡房《おおえのまさふさ》という学者が題を出し、歌人たちが歌を詠みあって堀河院に奏上した『堀河百首』という作品があるが、その百首の題のすべてに、むりやりめでたい要素をこじつけて詠んだ百首の揃いだ。南畝はその序文にその趣旨を自ら述べて、次のようにいう。

そもそもこのめでたいと申すは、天竺《てんじく》にてもはじまらず、大唐にてもはじまらず、わが日の本の夷三郎《えびすさぶろう》めでたいつりの糸より鯛、このめでたいをつり上げしより……
……

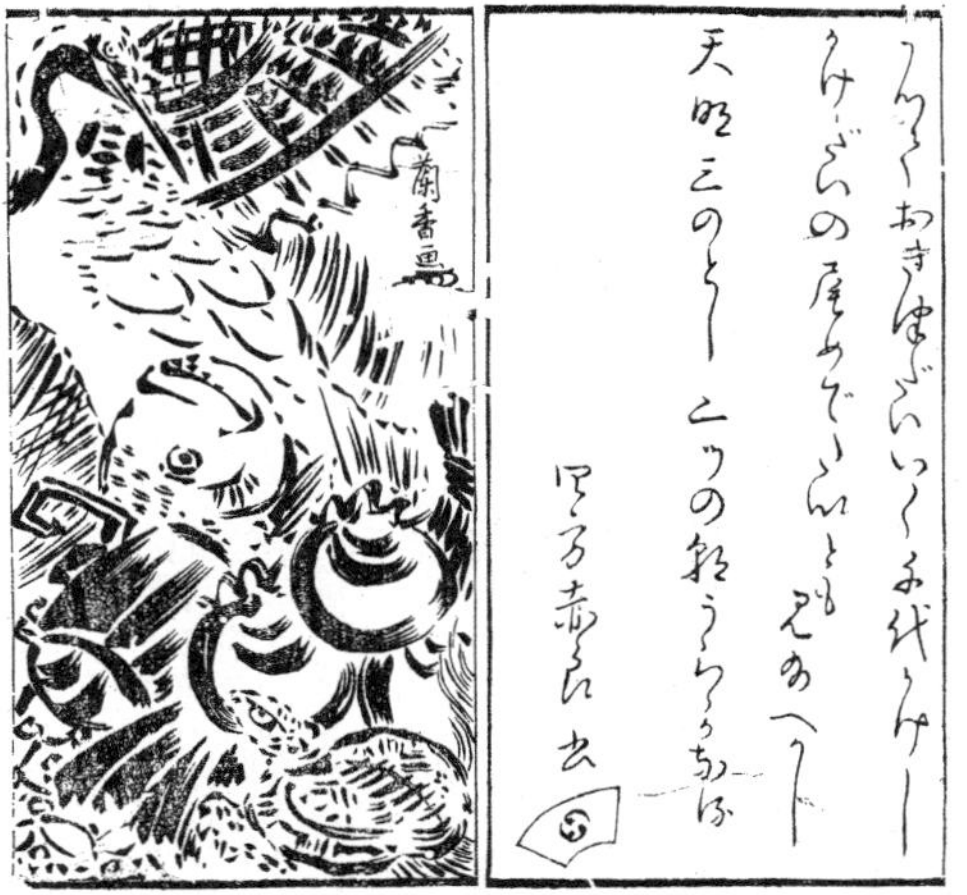

図1-12　『めでた百首夷歌』(個人蔵)

この「めでたい」という発想は、世界のなかでインドでも中国でもなく、この日本が元祖。わが福神の代表格、恵比寿さんが得意の業で釣りあげた「めでたい」の鯛、なかでも釣り糸にちなんでイトヨリ鯛を釣りあげてから始まった、と嘘くさい起源説をしれっと述べる。続いて「四つの海、波しづか」な天下泰平の今、「まことにめでたう候ひけるとは今この時をや申すべき」……今ほどめでたいときはないとの大宣言。そこで「めでたい」が口癖の「めでた男」とかいう者を登場させる。

かゝるめでたき御代なれば……よ

るもひるもめでたい〳〵といふ事をくちぐせにして、めでた男と名だゝる人あり。

この人、実は南畝の遊び仲間文竿《ぶんかん》こと星野瀬兵衛（『狂歌若葉集』巻上、軽少ならん項）。狂名地口有武というからダジャレ好きの楽しい人だったのだろう。このめでた男にめでたいこと尽くしで詠んだ百首歌を見せようと、一人ほくそ笑む南畝。

われも又めでたい事をほり川の流れのまゝによみ出せしめでた百首のたはれ歌を、めでた男にしめさんとて、覚えずひとり笑ふ門に、今福といふ書林の来りて……

そこにやってきたのが、めでたさ満点の名をもつ書肆《しよし》「今福」（今福来留《いまふくのきたる》というめでたい名前をみずからつけた狂歌仲間でもある）で、その勧めに乗って出したのが本書というわけだ。

さて、ではその半端でないこじつけぶりの数々をみてみよう。まず典型的な江戸自慢から。「野」の一首は『古今和歌集』の詠み人知らず「紫のひともとゆへにむさし野の草はみながらあはれとぞみる」（紫の一本の草があるからこそ、武蔵野のすべての草が慕わしく思える、くらいの意味）をもじって、将軍のお膝元、みな「あはれ」ではなく「めでたし」とみよう、と。

名にしおふおひざもとゆへむさし野の草はみながらめでたしとみん

同じノリで「菫《すみれ》」は、江戸っ子が愛する江戸紫の花だもの、いつまでもめでたい御代に「住み」続ける象徴だとばかりの大宣言。

いつまでもめでたき御代にすみれ草色よき花の江戸の紫

五月の節句には屋根に「葺《ふ》く」（載せる）、「菖蒲《あやめ》」を詠めば、

目出たさはかぎりもながき町つゞきふく〲しくもふくあやめ草

人家が連なる江戸のまち、家々がみな屋根に「葺く」「葺く」――福々とめでたいな、と。

秋の七草の一つ「女郎花《おみなえし》」は、古典文学に取材。『古今和歌集』仮名序で有名な、僧正遍昭《へんじょう》が女郎花に戯れに語りかける歌「名にめでて折れるばかりぞをみなへし我落ちにきと人に語るな」（その名前に魅《ひ》かれて手折《た》っただけだから、女色に迷って堕落したた

と言うではないぞ）を、本当に遍昭が落馬したと理解して、その無事を喜んでみせる。

をみなへし馬から落ちた僧正におけがのないぞめでたかりける

このノリだと、どんなささやかなことにもめでたさは見いだせる。早寝早起きの生活を愛《め》でる「あさがほ」の一首には、うっかりこっちもしみじみと幸せをかみしめてしまいそうだ。

夜半《よわ》にいね朝起しつゝ朝がほの花をみるこそめでたかりけれ

寒さの到来としてふつうなら歓迎されない冬の訪れも、「初冬」の一首はめでたがる。

びんぼうの神無月こそめでたけれあらし木がらしふく〳〵として

神無月は貧乏神も出雲大社に行っていなくなるのだからめでたい、嵐も凩《こがらし》も吹く吹く――福々、だし、と。

こうなったら、恋する君に会えなくたって乗り切れる。「不遇恋」は、

あふことを命づなにてながらへばうけひかぬこそめでたかりけれ

会ってくれるまで想いを命綱に長生きするから、断られるのもめでたいものだ、と。「片思」だって、ポジティブだ。

相ぼれはかへりてあきのかた思ひみむまのあひぞめでたかりける

相思相愛になるとかえって飽きるのもはやいから、「見む間」までのうちがめでたいのだ、と。「明きの方」（恵方のこと）、「巳午《みむま》の間」（南南東の方角）という暦の縁語で綴る一首。

年をとると早く目が覚めてしまうのが苦痛なものだろうが、「暁」は、

よきことを思ひ出せばあかつきにねられぬ老もめでたかりけり

朝早く目覚めたらその間にもいいことを思い出すから、と都合よく決めこんで「めで

たい」と。

月を眺めては世のつらさを嘆いて「かくばかりへがたくみゆる世の中にうらやましくもすめる月かな」（『拾遺和歌集』藤原高光《たかみつ》）というのが和歌の常套《じょうとう》だが、それを逆手にとって、

かくばかりめでたくみゆる世の中をうらやましくやのぞく月影

月のほうがめでたいこの世を羨んでいるにちがいない、とひっくり返す。この歌の、月が人の世を覗くという発想には実は漢詩の影響が指摘されているのだが（池澤一郎『江戸文人論』一―三「大田南畝の自嘲」）、生きづらさを訴えるところを、ふてぶてしく「めでたく」と言い放つのがこの一首のキモだ。

悩みを吐露するはずの「述懐」の題にだって、

いかにせん心のこまのすゝみつゝめでたい事におはれぬる身を

「心の駒」――はやる心に急《せ》かされて、めでたいことに追われる我が身をどうしよう、と。なんて言ってみせてもぜんぜん困っていないのは、むしろ見え見えだ。

最後の「祝」は開き直ってめでたい尽くし。

おめでたく又おめでたくおめでたくかへすぐ〱もめでたかりけり

理屈も論理も突き抜けたところで、満面の笑みで自足の境地を満喫してみせたこの作品。たしかにそのこじつけの無茶ぶりを笑っているうちに、なんとなく幸福感をかき立てられやしないだろうか。

天災の時代に

しかし、この時代は、歴史的にみればそんなにめでたいばかりではない。

たしかに消費生活のうえでは、ある種の華やかさがあったのは事実だ。ときに老中田沼意次による重商主義とも評される政策の行われた時代、人びとの金回りもよくなり、隅田川の下流に新しく築かれた盛り場、中洲に多くの料亭や遊び場ができて江戸の繁栄の象徴となった頃。南畝の遊び仲間も、ただの下級の武士たちや気軽な町人たちだけではなくなっていき、その遊びも派手になる。天明元（一七八一）年正月には、狂歌仲間というのもやや恐れ多い、狂名山手白人こと旗本布施胤致の招きで、南畝は洲崎の有名料亭「望太欄《ぼうだら》」の料理を賞翫《しょうがん》した。その献立を一皿一皿に載せられたすべての具材とともに書き留めた記録はなんと全三十二品、翌年にも招かれてやはり二十七品。今のグルメ記事の詳細さにも負けないくらいで、その体験がどれだけ印象深かったかを語ってあまりある（随筆『俗耳鼓吹《ぞくじくすい》』）。さらに田沼の腹心として勘定組頭に取り立てられて羽振りのよかった（それだけに寛政の改革で斬首されることになる）土《つち》山孝之《やまたかゆき》を、その名も恭しく「軽少《けいしょう》ならん」（というほどうやうやしくもちあげたのだ）として狂歌仲間に迎え、料亭や遊廓《ゆうかく》での遊びも華々しくなる。その名も楽しそうな『三《さん》春行楽記《しゅんこうらくき》』（天明二年）に、南畝はその日々の逸楽を書き残した。

けれど「天明」というやたらに機嫌のよさそうな年号とは裏腹に、それはそれは厳しい天災の時代だった。江戸に影響が及んだ範囲で挙げても、直前の安永六～八（一七七七～七九）年には伊豆大島の三原山が大噴火し、江戸にも降灰があるほどだったし、狂歌の流行のブレイク前夜の天明二年七月に起きた小田原地震はマグニチュード七規模だったといわれている。天明狂歌が大ブームを迎えた天明三年は、とくにひどい年だった。六月には関東一円が大洪水で浸水、さらに、四月から断続的に噴火をくり返してきた浅間山がついに七月初旬には大爆発を起こし、数万人もの死者が出たという。その火山灰が日光をさえぎって、全国各地、とくに東北地方の不作を招き、あらゆる食料を食べ尽くし人肉を喰らうまでの大飢饉《ききん》となったことはよく知られている。その他、各地での洪水・冷害による凶作と飢饉は天明の末（西暦でいうと一七八九年）

頃まで続く。とても平穏な時代などではない。

とはいえ、狂歌師たちはあまりにもそれについて語っていない。が、知らなかったはずはない。狂歌仲間には天明三年八月から翌年にかけて蝦夷地《えぞち》を目指して陸奥《みちのく》（東北地方）を旅した平秩東作がいた。「奥州にては至極の飢饉なり」「この辺、作物青枯にて困窮甚だし。当年中には命終わるべき覚悟、面々咄す」（「平秩東作の『歌戯帳』」『森銑三著作集』一）……こんな情報も入っていたにもかかわらず、彼らはあいかわらずだった。かつて日野龍夫がこの時代、江戸の繁華が不安定なものであればあるだけ、「江戸を明るく楽しい都市として虚構し、それと狎《な》れ合うことが、精神の安定の回復のために必要であった」とうがったことがある（「才能の斉放——文学都市江戸の春」『同著作集』三）。彼らはわかっていてあえて確信犯的にのんきな狂歌の遊びを続けたのだろうか。

実は南畝自身に一首だけ浅間山の噴火を詠んだ例がある。

浅間さんなぜそのやうにやけなんすいわふ〳〵がつもり〳〵て

「浅間さん」を言いたいことも言えず想いが積もり積もって嫉妬に狂う遊女に擬える歌。「なぜそのように」と朋輩《ほうばい》女郎の口を借りていわゆる「ありんす詞《ことば》」で「妬《や》けなんす」と問いかけるように詠む。噴火は当時の言葉で「山焼け」と呼ばれていたことを受けた掛詞で、さらに「言おう」に「硫黄《いおう》」を掛けるところもなかなかおもしろい。ただ、彼はこれを表立って刊行した狂歌集には収めていない。写本などに残ったものを後人が集めたらしい（というのは今日その本も残っていなくて、明治末に活字に起こされたもののみ伝わる）『巴人集拾遺』にだけみえる一首なのだ。

南畝自身、遊女詞で綴る方法はわりと気に入っていたようで、他にも詠んでいる。例の『古今和歌集』仮名序・巻四「名にめでて」の遍昭の歌をふまえてわれが「落ちたと人に語るな」と言っているそばから、口さがなくも噂する嵯峨野の女郎花、という趣向で詠んだのが次の歌。しかも先述の『めでた百首夷歌』の「をみなへし馬から落ちた僧正におけがのないぞ」の歌と同じく、女犯《にょぼん》の堕落ではなく落馬の趣向。『万載狂歌集』の掲載なので、「浅間さん」よりも前に詠んだ歌だ。

をみなへし口もさが野にたつた今僧正さんが落ちなさんした

天明七年の新春を祝う狂歌集『狂歌千里同風』に掲げた「年のはじめのうた」八首のうちにも、おいらんのそばに仕える見習いの少女、禿《かむろ》の口を借りたこんな歌がある。

おいらんに棹姫《さおひめ》さんのおっせんすおめでたうおすけさの初春

「棹姫」＝「佐保姫」は春の女神。「おっせんす」はおっしゃいます、の意。南畝はこんなに遊里言葉の趣向を気に入っていたのに「浅間さん」の歌を刊本に載せなかった。それは、これに内容的な問題を感じていたからではないのか。つまり、あえて載せなかったのではないか、ということだ。

狂歌師役は世の憂さも「茶」に

狂歌師連中の言葉のうちでかろうじてこの頃の世の不穏さを匂わせるのは、「手柄《てがらの》岡持《おかもち》」の名で狂歌に参入した黄表紙作者朋誠堂喜三二《ほうせいどうきさんじ》こと秋田藩留守居役平沢常富《ひらさわつねまさ》による長歌形式の狂歌。吉原の「玉菊灯籠《どうろう》」という行事にあたって開いた狂歌会の成果『灯籠会集』（天明四年刊）にみえるものだ。

今の世に　はやりもて行く　ゑびす歌　かくてぞ人を　なぐさめの　かまぼこな
らぬ　玉鉾の道ゆく人も　来て見なよ　よりなよ竹の　世のうさを　茶にしおひ
たる　人びとの　ながめ出せる　うたかたの　あはれなりける……

「えびす歌」は狂歌のこと。多用される掛詞をいちいち説明していくと、今の世に流行る狂歌はこうして人の心を癒《いや》し、カマボコではなく枕詞「玉鉾《たまぼこ》の」が導く「道」を行く人びとよ、来てみなよ、寄りなよと、その「なよ」竹の「よ」(節)ならぬ「世」の憂さをちゃかす狂歌師たちが詠む歌――それは「うた」かたの泡のように儚《はかな》く「あはれだ」云々。狂歌を波線部のように「世の憂さを茶にする」ものだというのは一般論のようだが、この頃の不穏な天候や災害を指すようにも読める。

しかも、その影響はたしかに狂歌界にもじわじわと広がっていた。蘭学者にして戯作者で狂歌にも遊んだ万象亭森島中良《まんぞうていもりしまちゆうりよう》の門人千差万別《せんじやまんべつ》が天明五年はじめに出した洒落本『無駄酸辛甘《むださんしんかん》』に登場する通人ぶった男が、世の盛衰の激しさをことさらに嘆きながら、こんなふうにいうセリフがある。

去年まではさしも流行せし夷歌〈狂歌のこと〉も、悪凶年に及んでは、皆連中をまぬがれ、会へも出ずして、狂名をけづる。

大げさに悲嘆するのも笑いのためなのだが、それでも世相に遠慮してこの遊びから足抜けするヤツらが出てきている、少なくともこれから出てきそうだという予想あってのこの言葉だったのだろう。

図1-13　『大千世界牆の外』（東京都立中央図書館蔵）

戯作の世界ではこんな天災をひっくり返してちゃかしてみせる作品もある。唐《とう》来参和《らいさんな》の黄表紙『大千世界牆《だいせんせかいかきね》の外《そと》』（天明四年刊）は天地開闢《かいびゃく》以前、神話の天神・地神ならぬ変神たちがどろどろの天地に難儀し、姿も天地も整えるところから始まるが、これは前年夏に関東一円が水につかるという大水害後のさまをうがったものだろうし（少なくとも、そのときのことを思い出しながら読まれるはずだ。図1―13）、同じ参和の翌五年作『莫切自根金生木《きるなのねからかねのなるき》』（千代女画）では、金持ちすぎて金がうっとうしくなった万々《まんまん》先生が穏やかな天候・世相を見こして米を買いだめて安くなったら売って損をしようとするのも、この頃の諸国の不作と米価の騰貴を反転させたものだろう。同

図1-14　『莫切自根金生木』（東京大学総合図書館蔵）

作には諸国の金銀が空から飛んでくるのを屋根の上に人をあげて迎えうたせる場面もあるが、これも浅間山大噴火の降灰を描いたものとみてもいい（図1－14）。参和はのちに寛政の改革をちゃかした『天下《てんか》一面《いちめん》鏡梅鉢《かがみのうめばち》』（寛政元・一七八九年刊）では佐渡の金山が噴火して金銀が降る趣向を使い、同じ年には山東京伝も『孔子《こうし》縞于時《じまときに》藍染《あいぞめ》』で金が降って諸国が金と米に埋もれる場面を描く。

他方、こんな状況になってもなお、狂歌の仲間連中がこれら以外にこの頃の災害を詠んだ狂歌は、筆者自身、見いだせていない。天明狂歌の狂歌集に唯一みえる災害を詠む次の歌は、はるか遠く美濃の国（今の岐阜県）の人によるもの。天明三年七月に、聞いたこともない規模で襲った大洪水によって家が流されたことを詞書きして、『徳和歌後万載集』（天明五年刊）に載る。

はなしにもきかぬ寝み丶に水入て戸口に舟のか丶るためしは　嘯月斎鴉山《しょうげつさいあざん》

大きな災厄に遭いながらも、ほんとうに「寝耳に水」で家の戸口に舟が着くようなことになった驚きを笑いにしてしまう精神は強靱《きょうじん》だ。

だが、江戸の狂歌師たちは次々と襲ってくる災害をあえて詠むことはなく、南畝はふと口ずさんだ「浅間さん」の歌を出版して公にすることはなかった。それは不謹慎だと思ったからなのか、あるいはもっと積極的に現実に影響を及ぼす言葉のもつ霊力を怖れたからなのか——。

「ことほぐ」という発想

この人たちは、現在の私たちが考えるよりもはるかに「言の葉」の力への信仰をもち続けていたのかもしれない。言葉の霊力を信じ、それに現実に働きかける力があると考える古代からの思考は、説話となって近世に入っても脈々と語り継がれた。

『古今和歌集』仮名序は和歌の徳を「力をも入れずして、天地《あめつち》を動かし、目に見えぬ鬼神《きしん》をもあはれと思はせ、男女の仲をもやはらげ、猛《たけ》き武士《もののふ》の心をもなぐさむる」といった。これはずっと多少なりとも信じられてきた。小野小町《おののこまち》が勅命によって雨乞いの歌「ことわりや日の本ならば照りもせめさりとてはまたあめが下とは」（日の本だから照るのも当然だけれど「天＝雨が下」ともいうではないか）と詠んだら雨が降ったという伝説も名高かった（謡曲「雨乞小町」など）。江戸時代に入っても、芭蕉の門弟其角《きかく》が江戸の向島の三囲稲荷で「夕立や田をみめぐりの神ならば」（名も「みめぐり」田を見めぐる神なのだから夕立を降らせておくれ）という句を詠み、雨を降らせたことがまことしやかに語られた。当時の人びとがすばらしい和歌や句の効果が現実に影響すると信じて語った逸話の数々については、伊藤龍平『江戸の俳諧説話』に詳しい。

狂歌もある。南畝編『狂歌才蔵集』（天明七年頃刊）には、「黒沢氏下男紋助」なる者が疱瘡《ほうそう》を病んで、今も谷中にある「笠森」＝瘡守稲荷の神に平癒を祈った一首がさりげなく収められる。

われは人の数ならねども天が下にそのかさもりのちかひにもれんや

取るに足りない我が身も天下の「瘡守《かさもり》」として人びとを守ると誓った神に例外扱いされはしまいと訴えた歌だ。その甲斐《かい》があった、あっていいと思われたからこそ、本書に収められたのではないか。

南畝自身にも例がある。子どもが生まれたのに（彼には生まれた翌年亡くなった長女のほか、息子と娘がいた）、母乳が出なかったことを嘆いて、狂文「童のために乳のなきを嘆く辞《ことば》」に、まさに諺「泣く子と地頭には勝てぬ」にいう、どうにもならない状態で「乳のなきこそかなしけれ」と記し、次の狂歌を添える（『四方のあか』）。

舌つゞみうつほどたんと出ずともちゝとなりともちゝ出よかし

それに続けていわく「日をへてかた〳〵の乳いでにけり」。「かたかた」つまり片方の乳に名歌の徳が現れたと（名歌といってもそのくらいだと）、得意げに記すのは、もちろん笑いを狙ってのことにはちがいない。が、そうかんたんに片付けられるだろうか。

また天明三年十二月に公務で将軍の鷹狩りにつき従って、隅田川の東、小松川の野に出たときに「鶴の三つばかり」も上様の御手に入るという内容の予祝の歌を求められて詠んだ一首（こんなところからも公私を分けない彼らの感覚がわかる）。

春またでしめつる野辺の小松川三千年も手のうちにあり　（『巴人集』）

ときは十二月、新春の訪れ前に出かけた野辺の小松に地名「小松川」を掛け、野辺を占め「つる」と「鶴」を織りこみ、鶴一羽で千年の長寿なのだからその三倍が手中に……とがんばって詠みこんだのに、「そのしるしさらになかりき」つまり効果はなし。それは「あまりの名歌ゆへにや」ととぼけてみせる。うまくいってもいかなくても、占いのように頼む側にも頼まれる側にもうっすらと期待感があったということがかいま見えはしないだろうか。

江戸狂歌の先達白鯉館卯雲《はくりかんぼううん》の狂歌集、その名も『今日歌集《きょうかしゅう》』（安永五・一七七六年刊）にみえる一首はおもしろい。いわゆる「狐憑《つ》き」に遭った人に詠んだ歌だが、南畝はこれを若いときからの思い出の数々を晩年にまとめた随筆『奴凧』で取りあげている。

きつねなら気常《きつね》ならぬぞ心得ぬ気常にせよやきつねなりせば
そののち落ぬやら沙汰なし

狐なんだから「気」を「常」に、たしかにもて、というだじゃれの歌なのだが、わざわざ「歌の効果で狐が落ちたかどうか、聞いていない」と本人が注記する。歌よりむしろこれに注目して南畝のいわく「もつとも妙なり」——すばらしくすてきだ、と。狂歌が上手《うま》いか下手か、それで効果が決まるという通念がまがりなりにもあるからこそ、「沙汰なし」――つまりたぶん効果がなかったのだろうと本人が書いているところが笑える。もし、たとえどんな名歌でも効くはずがないと思われているなら、おもしろくもなんともないはずではないか。

田中優子は南畝の狂歌が巻き起こす哄笑《こうしょう》のもつ強力な祝福の働きをはやくに論じた（「痴れ者の働き　大田南畝」『江戸はネットワーク』）。南畝はそんな言葉の魔力を信じ、言葉を尽くして江戸の「めでたさ」を盛り上げる。いってみれば江戸という土地の太鼓持ちのような人びと――それが「狂歌師」の役どころ。だったらその仲間になるのはなかなかステキなことではないか。

○

現実のお江戸がめでたかろうがめでたくなかろうが、めでたいめでたいと言葉を尽くし、言葉の力でこの世を祝福する「狂歌師」という役どころの発明。もしかしたらそれはほんとうに明るく楽しい世を呼ぶかもしれない。そんな期待に満ちたにぎやかな連中には誰でも加わりたくなる。そしてどんどん仲間が増えていく。そんなしくみで天明狂歌は加速度的に盛り上がっていくことになった。

第二章　言葉のチカラで「役」づくり

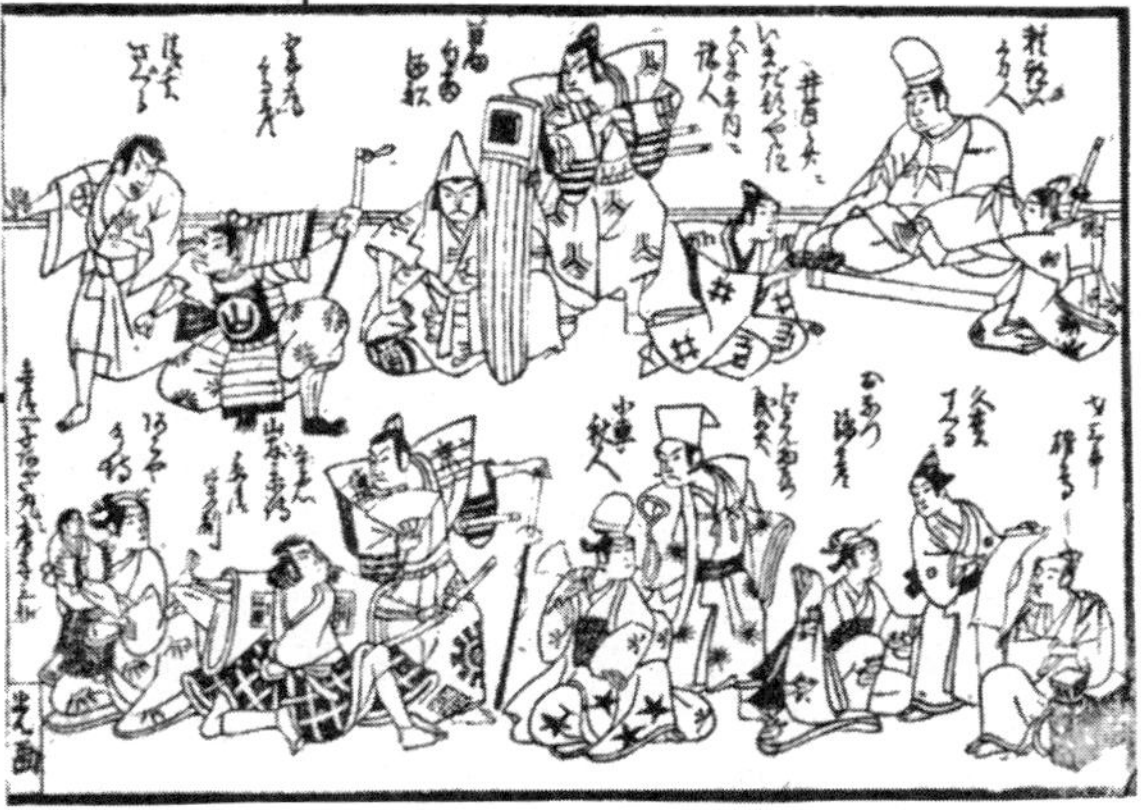

大田南畝・朱楽菅江・唐衣橘洲編／頭光画『俳優風』（青裳堂書店蔵）

唐衣橘洲《からごろもきつじゅう》の始めた狂歌という遊びに加わったときは、南畝も狂歌がこれほどの大はやりになるとは思わなかったにちがいない。あらためて大流行の要因を整理していこう。若くして世に出していた『寝惚先生文集《ねぼけせんせいぶんしゅう》』の大ヒットで、南畝が「寝惚先生」として有名人になったこと。それにつれてまわりに集って一緒に狂歌を楽しむ仲間たちが増え、「狂歌師」という役割を発明し、「世の憂さ」もちゃかしてなんでもかんでもめでたがる、おめでたい仲間たち、いってみれば江戸の太鼓持ちみたいな役どころを確立したこと。ここまでこんな要因について書いてきた。

しかし、そんなふうなちょっとした魅力があるくらいでは江戸を席巻《せっけん》して地方にまでひろがっていくような大流行になるとは思えない。流行が拡大するには、多くの人が参加しやすいしくみと、何より実際にやってみて難しくないという手軽さが必要だろう。その点をもう少し追求してみよう。

1　仲間が集まる言葉の魔力

参加型のしくみづくり

狂歌の大流行の前提として、何よりその仲間が開かれたものだったこと、つまり身分や性別、経済的な差を超えて誰でも仲間入りできる参加型文芸だったことが大きいはずだ。当時の江戸では狂歌だけでなく、俳諧にしても雑俳《ざっぱい》（その代表格が川柳だ）にしても、参加型の文芸が盛んで、狂歌の流行が始まる頃には小咄までも版元が公募しては出版していた。

そのなかでも狂歌は、今述べたような要因から、目新しい遊びとして流行に敏感な人びとには輝いて見えたことだろう。たとえば幕臣の狂歌仲間加倍仲塗《かべのなかぬり》は、南畝宅で作られた来客用のサイン帳『判取帳《はんとりちょう》』に「万歳集（『万載狂歌集』のこと）に入りはべらざりけるを深くうらみて」と、流行に一瞬乗り遅れたことを恨みがましく書きこんでいる。くり返すが狂歌のいいところは、そう思ったら

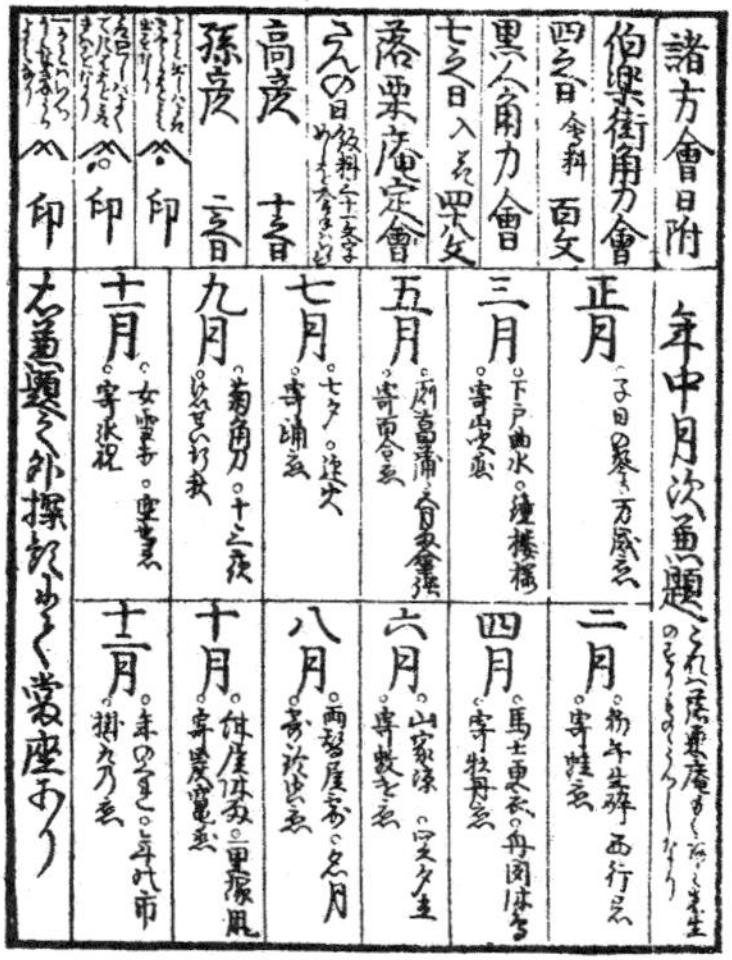
諸方會日附
伯楽街角力會
黒人角力會
落栗庵定會
高彦
孫彦
年中月次兼題
正月
二月
三月
四月
五月
六月
七月
八月
九月
十月
十一月
十二月

図2-1　『狂歌師細見』見返し（法政大学国際日本学研究所蔵）

誰でも狂歌会に参加して「狂歌師」になれたことだ。

吉原ガイド『吉原細見』の体裁に擬えて出された狂歌師人名簿『狂歌師細見《きょうかしさいけん》』（天明三・一七八三年刊）にはここまでもたびたび触れてきたが、その表紙を開けたところ（見返し）に、この年に江戸の各地で開かれていた狂歌会の開催日と参加料が書かれている（図2−1）。たとえば「伯楽街角力会《はくらくがいすもうかい》」は馬喰町で開催されていた狂歌会。「角力会」とは同じ題で詠まれた二首以上の歌の優劣を競いあう遊びで、「四之日」というから毎月四日、十四日、二十四日に行われ、「会料」は百文とある。当時は団子一本が四文でその二十五倍だから、今の感覚でいうと数千円くらいだろうか。「落栗庵定会《おちぐりあんじょうかい》」は元木網《もとのもくあみ》・智恵内子《ちえのないし》夫妻のところでやっていた会。「さんの日」つまり三、十三、二十三日の毎月三回で、参加料として「飯料三十一文字　めしを喰ねばいらず」とある。ご飯代として三十一文ならぬ三十一文字の狂歌、食べずに聞いているだけならそれさえも要らないという太っ腹さだ。「高彦　十之日」「孫彦　二之日」なんていうのもみえる。それぞれ山道高彦《やまみちのたかひこ》、子子孫彦《このこのまごひこ》の開催だが、会費は書かれていない。武士のこの人たちは無料で会をやっていたということだろうか。この敷居の低さ。

こういう月例会は自由参加で、その方式から、当日の参加・不参加にかかわらず月ごと・会ごとに決められた題について狂歌を出して、その点数を競いあう「狂歌角力」「狂歌合《あわせ》」という、誰でもどこからでも参加できるかたちが生まれる。これが狂歌が江戸だけでなく関東・東北を中心に地方へとだんだんに広がっていく下地となる。

　この過程で参加者がうなぎのぼりに増えていった要因として、江戸出版研究の第一人者の鈴木俊幸が指摘しているのは、ここで出版が介在したことの効果だ。つまり、今どきの洗練された遊びとしての狂歌に参加する私、みたいなものを、自作の一首を狂歌集に載せることで世に宣伝する機会を大衆に与えたということだ（『新版　蔦屋重三郎』Ⅴ「狂歌界の動向と蔦屋重三郎」）。天明三年、それまでは集まって「会」を開いて歌を詠むだけだったところに、出版というからくりをもちこんで、狂歌はもう一段手の込んだ遊びとなった。そこではやり手の版元蔦屋重三郎の思わくも働いて、花《はな》道《みちの》つらねを名のった五代目市川団十郎やら、当時人気を博していた黄表紙の作者たち、恋川春町や朋誠堂喜三二ら、筆綾丸《ふでのあやまる》こと目下売り出し中の浮世絵師喜多川歌麿など、今をときめく人びとを狂歌仲間に取りこんで、狂歌が今どきのおしゃれな趣味とみられるようになる。それを出版物に載せることで、誰もがその仲間の一員となった自分を世に宣伝できるようになったというのだ。

　人が多少なりとも心に秘めていそうな自己顕示欲――他人にカッコよく、おしゃれで知的に見られたいという欲望の本質をついた的確な指摘だ。たしかに出版物という当時唯一のメディアに載るには、そのコンテンツを手がけるのが正攻法で、かつ五七五七七の三十一文字なら手軽だ。同じ参加型文芸でも、狂歌は俳諧より格段に今どき感が強かったことだろうし（しかもこの時期の江戸の俳諧は、有力な宗匠が次々と亡くなって勢いが衰える）、川柳は『柳多留《やなぎだる》』をはじめ、句は載ってもその作者の名前は載せないのがふつうなので、人びとの自己宣伝への欲求はハナから満たせない。すると狂歌が選ばれる。

それにしても、みんなそんなに目立ちたがりだったのだろうか。今だってテレビに出たい、ネットで注目を集めたい人はそれなりにいるだろうが、たぶんそうでない人のほうがずっと多い（今の感覚を当時にあてはめるのは安直だが）。前の章の「役」の概念についての節で述べたような、江戸時代のふつうの人が「狂歌師」をやりたくなる理由は、もう少し考えるほうがいいのではないだろうか。

もっと何か、やってみたいと思わせる要素として考えられるのは何か。それぞれの狂歌師が詠んだ歌に判者が点数をつけ、その得点を競いあう「狂歌角力」「狂歌合」の形式が意欲をくすぐったのは事実だろう。そこで高い点を得るための道が見えにくすぎてもダメで、努力のしかたがわかりやすいのも大切だ。そこを深掘りしてみよう。

「言葉の狂」という方法

ここで注目したいのは江戸の狂歌特有の技巧を凝らしたテンポのよさだ。前にみた南畝の代表作、

あなうなぎいづくの山のいもとせをさかれて後に身をこがすとは

この歌は、「あな憂」→「鰻」、「いづくの山の芋」→「妹と背を裂かれて」→（鰻が）「背を割かれて」と次々とくり出される掛詞によって一気に読みくだせる。

南畝の別の例を挙げよう。「汐干」と題する一首。『徳和歌後万載集《とくわかごまんざいしゅう》』に載せた狂歌で、

かりがねをかへしもあへずさくらがり汐干がりとてかりつくしけり

年末の借金の払いも済んでいないのに、桜狩り、潮干狩りで物入りで、さらに借り尽くす、とうまいところを突くもので、初句、第二句の頭を「か」で揃えたうえに何度もくり返される「かり」の音が快い。

次は「小娘の羽根つくを見て」の詞書きを付して、『万載狂歌集』に収めた一首。

はごの子のひとごにふたご見わたせばよめ御にいつかならん娘子

「ひと」ご、「ふた」ご、「見《み》」、「よ」め……とここまでは女の子たちの歌う羽根つき唄をそのままに取り入れ、そこに「いつ」か、「む」すめとさらに続けるところが南畝の手柄だ。数え歌のテンポのよさをそのまま生かしている。

こういう調子のよさは、たぶん江戸の人びとの気質と関わっている……と書くと、根拠のない、いいかげんな「江戸っ子」論みたいだが、実際、前の章でも触れたような、狂歌の少し前に流行した江戸小咄を上方の笑い話と較べると、ずっと簡潔になっていることが知られている（武藤禎夫『江戸小咄辞典』解説、島田大助『近世はなしの作り方読み方研究』二—一「『鹿の子餅』小論」）。短い会話を重ね、その間の余計な説明をそぎ落とすことで、ずっと歯切れがよくなっている。同じような話で較べてみよう。たとえば江戸時代初期の笑話集のはしり『醒睡笑《せいすいしょう》』（元和九・一六二三年成）にみえる次の話は、今でも俗に「星とり棹」と呼ばれて親しまれる有名なもの。

小僧あり。小夜ふけて長棹をもち、庭をあなたこなたとふりまはる。坊主これを見付け、「それは何事をするぞ」と問ふ。「空の星がほしさに、うち落とさんとすれども落ちぬ」と。「さてさて鈍なるやつや、それほど作がなうてなる物か、そこからは棹が届くまい、屋根へあがれ」と。お弟子はとも候へ、師匠の指南ありがたし。

星を空から落とそうと棹を振り回す小僧に屋根でやれという師匠の間抜けなアドバイス、さらにその評が付いている。これが江戸小咄になると、こうなる。『春袋』（安永六・一七七七年刊）より。

　夜中に小僧、長棹を持て庭に出る。「こいつは何をしおる」「空の星を落とします」「ばかなやつだ。そこから届くものか。はやく屋根へあがれ」

この短さ。師匠の間抜けさもそのまま、ツッコミを入れない。説明や言葉をそぎ落とし、会話の間に言葉がない分、歯切れよく、約半分の長さになる。狂歌もこれと同じことではないか。

上方狂歌とくらべれば

天明狂歌との比較の対象として、江戸時代前期の上方狂歌をみてみよう。浄瑠璃作者紀海音《きのかいおん》の兄で、上方狂歌を代表する詠み手油煙斎貞柳《ゆえんさいていりゅう》を取りあげる。彼の代表作が次の一首。奈良の墨の老舗《しにせ》古梅園が宮中に製品を献上する際に詠んで評判になったとされるものだ。

月ならで雲の上まですみのぼるこれはいかなるゆゑんなるらん

（『家づと』享保十四・一七二九年刊）

「雲の上」の語に宮中の意味を込め、「澄み」に「墨」、その縁で「所以《ゆえん》」に「油煙」を掛けるもの。上方狂歌としては技巧的な詠なのだが、それでもその技巧の数は多くない。以下、没後にまとめられた『貞柳翁狂歌全集類題《ていりゅうおうきょうかぜんしゅうるいだい》』（文化六・一八〇九年刊）から。

節句とていはふことばもとりぐ〵のもゝさへづりや花に柳に

桃の節句を詠むのに、祝いの「とりどり」の言葉と「桃」にそれぞれ、花や柳に戯れる「鳥々」の「百《もも》」囀《さえず》りを掛ける。桃の節句を祝う言葉も花や柳に囀る百羽の鳥のようにいろいろだ、との意味。

同じ桃の節句を題に詠んでも、南畝ならば、

盃をさすが女の節句とてもゝのあたりを手まづさえぎる

（『狂歌才蔵集』）

盃に酒を「差す」に「さすが」、「桃」と「股《もも》」を掛けて、掛詞の数は同じ。ただ、もう一つ手が込んでいる。第五句が『和漢朗詠集』にみえる三月三日を詠んだ漢詩の文句取りなのだ。曲水宴でまだ詩ができていない人が、詩を詠みおわる期限を告げる盃が目の前を流れ去らないように「手先《ま》づ遮る」というものだ。これを引いてこの狂歌は詠む、女の節句だけあって盃を交わしあってはいても桃ならぬ股のあたりの乱れを整える、『朗詠集』のように「手まづさえぎる」のは詩を詠むために時間稼ぎをするのではないけれど、と。

『貞柳翁狂歌全集類題』では本歌取りの歌に「本」の表示があって、貞柳の作に占める本歌取り、つまりパロディの歌の割合の高さがよくわかるが、その他は技巧よりもむしろ、次の歌のように発想で笑わせようとするものが多い。

不尽《ふじ》の山夢にみるこそ果報なれ路銀《ろぎん》もいらず草臥《くたびれ》もせず
かしこきもかしこからぬも花にきてほしがるものは酒よ肴よ

富士山は夢で見ればお金も労力もかからなくていいといい、花見では賢も愚もみな酒《しゅ》肴《こう》をほしがるものだとして、どちらも意外な真実をつくことでおもしろがらせようという歌だ。

また何かに「寄せる」、つまり何かにこと寄せてその縁語で綴るような形式の歌でも、たとえば次の「茄子《なす》田楽に寄する恋」のように、技巧よりも、着眼、発想そのものにおかしみを見いだすものが多い。

茄子こそ瓜実かほに負まじと油付たりくしをさしたり

すっきりとした瓜実顔《うりざね》の瓜に負けるなとばかりに茄子が油を付けたり、串をさしたり、と。茄子田楽を焼くときの「油」を女性の髪につける油に喩え、串を櫛《くし》に掛けるのは、たしかにうまい。それでもこの歌をかの南畝の「あなうなぎ」と較べてみると、一首のうちに技巧が占める割合の違いは歴然だ。

狂歌のおもしろみがおもに着眼点や発想にあるのか、あるいは表現技巧にあるのかというのは、それぞれ「心の狂」「言葉の狂」として、狂歌論のなかで伝統的に論じられてきた。そういう二元論で、「心」のほうが上にみられがちなことは、狂歌に限らず和歌でも同様。心とモノの比較としてよく行われるのと同じだ。そういうとき、いつでも心が上位で、言葉やモノは二の次とされる。これを考えると、南畝は相対的に言葉のおかしみを重視し、一首のなかにより多くの技巧を凝らすことを得意としていたことがわかりやすいのではないだろうか。

「心の狂」の難易度

もちろん南畝にもおもに「心の狂」による歌はある。たとえば『狂歌才蔵集』の次の歌は、千鳥足の酔っ払いを新春の訪れに擬えるところにおかしみを求めるもの。

生酔の礼者をみれば大道をよこすぢかひに春は来にけり

あるいは『万載狂歌集』に収めた歌で、

秋の夜の長きにはらのさびしさはたゞぐう〳〵と虫のねぞする

「原」ならぬ「腹」の虫の風流でない声、季節に関係ないと思いきや秋の夜長だからなおさらだ、と。たった一つの掛詞で、腹の虫を秋の虫に擬える発想のおかしみがキモだ。

また、こんなボケもある。「いかなりける年の暮にか」と詞書きして、

金はあり掛けもはらふて置巨燵《おきごたつ》とろ〳〵寝いりつかん年の夜

『徳和歌後万載集』に載せる作。ツケの支払いも終えてなお「金はあり」と豪語して居眠り……したいなあ、いつかは、というオチ。「いかなりける年の暮にか」という詞書きの役割が光る。さらに続けて「この歌ある人の曰く、よみ人しらずと」。自分で編んだ狂歌集に自分の名前を付けて載せるのに作者不詳かもといってみる、そんなとぼけぶりもおちゃめだ。

図2-2 『吾妻曲狂歌文庫』頭光像（法政大学図書館蔵）

天明狂歌師のなかには、「心の狂」に特化した猛者《もさ》もいた。その名も自虐的な「頭《つぶりの》光《ひかる》」（図2－2、拙稿「天性の狂歌師つむり光」で詳しく紹介した）。日本橋の町人で、自らのはげをネタとして、僧正遍昭が剃髪《ていはつ》した際の「たらちめはかかれとてしもむばたまのわが黒髪をなでずや有りけん」（『後撰和歌集』等）を本歌に、母親のせいにしてみせる、『狂歌角力草《きょうかすまいぐさ》』（天明四・一七八四年刊）掲載の一首。

たらちねの我黒髪を烏羽玉《うばたま》のよる昼なでゝかくははげけん

「たらちね」は母親のこと。遍昭は、母が我が髪を撫でたときこんなふうに剃髪してほしいとは思わなかったことだろうというのだが、光は母親が昼夜となく撫ですぎてはげてしまったのだろうと……本歌取りの歌は純粋な「心の狂」ともいえないか。つい光のキャラクターにひっかかってしまった。

で、もとに戻して本題の「心の狂」。「遇《あ》はざる恋」の題で、

いぼ結《ゆ》ひにむすぶの神の結びてや今に一度もとけぬ下紐　（『狂歌角力草』）

開口一番「いぼ結ひに」の響きが笑わせる。ぐちゃぐちゃに固結びにしてしまう、あの「イボ結び」だ。かわいいあの娘が着物の下紐《したひも》を解いてくれないのは、「結ぶの神」つまり縁結びの神様がぎゅうぎゅうにイボ結びにしてしまったからだろう、と（いやそれは八つ当たりだから）。朱楽菅江《あけらかんこう》もこの歌を気に入ったようで、その編著『故《こ》混馬《こんば》鹿集《かしゅう》』（天明五年刊）にも採られている。

またこんなのもある。

夏の夜のみじかき夜着《よぎ》に足引の山ほと丶ぎすきく旅の宿　（『徳和歌後万載集』）

山に掛かる枕詞「あしひきの」を、ひなびた旅先の宿の夜着（布団）が短くてつい足を引っこめる意味にしてしまう、そのおかしみ。布団が短い貧乏くさい山奥の宿、夜も短い夏とはいっても足が出ると寒いのだ。上品な歌語をそんなしみったれた文脈で使うわ、夜中に冷えて短い布団に足を引っこめるのが妙にリアルだわで、とにかく笑える。こんな光のとぼけぶりは、笑いの強者《つわもの》たちが集った天明狂歌師たちのなかでも群を抜いている。

逆にいえば、滑稽者として、「心の狂」、つまり発想や内容のおかしみだけで勝負した（？）狂歌師はほとんどいないということだ。それこそ笑いのセンスがきびしく問われてしまう。

南畝自身は、発想のおかしみももちろん好んだが、この本で取りあげてきた狂歌のように、むしろ言葉遊びへの志向が強い。では他の狂歌師たちはどう考えたのだろうか。

木網・菅江・橘洲は

南畝だけでなく他の天明狂歌をリードした狂歌師たちも同じくで、天明狂歌全体として「心の狂」よりも「言葉の狂」の位置づけが相対的に、上方狂歌とくらべても高い。

たとえば、元木網。この人は好学の町人として狂歌に仲間入りして以来、妻智恵内子とともに気前よく（その狂歌会が会費「飯料三十一文字」だったことは前述した）、多くの人を指導して「江戸中半分は、西久保《にしのくぼ》（芝の地名、木網夫妻の居所）の門人だヨ」（『狂歌師細見』）というくらい慕われた人だ。そんな彼だからこそ著したのが、天明狂歌ではじめての、初心者に向けた狂歌作法書『浜のきさご』（天明三年刊）だ。南畝も序を寄せたものだが、木網はそれに狂歌の「狂」のあり方についてこう説明している。

> 狂歌も心より入たるがよきといへど、狂歌はめづらしき狂言をもとめ言葉より入たるがはじめは入り安きものなり。心の狂はおほく詠みいづる中におのづから得るものなればおもしろき狂言を求めて言葉より入べし。

よく「心」の狂が勧められるけれども、初心者はまず、「狂言」、つまり狂歌にふさわしい言葉を用いるところから始めよう、と。親切な先生らしい現実的な教えだ。「心の狂」は詠み慣れるなかで自然と至る境地で、いってみれば上級編なのだ。

他の狂歌師の著作ではどうだろう。南畝の盟友朱楽菅江による『狂歌大体《きょうかのだいたい》』（未完、藤原定家の『秀歌大体』のもじり）は早いもので天明七年の奥書をもつ写本が伝わる。これには「心」と「言葉」の先後を語るくだりはない。が、狂歌を詠むには題の意味をふまえたうえで「縁の詞」、つまり縁語を集め、それらを「一首のうち二所」置くという具体的な方法を指南している。これこそまずは言葉という考え方の表れだろう。理想を「やさしくやすらかなるをもて第一とする」となだらかな表現に求めるところにも、言葉の用法を重視する姿勢がみえる。

寛政二（一七九〇）年の序文を冠して刊行された唐衣橘洲の『狂歌初心抄《きょうかしょしんしょう》』はどうだろう。中世の歌人頓阿《とんあ》・二条良基《よしもと》による『愚問賢注《ぐもんけんちゅう》』や順徳天皇『八雲御抄《やくもみしょう》』などの歌論書が「心」と「言葉」の先後を論じてきたことを参照しながらも、「しよせん前後あるべからざる事なり」、前後はあるはずがないと断じる。いわく、歌とは「人のいまだ詠まざる風情をやすらかに艶なる詞《ことば》にてつゞくべき」（他人が詠んでいない内容をなだらかで美しい言葉で綴るもの）で、「趣向のみにて詞のふつゝかなる」、つまり内容だけで勝負して、表現が拙《つたな》いのはまるで身分高い女性がよれよれの破《や》れ衣を着ているようなものだという。

こういう論調は、「心」に対して「言葉」の優位をあえて宣言するものではない。

それでも、中世の歌論以来の「心」「言葉」の二元論のなかで当然のように「心」を上におく無意識の呪縛に対して、そこから狂歌を解き放ったということはできるだろう。

しかも「心」の滑稽は笑いのセンスが問われるだけに誰にでも習得できるものではないが、技巧による言葉の表現の滑稽ならば修練すれば誰にだって追求できる。修行を積めばそれなりの歌が詠めそうな気がしてくる——そんなふうに天明狂歌に参加するまでの壁は低かった。

こういう表現の重視を文学史のなかで位置づけておこう。黄表紙や洒落本など、天明狂歌と併行して江戸で発達した、いわゆる前期戯作と呼ばれる作品群について、まさに表現主義が指摘されている。戯作研究の古典、中村幸彦『戯作論』（『同著述集』八）は狂歌を引用しつつ「戯作なる文学は……表現第一の文学である」という。つまりそこで表す内容自体は二の次、三の次。戯作とは散文だけだと考えられがちだが、天明狂歌も同類で、表現の重視は戯作全般と通じあう点なのだ。

◯

天明狂歌特有の、間髪おかず次々と技巧を積み重ねてはおかしみを生み出す昂揚感。いわゆるおやじギャグの一発や二発の比ではない。第一章でみたような、口数多くやかましい狂歌師の役どころにぴったりの演出だ。ゆったりのんびりボケボケしている間があったら、ムダ口を挟む。しかもそれは天性の滑稽のセンスを求めない。修行さえ積めばなんとかなりそうだ。そもそものうえ狂名さえ名のれば誰でも狂歌師になれる（「名ばかり狂歌師」のこともさきに述べた）、この仲間連中の開かれ方。ここにも狂歌の流行拡大の秘訣がみいだせるだろう。

2　「役」づくりの追究

師もなく伝もなく、流儀もなくへちまもなし?!

それまでの狂歌に較べて、言葉の表現を重視し、縁語を駆使して掛詞を次々とくり出すような天明狂歌のいき方には、たしかに新味溢れる勢いがあった。しかも南畝が次のような、先人たちを否定するようなセリフを吐いているから、天明狂歌はそれまでの狂歌の詠み方をきっぱり捨てて、まったく新しい作風をうち立てた、とつい私たち後人はだまされかける。前にも触れた、南畝が五代目市川団十郎の子の海老蔵襲名祝いとして贈った『市川贔屓江戸花海老《えどのはなえび》』のくだりだ。

かゝる時に生れあはゞ、暁月房《ぎようげつ》も禁酒をし、雄長老《ゆうちようろう》も寺をひらき、長頭丸《ちようずまる》もあたまをそり付、卜養《ぼくよう》も匙をすて、行風《こうふう》が古今、後撰にものせ尽べからず。さふいふ江戸の腹合とは、もう詩でもなく歌でもなく、誹諧などは西の海へ、さらりと流行したあとで川柳点とも出られまい。

固有名詞が多いので解説していこう。暁月坊（房）は藤原定家の孫で、『酒百首《さけひやくしゆ》』の作者と考えられ当時狂歌の祖とされた冷泉為守《れいぜいためもり》。雄長老は、細川幽斎《ほそかわゆうさい》の甥で、中院通《なかのいんみち》勝《かつ》判『雄長老詠百首』を遺《のこ》した京都の建仁寺の高僧英甫《えいほ》永雄《ようゆう》。以下、江戸時代初期の俳諧の名手で、狂歌もさかんに行った長頭丸こと松永貞徳、その門下の卜養、『古今《ここん》夷曲集《いきょくしゅう》』（寛文六・一六六六年刊）、『後撰夷曲集《ごせんいきょくしゅう》』（同十二年刊）の編者行風ら、歴代の狂歌の人士を一刀両断に切って捨てる。たしかに、一見、天明狂歌の優越を誇らしく宣言するかのようだ。

　しかしよく読んでみよう。これに続けて「もう詩でもなく歌でもなく」といいながら、南畝自身、実は年々の『南畝集』（写）にまとめたように漢詩を作り続け、いっぽう師匠の内山賀邸は歌人として知られ、天明二（一七八二）年三月には朱楽菅江をともなって京の堂上《どうじょう》歌人日野《ひの》資枝《すけき》へ入門している（『一話一言』巻五）。川柳だって、菅江が、地元、牛込御納戸町の蓬萊《ほうらい》連の出している『川傍柳《かわぞいやなぎ》』に句を出し、天明三年の五篇に至るまで毎篇、序を担当していることくらい南畝も知っていたことだろう。南畝本人だって、この春、その四篇に序を寄せたばかりだった。こう考えると、この文章は天明狂歌の流行ぶりを自慢するために、必要以上にそれ以外を貶《おとし》めてみせた、言いたい放題の太平楽なのだ。うぬぼれてみせることで笑わせようとしているので、まさか額面通りに理解することは期待していない。

　次の文章だって同じくだろう。南畝の狂文「狂歌三体伝授跋《きょうかさんたいでんじゅばつ》」の一節で、時代はくだって十年ほど後、寛政七（一七九五）年の作。南畝が、鹿都部真顔《しかつべのまがお》という次世代を担った狂歌師に地位を譲るにあたって「狂歌三体伝授」一巻を授けたといい、その跋文だったとされるもので、藤原定家の「和歌に師匠なし」（『詠歌大概』）をひねって、

それ狂歌には師もなく伝もなく、流儀もなくへちまもなし。……其趣をしるにいたらば、暁月坊、雄長老、貞徳、未得《みとく》の迹《あと》をふまず、古今、後撰夷曲の風をわすれて、はじめてともに狂歌をいふべきのみ。

（『四方の留粕』文政二・一八一九年刊）

暁月坊、雄長老、貞徳は前にも出てきた。ここではじめて登場する未得も江戸時代初期の俳諧師で、『吾吟我集』――声に出してみよう、「ごぎんわがしゅう」！――を出した人だ。南畝は、暁月坊以下、誰の真似もしない、昔の狂歌集『古今夷曲集』『後撰夷曲集』の詠みぶりは忘れさってはじめて一人前に狂歌が語れるのだとの大宣言。「流儀もへちまもない」とはすばらしく自由な境地だ。だが実はその条件は厳しい。

これに続けて「三史五経を賽の目に切り、源氏、万葉、伊勢」「世々の撰集」と、漢籍の歴史書や儒学の経典、日本の物語や和歌の古典等々の知識がないとだめ、「昨日今日」の新参者の、「戯《たわ》れたる名のみをひねく」るだけの「青くさき分際」ではま

だ修行が足りないというのだ。

じっさい「言葉の狂」でもたせようとしたら、そうとうな技術とそのための修練が必要だろう。そういう努力は、南畝自身、実はかなり積んでいたもようだ。その「努力」とは――先人に学ぶこと、だ。

『万載狂歌集』には、今出てきたような人たちをはじめ、多くの先達の狂歌を収めている。それは『千載和歌集』ならぬ『万載狂歌集』として、古今の狂歌を集めた総合的な撰集とするための、ただのアリバイではない。その先人たちの詠み方を学習し、摂取したあとがみられるのだ。南畝は若い頃、滑稽者の役どころを求めて、平賀源内の背中を追いかけ、大根太木《おおねのふとき》や酒上熟寝《さけのうえのじゆくね》らを慕い、さらに万歳という芸能者たちに範を仰いだ。その向上心は飽くことなくモデルとなる滑稽者を探し続ける。そこで見いだしたのは「見ぬ世の友」、そう、書物のなかの狂歌の先人たちだった。

狂歌の先達から

なかでも「狂歌師」の役どころにふさわしい言葉の「型」づくりをするうえで南畝に強い影響を与えたらしい人に、藤本由己《ふじもとゆうこ》がいる（拙著『天明狂歌研究』二―二）。漢学の師匠筋にあたり、南畝が敬愛する儒者にして詩人の服部南郭《はっとりなんかく》と一緒に、五代将軍徳川綱吉に重用されたことで知られる柳沢吉保《やなぎさわよしやす》に医官として仕え、その南郭の師、荻《おぎ》生徂徠《ゆうそらい》との交渉も知られる人物。その著『春駒狂歌集《はるこまきょうかしゅう》』（正徳三・一七一三年刊）には南郭の序がある。南畝ははじめこの書の上巻を手に入れ、下巻の出現を待ちに待ってやっと天明はじめにようやく入手したと本人が旧蔵本に書き残している（植谷元「『春駒狂歌集』とその著者」『江戸の文人雅人』）。古書の入手は今よりずっと難しかったのだ。

南畝は『万載狂歌集』に、由己の『春駒狂歌集』から十四首を採録した。『春駒狂歌集』は全部で百二十五首だから、この数字はその一割強にあたる。南畝がこの狂歌集をどれだけ愛したかがわかる。南畝の江戸のまちへの愛着は次の章で詳しく述べるが、駒込に藩邸のあった柳沢家に仕えた由己の狂歌には江戸の地名が多く詠みこまれ、『春駒狂歌集』自体が江戸で出版された本だったことも南畝の地元愛をくすぐったことだろう。

それだけでなく『春駒狂歌集』は、南畝の言葉遊び趣味にかなう、技巧を凝らした歌の宝庫だった。『万載狂歌集』に採られた作の数々はまさに南畝の好みにぴったりだ。というよりその事実は、むしろ南畝の好みができあがる過程にこの本が影響したということではないか。さきに触れた浅間山の噴火を遊里語で詠んだ「浅間さんなぜそのやうにやけなんす」も、まさに由己の次の一首に触発されたのではないか。浅間という遊女の絵に、と詞書きして、「見えさんす」と遊女の口ぶりを借りて詠む。

夜目遠目けぶりの中にみえさんすむかしはふかま今あさま山　由己

女性がきれいに見える条件をいう諺「夜目遠目笠《かさ》の内」を使い、笠を煙にして噴煙を上げ続ける浅間山の姿を匂わせつつ、昔は深間（深い仲）だったけれど、今はすっかり浅間よね、と。遊女の口を借りる狂歌は他に先例がありそうにないから、『万載狂歌集』にも収められたこの由己の詠が着想の元になっている可能性が高い。

それだけではない。南畝が好んだ狂歌の技巧のさまざまが由己の歌にも見いだせる。たとえば「鑓《やり》おどり画きたる団扇に」と詞書きする次の一首に典型的な、同音のくり返し。

暑さゆへつかれつかる丶鑓おどりさつと夕立ふりやれおふりやれ　由己

歌舞伎舞踊でも親しまれた、大名行列に連なる奴《やっこ》たちの鎗《やり》踊りが描かれた団扇に書いた一首らしく、鎗の「突かれ突かれる」に暑さに「疲れ疲るる」、鎗を「振る」に夕立が「降る」を掛けて、鎗踊りの文句「降りゃれお降りゃれ」につなげる。その掛詞も巧みだが、小気味がいいのは同音のくり返しだ。

次の梅を詠む一首も、「槍梅《やりうめ》」という品種から発想して鎗踊りをふまえて詠んだもの。

春雨はお先へふれさやり梅を折りてもちやり匂ひかぎ鑓　由己

春雨が「降る」に、鎗の「振る」、梅をもち「やり」、匂いを嗅ぎ「やり」に「持鎗」「鍵鎗」をそれぞれ掛ける。この種の音のくり返しは南畝が好きだった技法だ。「言葉の狂」という方法」の節で触れた「かりがねをかへしもあへずさくらがり汐干がりとてかりつくしけり」もそうだし、年末の餅つきの日に掛取り（掛けの集金役）が来るのを詠んだ、この歌もそうだ。

借銭をもちについたる年の尾や庭にこねとり門にかけとり　赤良

（『狂歌若葉集』）

もう一つ、数え歌風の方法も二人に共通する。南畝でいえば、さきの「はごの子のひとごにふたご見わたせばよめ御にいつかならん娘子」。また隅田川河口近く、三叉《みつまた》にあった盛り場中洲の料亭、四季庵で郭公《ほととぎす》の声を聞いて、一、二、三、四として四季庵を詠みこむ次の『徳和歌後万載集』の一首もある。

ほと丶ぎすなくやひとふたみつまたときくたびごとにめづらしき庵《いお》　赤良

この方法も由己に先例がある。「十三夜月」の題で、

月はひとつ影はふたつにみつ亭主客は七ツで十三夜かな　由己

謡曲「松風」の一節「月は一つ、影は二つ、満つ汐の」や童謡「お月様いくつ、十三、七つ」を下敷きに、足し算で仕立てた歌だ。

こういう特徴的な技巧だけではなく、由己と南畝の狂歌は全体として言葉の調子、テンポのよさがよく似ている。南畝の代表作「あなうなぎいづくの山のいもとせをさかれて後に身をこがすとは」のような、一首にできるかぎり多くの掛詞や縁語を詰めこもうとする機知的な詠みぶりのことだ。

これに似たかんじの由己の歌でいえば、煎茶の縁語で恋心を詠むこんな作がある。

しのぶれど色には出ばなせんじ茶のあはでたつ名や釜の口おし　由己

「色に出」るに「出花」を、茶の「泡」に「逢《あ》は」ないを、茶釜の「口」に「口」惜しを掛ける。これだけむりやり煎茶の掛詞を連ねて、片思いを隠しても顔色に出てしまって何もしないうちから浮き名が立ってしまう悔しさを詠むのが笑える。

また竹筒入りの塩辛をもらって、

塩辛を一筒われにくれ竹のよゝのねざゝの肴にやせん　由己

我に「くれ」るに「呉《くれ》」竹、「よよ」には「夜々」と（竹の）「節々《よよ》」、「寝酒《ささ》」と「根笹」。竹の縁で多くの掛詞を重ねて、塩辛を寝酒の肴にしよう、と。どの狂歌も一首三十一音のうちにたくさんの技巧が詰めこまれ、次から次へと一気に言葉をくり出していく。

『春駒狂歌集』には折句の歌が一首ある。五七五七七の各句の最初の音で言葉を作る、あの技巧だ。

いかい事くはるゝ物じやよい風味物もいはずにちぎり〳〵て　由己

い―く―よ―も―ち。「いかいこと」、つまり大そう食えるものだと両国名物、幾代《いくよ》餅《もち》の旨《うま》さを味わい、ちぎりながら食べるふう。南畝は、これも次の自製の折句歌と二首並べて『万載狂歌集』に収めた。

おとにき、目にみいりよき出来秋は民もゆたかに市がさかへた　赤良

おーめーでーたーい。音にも聞き、目にも「見」たとおり「実」入りのいい収穫の秋。民も豊かに市場も繁昌（「市が栄えた」は昔話の結びの文句）と、南畝お得意のテーマを折句でまで表現した一首だ。こんな例も、どこか南畝の由己への敬愛を象徴するようではないか。狂歌壇の大スターとして大流行を牽引《けんいん》していった裏で、南畝は狂歌師の役どころ確立のためにひそかに先人の技法を学びとっていた。華々しい活躍の陰には、こんなたゆまぬ研鑽があったのだ。

言葉にうるさい男

努力を重ねた南畝は細部の表現にこだわった。後述するように自身の言葉も推敲《すいこう》に推敲を重ねているし、他人の歌にも添削を加えた記録がある。狂歌本出版ラッシュとなった天明三年、馬喰町周辺に住む南畝の門人たちが毎月催していた狂歌会の成果が『狂歌角力草』として出版されていて、その一部の草稿の写本が残っている（のを、お世話になっている古書店主さんがみつけてくれた。拙稿「四方赤良こと大田南畝判『狂歌角力草』稿本解題・翻刻」）。この狂歌会では、南畝が出された歌に一首ごとに点と評価のことばを付けたのだが、その写本にはいくつかの歌について南畝がそのときに加えた添削が記録されている。ここに彼の言葉へのこだわりをみてみよう。

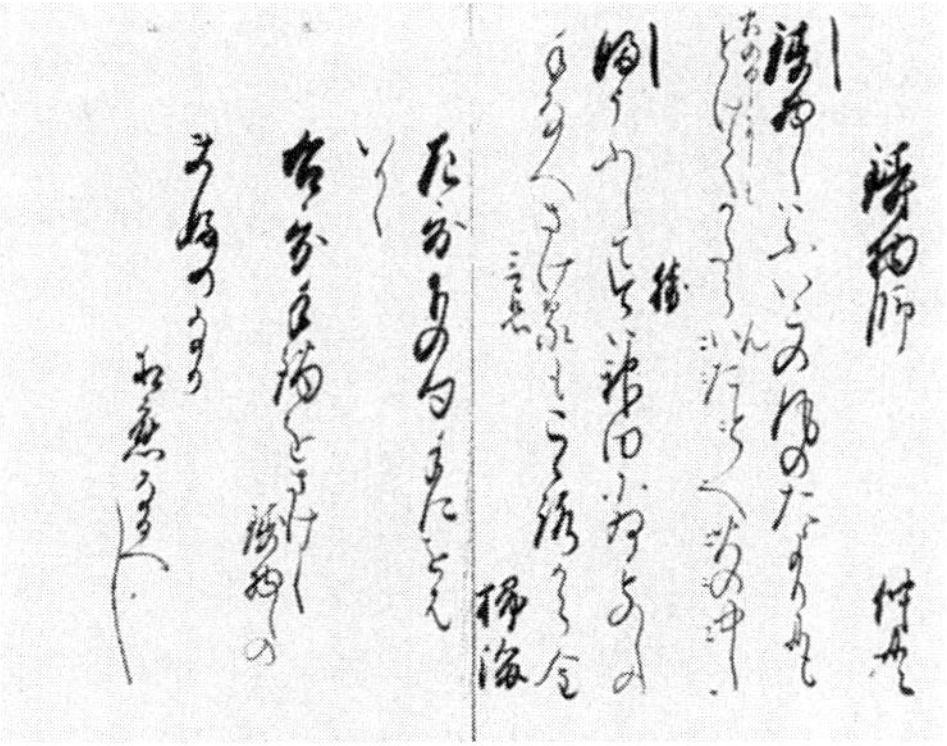

図2-3 『狂歌角力草』稿本（個人蔵）

記録が残っているのは、「狂歌角力」全十回のうち職人を題にその縁語で恋の心を詠む趣向の会の分で、まずは「鋳物師《いものし》」を詠んだ節藁仲貫《ふしわらのなかぬき》という人の歌から紹介しよう（図2-3）。作者は高松藩士。元は次の通り。鋳物の縁でふいご（火をおこすための送風器具）・風・溶ける・火を詠みこむ。

鋳物師はふいごの風のたよりにもとけて
語らばたとへ火の中

南畝はこれに「下の句、テニヲハいかが」といって、こんなふうに直している。

鋳物師はふいごの風のたよりにも火の中にしもとけて語らん

元はあの娘と「うち解けて語りあうことができるならばたとえ火の中、水の中」という意味だとは思うが、たしかに句ごとにブツブツと切れて言葉足らずの感が否めない。それに対して南畝の修正案は、「火の中でもうち解けて語りあいたい」となだらかに言葉続きがずっとよくなっている。ただ、第三句末「たよりにも」と第四句末「しも」と同じような表現が重なっているところがよくない。そこで出版された本では、さらに次のように直されている。この修正も南畝の意向によるものだろう。

鋳物師はふいごの風のたよりあらば火の中にしもとけて語らん

これで「風の助けがあればたとえ火のなかであってもうち解けて語りあいたい」とさらにうまく言葉がつながることになった。

また「ほおずき売り」を題とする、膾盛方《なますのもりかた》による一首。彼はこの会の主催者で、馬喰町の旅籠《はたご》屋だ。

ほおづきの思ひの竹にはさまれていつ恋風に吹れてやなく

これに南畝は「いつ恋風に吹れてやなくといへる事」、「聞え侍《はべ》らず」、つまりこの表現では意味が通じないという。思いの丈ならぬ竹の支柱に挟まれるようにほおずきはいつ恋風に「吹かれてやなく」――たしかにこの第五句は、吹かれていないだろうかという意味なら最後がなぜ連用形なのか、あるいはほおずきを擬人化して「泣く」なのか、よくわからない。そこで南畝はこう直している。

ほおづきの思ひの竹にはさまれていつ恋風に吹れやはせん

いつ恋風に吹かれることになってしまうのだろうか、と。かわいらしい赤いほおずきもいつか恋に落ちてしまうのか、そんな父のような兄のような想いに駆られるほおずき売りの気持ちとしても読める一首に仕上がっている。『狂歌角力草』の各首は、こうした南畝の修正によって、きっと元の狂歌会当日の作よりもずっとおもしろくなったにちがいない。

南畝による添削指導の記録がもう一つだけあるので、ここで紹介しておこう。天明狂歌は江戸での大流行を受けてだんだん地方へも広がっていくが、その早い例に栃木がある。当地の門人だった田畑持麿《たはたのもちまろ》をはじめ、新牛蒡《しんごぼう》・藪中道《やぶのなかみち》・古来稀世《こらいまれよ》・水際緒〆《みずぎわのおじめ》の五名の十二の題に対する六十首の狂詠に南畝が評点と添削を加えた資料が残っている（ご当地の佐山正樹氏のご教示に感謝！）。年代の記載はないが、顔ぶれからして天明後半のものだろう。そのなかにはこんな例がある。「農人恋」を題に詠んだ水際緒〆という人の歌で、元は、

我が恋はおもわせぶりの立すがた鎌をおくてでつねりこそすれ

農人にちなんで「鎌」とともに「早稲《わせ》」「晩稲《おくて》」を詠みこみ、それぞれ思「わせ」「置く手」と掛けた一首。南畝はこの歌の初句を「なまなかに」と改めている。「我が恋は」も「なまなかに」も、どちらも和歌によくある表現だが、「我が恋は」を主語にするとその心を客観的に眺めるふうになり、奇抜な譬喩でもないと歌が生きてこない。「なまなかに」（なまじっか）とすることで、思わせぶりな女性の姿に気をもんでお尻をつねって気を引こうとする男の微妙な感情表現となり、当事者感が出てくる。

南畝の表現へのこだわりはその編著『万載狂歌集』にも表れている。『万載狂歌集』には、同じ天明三年に狂歌仲間唐衣橘洲によって出された『狂歌若葉集』と共通する詠がある。なかには一部かたちが違うものがあるが、それは南畝が（あるいは橘洲の

ほうでも）手を加えたからにちがいない。実際、『徳和歌後万載集』の山手白人による序の一節に、編者南畝が「かれこれゑりもとめて、難波江のあしかりしふしには筆を加へ」、つまり多くの歌を探して選び、歌語にいう難波の「葦《あし》」ならぬ「悪し」きところには筆を入れ、という。『万載狂歌集』でも南畝が手を加えなかったとは考えにくいのだ。

たとえば南畝の甥、紀定丸《きのさだまる》の一首。『万載狂歌集』のかたちは、

ちらとみし君に思ひをこめ俵大黒ならばふみやつけまし

頭巾をかぶって打ち出の小槌《こづち》を手に米俵の上に立つ、七福神の一人としてもおなじみの大黒天の縁語で恋の心を詠む。思いを「込め」に「米」俵を、「踏みつける」に「文（手紙）つける」を掛ける。『若葉集』では下の句が「大黒ならでふみつけてみむ」。技巧としては変わりないが、「ならで」つまり「大黒が踏みつけるのではないけれども文をつけてみよう」というよりも、「ならば〜まし」と反実仮想で「大黒だったらば踏み……ではなく文をつけたことだろうに」というほうがたしかに上の句からのつながりもよくなっている。

秦久呂面《はだのくろつら》の歌には大胆に手が加えられたようだ。『万載狂歌集』に収められたかた

ちは、

やすらひて松のしたぢもからさきのそばはつめたくひえの山盛

近江国の歌枕、唐崎の一つ松やその近くの比叡《ひえい》山の縁語で綴る蕎麦《そば》の一首。下地（そばつゆ）が「辛」いのと「唐」崎、「冷え」に「比叡」を掛け、憩いの場となる松の「下」ならぬ、「下」地も辛く、蕎麦は冷たくひえて山盛りになっている、と。『若葉集』では次のかたち。

から崎やからみをかけてひとつ松くふたる蕎麦はひえの山もり

初句と第二句で「から」の音をくり返すところは小気味いい。が、「辛みをかけて」「喰ふたる蕎麦」とつながるとはいえ、まんなかに「一つ松」が入ることによって、上の句と下の句が分断される。南畝が手を加えたからこその『万載狂歌集』のかたちなのだろう。

『狂歌角力草』にしても『万載狂歌集』にしても、南畝の吟味を経た結果としての珠玉の言葉遊び尽くしなのだ。このように吟味を重ねた技巧に富んだ、いい意味で緊密な表現こそが天明狂歌独特の昂揚感を支えるものだった。

推敲を重ねて

南畝の修行は狂歌にとどまらない。俳諧に俳文があるように、狂歌にも狂文がある。その狂文の表現でも、南畝は貪欲に学んで修練を重ねている。

そのことは南畝研究の大御所、濱田義一郎が早くから論じている（『江戸文芸攷』所収「「狂文」覚え書」）。いわく、南畝が『寝惚先生文集』でデビューしたときに平賀源内のいわゆる「平賀ぶり」の激しい文体に学んでいたことは、狂文の執筆にも生かされている。それがすでに触れた狂文「から誓文」の「来れわが同盟の通人、汝の耳をかつぽじり、汝の舌をつん出し、つゝしんでわが御託をきけ」だ。その後、尾張の俳人、横井《よこい》也《や》有《ゆう》の俳文集『鶉衣《うずらごろも》』に出会って感銘を受け、江戸での出版に尽力するだけでなく、その軽妙瀟洒《しょうしゃ》なふうを自身の狂文に取り入れる。たとえば「初霜解」の「初霜〳〵、をきやすくまたとけやすし。柱あれどもふとしからず、花あれどもしぼむにはやし」のような、テーマとする対象を冒頭でくり返すのは、也有の俳文に学んだ顕著な手法。人間とその生活へのうがちを温雅な外形に包むことを学習している。「月見のことば」「おなじく誹諧文風俗文選《はいかいぶんふうぞくもんぜん》の体《てい》にならふ」と同じテーマで狂文と俳文の書き分けを試みて、その違いを考えることもしている（『風俗文選』は芭蕉の門人許六《きょりく》

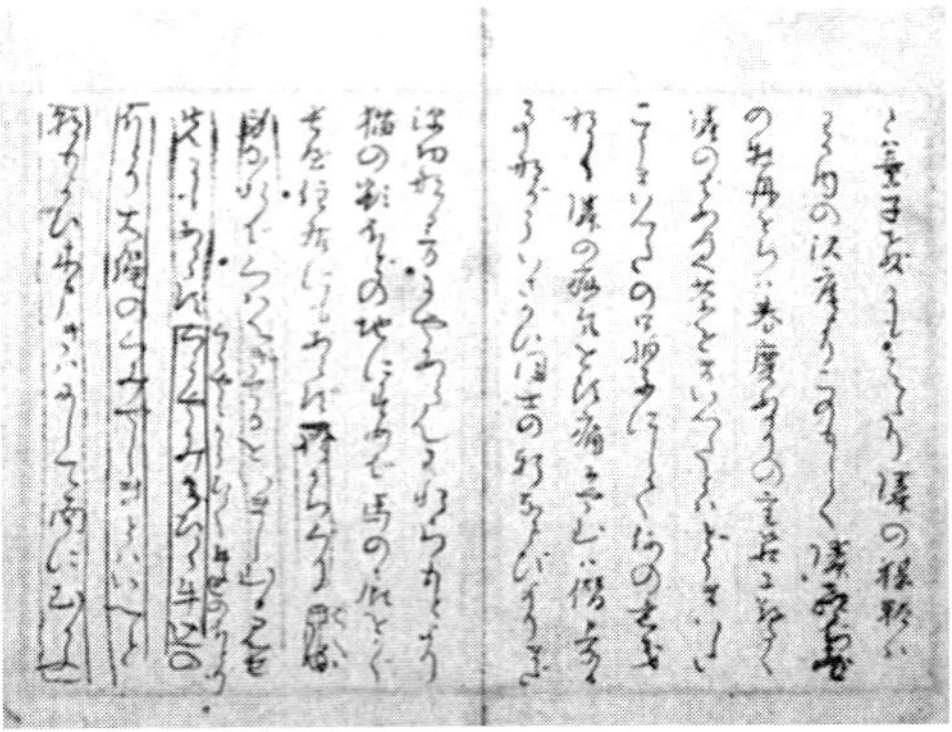

図2-4　『かたつぶり』（法政大学文学部日本文学科蔵）

の編んだ俳文集）。以上が濱田の指摘だ。

南畝はこうして鍛えた文章感覚によって自身の狂文を何度も何度も推敲した。南畝の自筆草稿『かたつぶり』には、『四方のあか』（天明八年頃刊）巻下の約三分の二の狂文の原案が残っている（図２－４、太田記念美術館『蜀山人　大田南畝』展・たばこと塩の博物館『没後２００年　江戸の知の巨星大田南畝の世界』展出品）。二十一編を収めるうち、（一丁分の落丁があるため不明な点もあるが）約半数の十編に手を加えた跡がある。ちょっとした字句の修正もあるが、抜本的に文章を差し替えているところも少なくない。さらに版本『四方のあか』と比較すると『かたつぶり』の修正案からさらに手が加わっているところもあるから、南畝がどれだけ凝り性ぶりを発揮したかがわかるだろう。

具体的にみてみよう。「春日亀楼詠初芝居狂歌序《しゅんじつきろうにはつしばいをえいずるきょうかのじょ》」は、「大塊《たいかい》」つまり天地の造物主と南畝との対話の形式をとる。『かたつぶり』に収められた草稿に即してまずは紹介しよう。天地の造物主が言うことには、お前に手足をはじめ身体を与えたけれども、やりたい放題で、とくに口は酒を呑むにも無駄口を吐くにも「自暴自棄にちかく、「天地のむだもの」だと。そんな天を仰いで盃を挙げ、いかに生きるべきかを問う「四方山人」こと南畝。

われむしろきん〳〵として大通のごとくならんや。はた黙々として生野暮《きやぼ》うすどんとならんや。むしろ黒鴨《くろかも》をつれて五侯の門に入らんや。はた白眼にして世上の人を見下さんや。むしろ深き山に小路がくれをせんや。はた遠き海に沖釣をせんや。

ぴかぴかにしゃれこんだ大通になるか、鈍くさい野暮となるか、「黒鴨」（黒ずくめの従者）を従えてお上に仕えるか、俗世間を白眼視し距離を置いて生きるか、山奥で隠棲するか（「小路隠れ」はかくれんぼのこと）、遠くの海で釣りをして暮らすか、と人生の迷いを吐露してみせる。

この稿本で手直しが入っているのは、引用箇所の末尾「遠き海に沖釣をせんや」のところ。これを「水草きよき所に岡釣をせんや」と直す。『徒然草』第二十一段「人遠く水草清き所にさまよひありきたるばかり心なぐさむ事はあらじ」をふまえるのだろう（細かくいえば説話集『江談抄《ごうだんしょう》』の伝える玄賓《げんぴん》僧都の「外《と》つ国は山水清し」が「水草清し」と訛《なま》って伝わったことも混ざっている）。あえて古典の出典をふまえた表現に直しているのだ。また、この本には修正跡はないけれども、版本『四方のあか』とくらべると、さらに「生野暮らすどん」のところを「野暮のごとくならんや」と直したのがわかる。「生野暮らすどん」は歌舞伎で親しまれた常磐津《ときわず》節『積恋《つもるこい》雪関扉《ゆきのせきのと》』（天明四年初演）の一節だが、ここにこれを使うのは俗っぽすぎるとでも思ったのか、南畝はより簡潔にしたのだ。

もうひとつ小さな改変がある。この人生の迷いに続けて神道者となるか仏者となるかという、その前者の表現。「高間《たかま》が原に神いぢりをし拍手《かしわで》のおとをきこしめさんや」だったのを「きこしめせと申さんや」と直す。「神いぢり」は形式だけの参拝の意味で、神に拍手《かしわで》の音を「聞かせよう」の意味にするためには、正確には「聞こしめす」（お聞きになる）に使役表現を重ねて「聞こしめさせん」だろうが、使役がくどくなるので「聞こしめせと申さん」としたのだろう。

大きな変更はこの後。人生の迷いを述べ終わって、造物主に「笑うな」と言い、その続き。例の「天地間一大戯場」（前章の「「役」の社会」のところで触れた言葉だ）をもち出してくる。この世はすべて芝居がかりみたいなもの、こちらも役者、そちらもその康煕帝《こうきてい》の伝でお願いします。日月も風も雷も、鳥も樹も芝居のようなものだ、とかいうような場面。この言葉は清の康熙帝のものと信じられていたから、『かたつぶり』の表現では、こうなっている。

これも同じく役者なり。もろこし康熙のすべらぎの顔見世のせりふにいはく、天地はひとつのわざをぎなりと。

「すべらぎ」は古語で帝《みかど》のこと。「わざおぎ」は芝居のことで、まさに「天地間一大戯場」を単純に日本の古語で言い換えたもの。これが版本の『四方のあか』ではこうなる。

これも同じく役者にて、もろこしの康熙帝でたのみやす。そこらの仕出しはあめつちの大芝居の帳元さん。

康熙帝の伝で「たのみやす」と、その言葉を直接引用しないところが通好みだ。そちらの趣向は「あめつちの大芝居」の帳元、つまり差配役と、どちらも古語から当時の江戸の俗語にぐっとくだいて、天地の造物主に話しかける趣向とし、ギャップを生んでおかしさを強化している。

この「春日亀楼詠初芝居狂歌序」という文章一つでも、『かたつぶり』の草稿上の直しがこれだけあり、さらにそれと版本『四方のあか』の完成版を較べるとまた多くの違いがある。南畝はいちど書き終えた後も、漢語と和語、俗語のバランス、典拠の使い方を考え直し、何段階にもわたって手を加えて完成させたのだ。草稿には末尾に二首の狂歌があったが、そのうち次の一首は完成版では削除された。

あら玉のとしのはじめの初芝居春狂言をかきぞあつむる

「あらたまの」は年に掛かる枕詞。初芝居と春狂言がほぼ同義で、狂言を「書」くと「か」き集めるの掛詞だけではおかしみ不足だと、本人も気に入らなかったのだろう。

狂文とは、南畝自身もこれほど凝って趣向をこらし、技巧を用いて綴るものだった。それだけに狂文人口は多くない。まとまった量の狂文を個人の文集のかたちで残した狂歌師は南畝と、その門人では次章で登場する宿屋飯盛《やどやのめしもり》こと和学者石川雅望《いしかわまさもち》、飯盛とともに次世代の狂歌界を主導した鹿都部真顔、芍薬亭長根《しやくやくていながね》、それから黄表紙の作者として知られる朋誠堂喜三二くらい。加えていえば、売名家奇々羅金鶏《ききらきんけい》。あとは判者(俳諧でいえば宗匠)となった人びとが狂歌集の序文や跋文を書いているだけだ。

それは、俳諧に俳文があるけれども、誰でも書けたわけではないのと同じことだ。

それだけになお狂歌を手がけた人なら誰でも、こうした絶妙な呼吸で凝った文章が書ける南畝先生を敬愛したに違いなく、その技量を模範として慕ったことだろう。これもやはり天明狂歌の盛り上がりに欠かせないものだったはずだ。

○

参加型文芸として広く人びとに門戸を開き、狂歌師という滑稽者の表現の「型」を確立し、しかも「言葉の狂」を前面に出すことで誰でも挑戦しやすい詠風を掲げた天明狂歌。いっぽう南畝自身は、研鑽を積み、言葉の表現に凝りに凝って独特の緊密な高揚感あふれる詠風をうち立ててその魅力を発信し、多くの人びとを惹きつけた。天性の笑いのセンスがなくとも誰にでも参加できるが、その方法の究極のところに縦横無尽に技巧を凝らした構成を作りあげるという、高い目標をおく。そこに前章でみたようなにぎやかで楽しいイメージが重ねられて、ますます裾野を広げ、また人びとを惹きつけ続けていく。狂歌を大流行へ導く構造がここにできたのだった。

第三章　われらが江戸自慢の流儀

『此奴和日本』(東京都立中央図書館蔵)

南畝の文芸の主調として指摘されるのが「江戸自慢」、お江戸の「めでたさ」の謳歌だ。これもまた人びとを狂歌の道へと誘う大きな魅力だったにちがいない。今や首都となって百数十年、政治的にも経済的にも文化的にも、少なくとも国内では他を圧倒する存在となった東京のことだと考えると、それを「自慢」するという行為はいかにもいやらしい感じだ。だが、南畝が生きた当時は、長年のみやこだった京都、経済面で力をもった大坂に対して、江戸の優位が確立していたわけではなかった。

江戸は、中世の武将太田道灌《おおたどうかん》も城を築いたとされるが、本格的に発達したのは、豊臣秀吉の天下のもと徳川家康が駿河《するが》から領地替えで移ってきてからだ。関ヶ原の戦いを経て、十七世紀はじめに、今でいう江戸幕府を開くが、その頃から都市として「建設」されたのが江戸だ。低湿地を埋め立てて人が住めるようにし、真ん中に横たわっていた河の流れを変え、城を作り、濠や水路をめぐらせ……そんなところからこの都市は始まったのだ。

そこにいたのは多くが戦国時代の風を引きずった荒くれ者の武士たちと都市建設にたずさわる作業員たち。政治的には権力が集中し、三代将軍家光《いえみつ》の時代に確立された参勤交代の制度によって諸国から大名が家中ともども参じ、それとともに人も富も集まる地となるが、文化らしきものが生まれてくるには少し時間がかかる。それまで文化の生産をほぼ独占してきた京都、また経済に牽引された独特の活気をもった大坂という上方の二都市にくらべてはるかに遅れた新興都市にすぎなかった。

ようやく都市として成熟をみて独自の文化が開花するのが、まさに南畝が「寝惚《ねぼけ》先生」としてデビューした十八世紀半ばすぎだった。住民が自分たちを「江戸者」と卑下するのではなく、「江戸っ子」と誇らしげに呼ぶようになったことが確認できるのが明和八（一七七一）年（濱田義一郎「江戸・東京人の気質・人情」）。「江戸」に「大」を付して称賛するようになるのも、現在確認されている例からいえば同じく明和八年（揖斐高「大田南畝における大江戸と風雅」新宿区立新宿歴史博物館講演資料、二〇一一年）。明和二年には多色摺の浮世絵が考案されて、新たな江戸名物「錦絵《にしきえ》」として江戸っ子の自慢の種となる。その数十年前の享保末頃には江戸近海の漁獲を「江戸前」と称してありがたがるようになっていた（花咲一男『川柳うなぎの蒲焼』）。南畝の時代は、こうして、ようやく江戸が自信をもって自前の文化を謳歌するようになった頃だった。

南畝と、彼が牽引した「狂歌」という遊びの大流行は、まさにこの時代の申し子だった。では江戸のどこを、何をどんなふうに「自慢」したのだろうか。それが意外にシブかった。

1　南畝の地元愛

「山の手」への愛着

南畝が少年の頃からほぼ四十代いっぱい、天明狂歌を謳歌した時期に住んでいたのは、神楽坂の西、牛込と呼ばれる地域にあった中御徒町、現在の地名でいうと新宿区中町（筆者の勤務先法政大学市ヶ谷キャンパスのわりあい近く）だ。図3－1は二十代の安永五（一七七六）年、漢詩仲間と連れだって西の郊外へと野遊びに出かけるときのようすを描いたものだが、こんな緑溢れる、文字通り鄙《ひな》びたところに彼らは住んでいたのだ。

彼がその地の暮らしの楽しみを述べた「山手閑居記」という文章がある（『四方のあか』）。これをまず少しずつ区切りながらみていこう。

わが庵は、松原遠く海ちかくと詠みけん、武蔵野の広小路にむすべる芝のはてにもあらず、ちはやぶる神田・浅草のにぎやかならぬも、よしや足引の山の手になん住めりける。

我が家を構えるのは、かの太田道灌が詠んだとされる「わが庵は松原続き海近く」の歌にいう、江戸のなかでも由緒ある芝の地でもなければ、大きな店が並び客足も賑《にぎ》やかに活気溢れる神田や浅草でもない。が、それらもよしあし（よしや「あし」と、山を引き出す枕詞の「足」引の、が掛詞）。こちとら「山の手」の住人だ、といきなりマイナー宣言。今の感覚では世田谷《せたがや》とか目黒とかの高級住宅地が「山の手」だと思いがちだが、そこらへんは当時、農村。麹町《こうじまち》・市ヶ谷、牛込やら四谷・赤坂などの高台の武家地こそが「山の手」なのだ。

図3-1　『望月帖』(穴八幡宮蔵)

続いて、その山の手の四季折々の自然の美しさをいう。

春は桃園《ももぞの》の花に迷ふ外山《とやま》の霞たゝぬ日もなく、夏は江戸川の蛍をみる目白の滝の音たえず、秋は高田のかりがねに民《たみ》の貢《みつぎ》の未進をあはれみ、冬は富士を根こぎにしてわが鉢の木の雪とながむ。四季折々の美景をいはゞ、番町の道の一筋ならず、大木戸《おおきど》の駒のひきもきらざるべし。

春は、中野にあった綱吉時代の犬小屋跡に設けられた広大な「桃園」で、花の林に迷ってたどり着く「外山」の野。尾張藩下屋敷の庭園のことで、そこにたちこめる霞《かすみ》を愛でる。夏になれば江戸川の蛍を眺めるし、その「眼」ならぬ「目」白の滝の音も楽しみだ。秋には高田の田に舞い降りてくる雁《かり》の声に哀しみをおぼえては、年貢が納められない農民の苦労を想う。空気の澄んだ冬には富士山がまるごと近くに見えてまるで庭にあるかのよう。そういえば近くの高田にもミニチュア富士「富士塚」が築かれて手軽に参詣できる。四季折々の景色の美しさを数えあげれば、曲がりくねった番町の道ではないが、そのくらい一筋縄ではいかないし、四谷大木戸をひっきりなしに往来する馬ではないが、そのくらい次々と数えられる……などと近隣の地名を用いた強引な譬喩。こんな自慢も手前味噌だと自覚しての照れ隠しか。

うらぶれてはいても

「山手閑居記」では、山の手の季節ごとの自然の美をこんなふうに謳いあげるのだが、この地域をひたすら美化するだけでは終わらない。

古寺の甍《いらか》やぶれて昼無《ひるむ》尽《じん》の講を催し、神の宮居《みやい》も所せく、夜うかれめの臥《ふ》しどとなれり。頭に置くしも屋敷もり、憂きをみるめの裏貸屋まで、ただ何となく、ひなびたり。

屋根も壊れかけたうら淋《さび》しい寺には昼間からなけなしの金を出しあって無尽講の催しを開く人びと、せせこましい神社は街娼《がいしょう》（夜《よ》鷹《たか》と呼ばれた最下級の遊女が、独り者の武家仕えの奴《やっこ》たちが多い武家地をひかえた四谷のあたりに多くいたという）の宿りとなる。大名家の下屋敷の、頭も霜のように白く年老いた番人、貧しい裏長屋。そんな寂れた、みすぼらしいとまでいえるようなところにも目を向けつつ、これらを「ひなびたり」（田舎めいている）という優美な言葉で包む。

こんな面をもつ我が山の手は、大名屋敷の建ち並ぶ丸の内の、その名も大名小路やら、ぴかぴかで一点の曇りもないお金持ちの商家が軒を連ねる日本橋などとは違うのだ。だからといってそれを卑下するわけでもない。かえって言う、そんな豪華さはなんのその、だ。

むべも富ける殿づくりに三つ葉四つ葉のつるをもとめ、よき衣《きぬ》きたる身のほどもいざしら壁のいちぐらをうらやむともがらは、この地の住居《すまい》はなりがたからんか。

「殿づくり」「三つ葉四つ葉」は、『古今和歌集』仮名序に出てくる催馬楽《さいばら》の「この殿は」の文句取りで、豪勢な殿舎のさまをいう。「よき衣きたる」も同じく仮名序の文《ふん》屋康秀《やのやすひで》を喩えた言葉「商人《あきびと》のよき衣着たらむ」をふまえる。立派な屋敷を望み、身のほども知らずに美服を好んで、白壁の蔵の建ち並ぶ豊かな町人地の暮らしを羨ましがるようなヤツらには、この地の良さはわかるまい、と嘯《うそぶ》くのだ。

南畝の住んだ牛込界隈は、尾張藩などの大名の下屋敷や旗本らの屋敷もあったが、御家人らの小さな組屋敷が続くところだった。そのつつましい暮らしを楽しめるような境地になければこの地では暮らせないというのは、やせ我慢ではない。肘を枕の代わりとするような清貧をよしとする儒学的な美学に支えられている。南畝が、少年の頃に儒学を熱心に学んでいたことを思い起こしてほしい。

さはいへ、ひとへに深き山にかくれん坊をし、遠き海に沖釣をせんとにはあらず。吏にして吏ならず、隠にして隠ならず。朝野の間にのがれんとならば、いづこか此やまの手にしかざらめやは。

そうはいっても深山や海辺に隠棲して人里から「かくれんぼ」してしまうとか、古代中国の太公望気取りで辺鄙《へんぴ》な海辺で釣りをして世に背を向けることにはならないのがこの地に住むことのいいところ。官吏の身だけれどその俗臭に染まりきらず、隠者の心をもちながらも完全に世俗を捨てるわけではない。そんな暮らしができるのがこの山の手なのだ、と。

これこそがまさに南畝が追求した「吏隠《りいん》」の境地だ。しがない小身とはいえ家のためにも幕臣として生きざるを得ず、しかし心の内では隠者の生きざまを慕う自分を南畝が「吏隠」と規定したことは、池澤一郎や高橋章則が詳しく論じたところだ（池澤『江戸文人論』一──一「大田南畝における「吏隠」の意義」、高橋「鶯谷吏隠　大田南畝」）。文字通り「官」の端くれのしがない我が身。いってみれば官民の狭間《はざま》で、隠者の心をもって「吏隠」として暮らすには、この山の手ほどちょうどいいところが他にあるだろうか、と。「かくれんぼ」なんてかわいらしい言葉を交えるのもご愛敬《あいきょう》といいたいところだが、そんな子どもめかしたちゃめっ気で照れ隠しをしながらでないとそんな想いは表に出せないのだ。

この狂文を結ぶのは、次の一首。

窓のうちにふじのねながらながむればたゞ山の手にとるとこそみれ

畳の上に寝転んで窓から富士山を眺めると、山の手だけあってまさに「手」に取るように近く見える、と。富士の「嶺《ね》」と「寝」ながら、山の「手」と「手にとる」がそれぞれ掛詞になって、なだらかに言葉を連ねていくところに、富士を近くに眺める江戸西郊の暮らしへの満足感が溢れ出ている。

江戸っ子みんなが誇りに思う富士山を、江戸で一番間近に眺めることのできるのがこの江戸の西郊の高台、四季折々の風情を楽しむことのできるところ。むさくるしかろうが、垢《あか》抜けていなかろうが構わない。どんな側面だって丸ごと肯定する。それが南畝のこの土地に対する愛着の表し方だった。

むさくるしい我が家も

どんなに卑俗な日常も、それはそれで悪くない。それもさらけ出して歌の対象にするのが、笑いをこととする狂歌師の役どころだ。

南畝が、乳飲み子を抱え、貧乏で所帯じみた我が家の日常を、あえて雅《みやび》やかな古語(彼らからみたら古典の平安、鎌倉時代の言葉は古語だ)で表してみたのが、「車どめ」という一文だ(『四方のあか』)。

下級武士の家、もとよりそれは狭苦しい。「車どめ」とはいっても、出入りするような「車」はせいぜい大八車くらいだろうが、そこは古典の世界に擬えて、牛車《ぎっしゃ》の出入りを停止して家に籠もる文人の風情を気取る。本文中に二歳の児（たぶん長男定吉《さだきち》だろう）への言及があるので、その生年から逆算すると天明元（一七八一）年の作ということになる。

たれこめて小春の行衛《ゆくえ》もしらぬまに、まちし桜の花をかざれる御影講《みえいこう》も程すぎぬらん。

冒頭は『古今和歌集』の一首「たれこめて春のゆくゑもしらぬまにまちし桜もうつろひにけり」をふまえた表現。その歌の詞書きによれば作者藤原因香《ふじわらのよるか》は、病に伏せって御簾《みす》を垂れて籠もっているうちに桜が盛りを過ぎてしまったという。南畝はその姿に我が身を重ねてみせる。春ならぬ小春のこの季節、桜は桜でも、日蓮上人の忌日十月十三日の行事、御命講《おめいこう》に造花を供える季節も過ぎる頃（この絶妙なくずしかげん！）のことだ。

けふなん霜月ついたちとかや、雪は跡にふりぬ、軒のつらゝのつら見世とて、世
にある人のうかれ出る日なめりと思ひおこして、やをら枕をもたげ、夜のものす
べらし、西おもてのさうじ、二、三寸ばかりおしやりたれば、さなきだに秋の野《の》

良《ら》と荒れにしまゝの、人めも草もかれはてたるに、ふりつもる木々の落葉は夢にだも帚《ははき》といへるものをみず。南天の実のふたふさみふさ、ひえどりのついばみあませるもおかし。

長い一文だ。ときに十一月朔日《ついたち》、降った雪で軒に下がる氷柱《つらら》ならぬ「つら」見世、つまり芝居の顔見世に世の人びとがこぞって出かける日だったなと、床から起き上がる。「夜のもの」は布団（当時はどてら型の夜着）のことで、そこからすべり出る。西に面した障子を細く開けると、荒れがちな秋の野原そのまま。山里の冬の寂しさをいう古歌「人目も草も枯れぬと思へば」（『古今和歌集』源宗于《みなもとのむねゆき》）のとおりに、草も枯れ果てた寂しさのうえ、箒《ほうき》ではかれたようすは夢にみたこともないというほどつもり放題の落ち葉。赤い南天の実を数房、ヒヨドリが食べずに残してくれたのがきれいだ。

あたり近き家ゐの棟の板間のいたみて、ところ〳〵筵《むしろ》やふのものうちきせたるに、昼げの烟《けぶり》たちのぼりて、さながら苫舩《とまぶね》の景色をうつせるも興あり。なまなか、さきのあるじの物ずきしをける、塗りだれめきたるものひとつもちて、去年《こぞ》なんすりくはへたる用心土の無用心にひぢりこにすさこねあはせたる、栗栖野《くるすの》の柑子《こうじ》にも恥ぬべし。

近隣に目をやる。南畝の家のまわりはみな同じ役職の御徒組屋敷。貧乏な家ばかりで、壁の板間は傷んで（「いた」のくり返し！）、隙間を筵のようなもので繕った家々から昼食を作る煙が立ち上るのはまるで苫舟から立ち上る煙のよう、などと水墨画みたいなひなびた風情に擬えてあえて褒める。前の持ち主が物好きで作った塗り壁の建物があって、出火に備えて去年練られたままの用心土が身もフタもなく、うっかり藁を混ぜてあるのは逆に不用心だ。『徒然草』の「神無月のころ」（第十一段）にいう、欲を捨てたはずの隠者がミカンを盗《と》られないよう囲いを設けたさもしさよりもみっともない。

ここで『徒然草』の名高い一段に触れるのは、この文章がその文体を意識していることをそれとなく示している。冒頭に引用していた「たれこめて」の歌もまた、実は『徒然草』が有名な「花はさかりに、月はくまなきをのみ見るものかは」（第百三十七段）で触れているものだった。

学者風情も台なし

さて、続き。唐桃、つまり杏子《あんず》は孔子の家にもあるというから（『荘子』漁父）、むさくるしい我が家も、こればかりは学者らしいと鼻高々に目をやる。

からも、こそくじの家にもあなりときけば、これのみ博士めきたりなど誇らひみるに、長き縄を木末《こずえ》にかけてかたへの柱に結ひつけたるは、あなあさまし、ふたつになれるわらはの、しとゞ濡れたる露のしめしのかけどころとは。

ところがなんとその梢《こずえ》と柱の間に縄をかけ、二歳児のおしめの干し場にされている！

すべて冬がれの庭の景色、しだれ桃のしだれんとするに葉なければ木ぶりあしく、柊《ひいらぎ》のつのめだちてやがて節分の用にたゝんとおごめきたるもにくし。牡丹《ぼたん》の花は根にかへりしやら、春のまゝにてたよりもなく、まがきの菊もしぼみつきて、菊烟草《たばこ》のよきむしり頃なり。松ふぐり朝霜に縮みあがり、竹藪夕風にばさけたり。

一面に冬枯れた庭の景。しだれ桃は「しだれ」ても枝も葉がなくてみっともない姿で、柊がとげとげともうすぐ節分で役立つぞと生意気に葉を繁らせているのも小憎らしい。牡丹は枯れてしまったのか春からずっと咲く気配もなく、秋に咲いた垣根の菊の花もすっかりしぼんで、煙草代わりにむしるチャンスだ（この貧乏くささ）。今朝の霜で松ぼっくりも縮こまり、夕風に竹藪もばさばさと枯れた音を立てている。

「三径あれにつきたる」など書けるも、僮僕《どうぼく》の類あれば、かゝる不掃除のきはにはあらじ。たがかみすてし鼻紙のくず、ゑぬの子のゑもいはぬものまりをける、いとむさき中にも……

文の途中だが、いったん切ろう。「三径荒れにつきたる」云々と書いたのは、かの中国古代の文人として名高い陶淵明《とうえんめい》。官を辞めて郷里に帰った彼は「帰《き》去来辞《きょらいのじ》」で自宅の庭の荒廃を嘆いたが、迎えに下仕えの童が出たというのだから、こんなに究極の汚らしさだったわけではないだろう。まったく誰が洟《はな》をかんで捨てたのか鼻紙の屑《くず》も散らかり、犬（えぬ）の子の「え」もいわれぬもの（フン）を放っていったそれも転がっている。そんなやたらにむさくるしいなかでも、春の気配はちゃんとある。

梅ばかりは折をたがへず、枝ぶりしやんと莟《つぼみ》りゝしくくび出せる、げに一陽の動く所とうちうめきつゝ、猫も空み出んとするに、窓につるせる手習の草子の風にふらめき、軒端《のきば》にかけしかけ竿の、布団の香もわる臭きまま、元のごとく障子引たて、つゐそれなりにつつぷしぬ。

梅ばかりはちゃんと枝ぶりもみごとにつぼみを付けている。たしかに世にいう「一陽来復」のとき、春はもう間近だと感嘆し、外の空を見上げようとすると、そこでもまた窓につるした子どもの手習いがひらひらしているのが見えるのも所帯じみ、軒端にかけた竿《さお》に干した布団の臭さも鼻につく。こんな暮らしのなかに風流のかけらを見いだしたのも束の間だとあきらめて、元通りに障子を閉め、そのままふたたび布団につっ伏した……学者らしく風流を気取りたくても、これが南畝の目の前の現実だ。

ここでこの狂文をしめくくる一首。

はやり風ひきこもりたる車どめ御用の外の人は通さず

風邪を「ひき」、「ひき」こもって車止め。「御用」で来るやむを得ない客以外は通さないぞ、と。

所帯臭をあえてぷんぷんと漂わせるこの文章。その汚らしさと『徒然草』ばりの落ち着いた古典的な文体のギャップが滑稽味を醸し出す。もちろんそれを狙った作文にはちがいない。ただ、目の前の現実をあえてこんなふうに『徒然草』もどきに描き出す行為には、むさ苦しくても我が家は我が家、治らない流行り風邪のせいだけれども、そこに籠もるのも悪くない、そんな、我が家に満足する気分が漂っていないだろうか。

露悪、というのでもない。風雅の精神に適《かな》うことも適わないことも、良きも悪きも、清きも汚きも丸ごとさらけ出し、しかもそれを雅言によって描くことで、すべて肯定してみせてしまおうという南畝の不敵なたくらみではなかったか。

○

家というのは、どんなところでも、落ち着く。地元は、美しいから、うるわしいから、いいのではない。地元だから、それだけの理由で、いい。江戸の田舎といえばそうだけれど、のどかだし野遊びするにも近いし、いいじゃないか。見栄《みえ》を張ったり背伸びしたりすることもない。それが南畝の地元の愛し方だった。それは地元、牛込だけでなく、山の手、そして江戸、武蔵野と拡大しても変わらない。そしてその精神は狂歌仲間たちにも広がって共有されていく。それを続けてみていこう。

2　どんなところも褒めにいく

江戸自慢の原点

こうして自らの暮らし、その地元をそのまままるごとよしとして描くことの延長線上に、南畝のいわゆる「江戸自慢」はある。もちろん吉原や深川などの遊里、芝居町、また向島などの行楽地の華やかな風俗、そういうところでの豪勢な遊興のような豊かな消費生活も描く。それはそれで楽しい。でもその一方で、この町のさまざまなところに見え隠れする汚点からも目は背けない。というよりもむしろ、笑いを追求する狂歌・狂文だからこそ、美しくないもの、ぶざまなものもなくてはならない。

元はといえば平賀源内の後押しを得て、彼がわずか十九歳で俗文芸界に華々しくデビューした作『寝惚先生文集』の時点から、この人はそうだった。たとえば、江戸にやってきた田舎者が観光に行く先を連ねた「江戸見物」の七言律詩。初句の「在郷《ざいご》」は田舎のこと。

江戸膝元異在郷　　江戸の膝元　在郷に異《こと》に
大名小路下町方　　大名小路　下町の方

二王門共中堂峻
両国橋踰御馬長
懸直現金正札附
小便無用板塀傍
吉原常与品川賑
儻是狂言三戯場

二王門は中堂と共に峻《たか》く
両国橋は御馬で踰《こ》して長し
懸直《かけね》現金　正札《しょうふだ》附き
小便無用　板塀の傍ら
吉原は常に品川と賑やかなり
儻《もし》くは是《こ》れ狂言の三戯場《しばい》

将軍様のお膝元、お江戸のまちは、田舎とはまるで違う。まず見て歩くのは大名屋敷の続く「大名小路」、大きな店が建ち並ぶ下町（江戸の下町とは本来、日本橋をはじめとする賑やかな町人地をいうのだ）。そこから真っ先に行く浅草寺には仁王門も中堂も高くそびえ、次に回る両国橋ときたら馬に乗っていても長いと思うほどだ。商売法も目新しく、日本橋の越後屋は「現金掛値なし」と銘打って現金売り。人でごった返し、用を足すところにもこと欠くこのまちでは方々の板塀に「小便無用」の札があるのも、もの珍しかろう。宿駅品川も遊所として栄えているが、公許の遊里吉原はいつだって変わらずの大賑わい。大繁昌といえば、また歌舞伎の江戸三座だ、と。立派なこともそうでないことも一緒くたにして、しかつめらしい漢詩のかたちに押しこむところが狂詩の醍醐味。いちおう七言律詩の形式を守って、第一句と偶数句末の郷・方・長・

傍・場で韻を揃えてみせる。

江戸名所を並べたなかに、あえて路地の板塀の「小便無用」の札を紛れこませる。もちろん笑うところだ。たしかに実際、上方にはなかったものではあるらしいから、江戸名物ではある。それにしてもよりによって「小便無用」の札とは、江戸を自慢しているのか、それをちゃかそうとしているのか。

江戸を闊歩《かっぽ》する、ならず者たちにも南畝は目を向ける。題して「太平楽」、彼らの並べる勝手な御託、またふるまいをいう当時の言葉のこと。これは七言古詩の形式を取るので、字数が揃わない句も、あえて古詩らしい風情を出すためにそうしたものだ。

太平楽兮犬之窮
天下太平国土中
殿様御馬槍持屁
四海波静時津風
親分子分柔和理
一杯強飲顔真紅
其而親父応立腹
家職邪魔誰亦同

太平楽　犬の窮《きま》り
天下太平　国土の中《うち》
殿様は御馬　槍持は屁
四海《しかい》波静かなり　時津《ときつ》風《かぜ》
親分子分　柔和理《じゅうわり》と
一杯強飲《ぐいのみ》　顔真紅《まっか》
其《そこ》で親父が腹を立つべし
家職の邪魔は誰とても同じ

君不見人間万事晦日暗　君見ずや　人間万事晦日は暗《やみ》
唯有太平楽未終　唯《た》だ太平楽の未《いま》だ終らざる有り

最初の「太平楽」の三字に続く「兮」の字の存在がきいている。古詩でよく使われる言葉の調子を整えるとされる独特の読まない文字。訓読には反映されないものをあえて投入したところに、その詠嘆の意味合いと古詩らしい趣が、俗語の間にあって違和感満点に、たまらなく光る。「大のきまり」は当時の流行語で、まさに我が意に適っていること。音を強調したいのか、漢字に濁点を振っているところにも注目だ（図3－2）。国中が平和に治まり、その象徴として大名や旗本が江戸を練り歩く。殿は悠々と馬に乗っているが、隣に付き従う槍持ちははばかりもなく大胆にブッとやる……などといわなくてもいいことをいってみるのが、数えで十九歳の男子の感性だろう。お祝いの席でうたわれる謡曲「高砂」にいうようにまさに「四海」つまり世界も波静かに平和に治まった世、侠客《きようかく》の親分と子分が仲もしっくりと、一気に一杯をあおっては真っ赤になっている。飲み屋の親父《おやじ》が怒ったって商売の邪魔になるのはどんな酔っ払いだって変わらないじゃないか。世の暦じゃあ、毎月「晦日は闇《みそか》」なのだよ（昔の暦では月末は新月だ）……とかいう酔っ払ったヤツらの「太平楽」は際限なく続く、と。

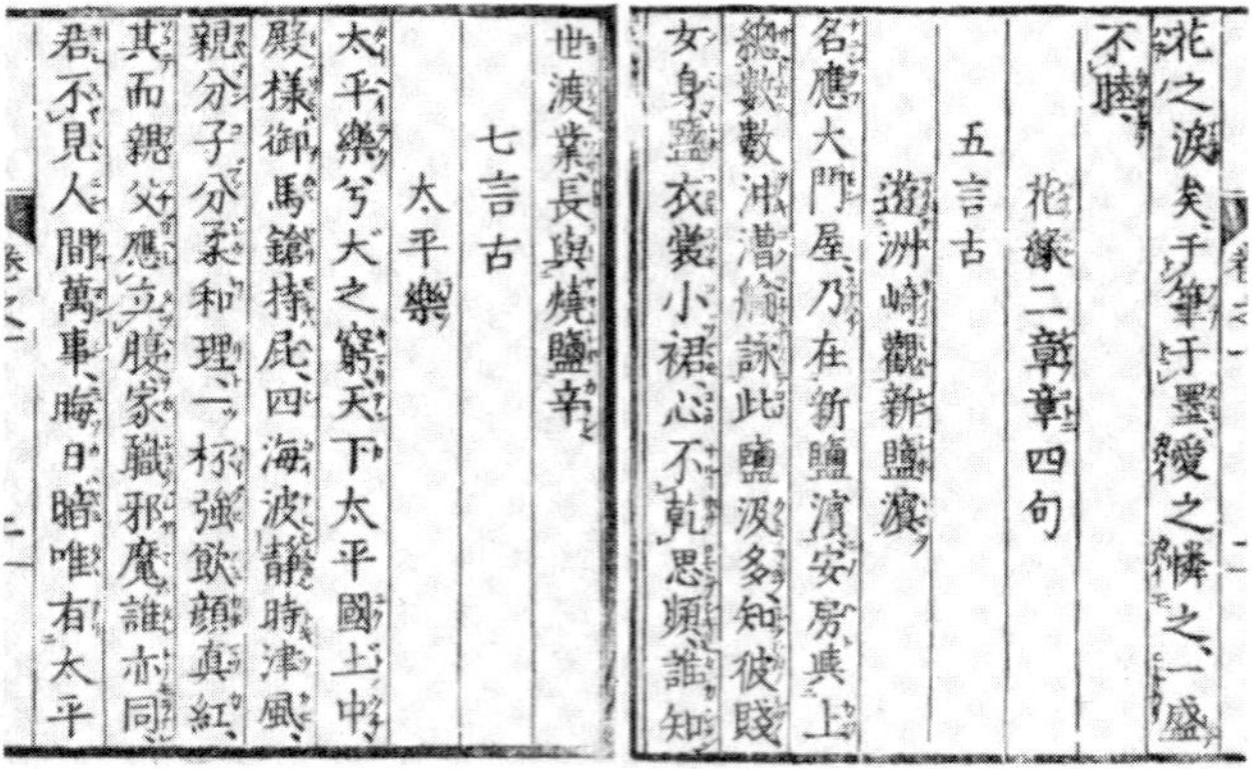
世渡業長與燒鹽辛
七言古
太平樂
太平樂兮大之窮、天下太平國土中、
殿様御馬鍬持尻、四海波静時津風、
親分子分柔和理、二杯強飲顔真紅、
其而親父應立腹、家職邪魔誰亦同、
君不見人間萬事晦日暗、唯有太平

花之涙矣、于筆于墨、綬之憐之、一盛
不時。
花縁二章章四句
五言古
遊洲崎觀新鹽濱
名應大門屋、乃在新鹽濱、安房其上
總數數淅瀝、編詠此鹽汲多知、彼賤
女身鹽衣裳小裾、忍不乾思頻謡知

図3-2　『寝惚先生文集』(個人蔵)

風景としてはぜんぜん麗しくない。むしろ社会の陰の、ならず者の世界だ。チンピラがこうやってのうのうと呑んで御託を並べていられることには泰平の恩恵を感じないでもない。が、想像するだに、コヤツらは清々《すがすが》しくはない。そこを切り取るのが、しつこいようだが南畝少年十九歳だった。

眼前に広がる我がまち江戸は、清かろうが汚かろうがおもしろく、愛すべきだ。もちろん『寝惚先生文集』は、豊かな四季の遊びのさまざま、芸事や風俗など、華やかな流行も描いている。たとえば夏の両国の納涼の景を詠む詩。

川長両国橋　花火燃前後　　川は長し
両国橋　花火は前後に燃《とぼ》る
歌響屋形舟　皆翻妓子袖　　歌は響く

屋形舟　皆　妓子《おどりこ》の袖を翻す

空には花火が上がり、川面《かわも》には賑やかに音曲を奏でる納涼船。この頃、江戸のまちに増えていた踊り子、町芸者たちの振袖が川風に吹かれる……などと解説もいらないほど、直截にその風情を謳いあげる。

浮世絵師鈴木春信らがまさに当時発明したばかりで注目を集めた多色摺の「東錦絵《あずまにしきえ》」を詠めば、

忽自吾妻錦絵移　一枚紅摺不沽時
鳥居何敢勝春信　男女写成当世姿

忽《たちま》ち吾妻錦絵と移ってより　一枚の紅摺《べにずり》沽れざる時
鳥居《とりい》は何ぞ敢《あえ》て春信に勝《かな》わん　男女　写し成す当世の姿

錦絵が、それまで鳥居派の絵師らが手がけていた紅摺絵という二、三色の素朴な版画を圧倒したこと、古風な鳥居の画風なんて春信がフルカラーで描いた愛らしい粋な男女とは比べものにならなかったこと、これもまた特段ひねることもなく素直に詠む。

貧乏をおもしろがる

しかしこんなステキな江戸風俗を取りあげるその直前には、人びとの代わりに神仏にお参りに行くという名目で金銭を乞うた芸能者「願人坊主」の一首。

一染年間作願人　　一ど年間《としま》に染《はま》つて願人と作《な》り
今朝判物取銭頻　　「今朝ほどの判じ物」銭を取ること頻《しき》りなり
町中婦様如相問　　町中《ちようじゆう》　婦様《かみさん》　如《も》し相問《あいと》はば
道楽如来是後身　　道楽《どうら》が如来の是《こ》れ後身《ごしん》

この願人坊主はまだ年若く、年増《としま》女に「はま」って身をもち崩したという設定だ。願人たちは朝のうちに「判じ物」、謎かけの絵や文字を摺ったものを配っておいて、夕方に答えを教える代わりに銭を乞うて歩いた。第二句はそれをいう。後半の「もし相問はば」は、当時流行していた『唐詩選』にみえる王昌齢の詩の一節「洛陽の親友如し相問はば」の文句取り。町内のおかみさんにその正体を聞かれたら「あそこの家のドラ息子のなれの果てだよ」と教えてあげよう、と。「道楽如来」「後身」（生まれ変わり）など仏語をわざわざ使うのは、願人も仏教者の端くれということになっているからだ。

むしろ華やかな都市風俗を切り取るときよりも生き生きと書いている。こうして、さらに最下級の街娼「夜鷹」や偽金から子どもの喧嘩まで、その筆の対象にならないものはない。

この勢いで寝惚先生は我が身の貧乏もネタにする。「貧すれば鈍する世を奈何《いか》ん。食うや食はずの吾が口過ぎ」（「貧鈍行」）はすでに紹介した。「元日篇」では晴れやかな世間をよそに大晦日の支払いの攻防に敗れた我が身の哀しみを描く。

上下敝果大小賤
憶出算用昨夜悲
昨夜算用雖不立
武士不食高楊枝
今朝屠蘇露未嘗

上下《かみしも》敝《ちぎ》れ果てて大小賤《きたな》し
憶《おも》ひ出す算用昨夜の悲しみ
昨夜の算用立てずといえども
武士《さむらい》食はねど高楊枝
今朝の屠蘇《とそ》　露ほども未だ嘗《な》めず

身につけた裃《かみしも》も破れ、大小の刀もなんだか薄汚い。昨晩の掛け金の支払いの苦労を想いつつ、それが成らなくとも武士たる者は鷹揚《おうよう》に構えねばなるまい。今朝も屠蘇を一嘗めもしていないけれど、などと我が身を晒《さら》す。多少は誇張しているのだろうが、貧乏は貧乏だ。

冷静に考えてみよう。これは「自慢」なのか……。

やっぱり自慢なのだ。生き生きとしたその筆に、本人がこうして描き出すことをおもしろがり、その満足がいたるところにかいま見える点で。

南畝は狂詩の作者として、やはり若くして世にその才を知られた京都の銅脈《どうみやく》先生こと畠中観斎《はたけなかかんさい》とよく較べられる。世の矛盾や皮肉をうがって悲哀の翳《かげ》りを添えてみせる銅脈の技量に比べて、南畝のこういう作風はどうも歴代の学者の先生方に評判がよろしくない。昔年の中国文学者青木正児《あおきまさる》（「京都を中心として見たる狂詩」『青木正児全集』二）以来、狂詩研究をする人はいつだって銅脈の陰のあるシニカルな詠みぶりに軍配を上げる。でも世の矛盾を突くような感性が南畝には合っていないのだからしかたない。南畝はハナから世の中の暗部を告発してどうこうしようとは思っていないのだ。なんでもあっての我が愛《いと》しのお江戸、貧乏だって楽しくやっていけるのだからそれでいい。

中野三敏は南畝の狂詩を「パロディによる江戸自慢」といい、「南畝が時折狂詩文にのぞかせる自らの貧乏をなげく態の姿勢は、まさに姿勢（ポーズ）そのものなのであって、決して本音を記したものととるべきではない。それはいわば当時の狂詩文の作者としての約束事なのである」という（『大田南畝全集』一巻解説）。大げさな嘆きはたしかにポーズだろうが、貧乏なのは事実だ。そのうえで私に言わせれば、貧乏生活にすら満足し、わがまち花のお江戸を愛すべきだという思想がこうした表現の下に横たわっているのではないか。ぎらぎらと上をめざさなくていい（というか、当時の制度ではたいして上はめざせない）。だからこそ、私たちも安心して読み、笑い、共感できる。

日常を言祝ぐ

そんな気分で、狂歌はどんなことも対象とした。

狂歌は、あらためて説明すれば、テーマに対してなんらかの趣向を絡めて、たとえば掛詞を駆使して縁語仕立てにするとか、古歌をもじるとか、純粋に滑稽な発想で臨むとかいうような工夫を施して詠むものだ。テーマは目の前の状況のこともあるが（即興で詠まれる狂歌がこれにあたる）、狂歌会で出される題だったりもするから、必ずしも現実を詠むものとは限らない。古典和歌の世界を想定して詠むこともある。それでも、それを含めて狂歌の対象にならないものはない。そこが和歌とは違うのだ。

しかも天明狂歌の特徴は、何に対しても絶対に皮肉や批判を交えないことだ。南畝自身「かりにも落書《らくしょ》などゝいふ様な鄙劣《ひれつ》な歌をよむ事なき正風体《しょうふうてい》の狂歌連中」（『江戸《えど》の花海老《はなえび》』天明二年刊）と宣言したとおり。せっかくの「めでた」い気分を台無しにはしない。

その勢いでなんでも詠めば、それがそのままみんないいじゃないか、ということになる。日野龍夫がかつて「明るい生活圏の虚構」(「五世団十郎と戯作者たち」『日野龍夫著作集』三)と呼んだことがあったけれども、それは何も芝居や遊廓のようなハレの世界だけのことではない。その現実が麗しかろうが麗しくなかろうが構わない。勝手にそれを楽観的に詠んでしまえば楽しくなる。たとえば『万載狂歌集』の巻頭から一首めの貞徳の古歌、二首めの畏友、朱楽《あけら》菅江《かんこう》の詠に続いて南畝が自ら載せた歌。

くれ竹の世の人なみに松たてゝやぶれ障子を春は来にけり

春が来るとは、当時の暦でいえば正月を迎えること。竹と松(ここでは門松のこと)の縁語を交え、竹の「節《よ》」と「世」、障子を「貼る」と「春」を掛けて綴る一首。技巧よりも、貧乏くさく破れた障子紙を貼り直しながらも、いちおう世間並みに門松だけは立てて正月を祝う喜びが命の一首。貧乏をネタにするのは狂歌師の常道で(何度もいうようだが南畝にとっては本当のことだったろうが)、お金はないけれど楽しい日々を詠うのが彼らのお得意だ。今でいうと落語家みたいなものか(落語が狂歌仲間の烏《う》亭焉馬《ていえんば》たちからこのあと発展していくことを考えると、じっさいに親戚関係みたいなものだ)。

『狂歌才蔵集』の「質屋虫干」と題する一首も同じく。

　　質蔵《しちぐら》にかけし地赤《じあか》の虫干しはながれもあへぬ紅葉《もみじ》なりけり

質屋が預かっている質物を年に一度の虫干しに出す。なかには真っ赤な柄物の着物もあって、紐か何かにかけて干されている。それがまだ質流れの憂き目をみずに質蔵にとどまっているところは、まるで川面に散って流れずに引っかかっている紅葉のようだ、と。下の句「流れもあへぬ紅葉」はもちろん『百人一首』でも知られる春道列樹《はるみちのつらき》の「山川に風のかけたるしがらみは」（もとは『古今和歌集』）の本歌取り。この表現を媒介にして古典和歌の世界を質屋という卑俗な商売に落とすところが一首のキモだ。お金に困って世話になるような、あまりステキではない質屋の商売も、こうしてみるとなかなか美しいかもしれない、とむりやり思わせる。

　こんな一首もある。題して「足駄《あしだ》の歯入」、要するにすり減った足駄（下駄《げた》）の歯を入れ替える職業の人を詠んだものだ。

　　世わたりのやすきもよしや難波江のあしだの一はいるゝばかりは（『万載狂歌集』）

「難波江の」は難波の葦が歌言葉として有名なことから「あし」を導き、「葦」と「足」が掛詞、その葦の「一葉」には足駄（高下駄）の「一歯」も掛かっている。で、世渡りが楽なのもいいなあ、難波の葦の一葉ならぬ足駄の歯を入れるだけなのは、というくらいの意味。「よしや」に、葦の音は縁起が悪いとしていい換えた「よし」が効いているのはもちろんだ。冷静に考えると、しがない下駄の歯入れ屋の商売がそんなに楽だとは思えないのだが、そこはレトリックの力で、こうまとめられるとそうなのかと思ってしまう。たしかに今でいえば靴裏の張り替えと同じで、みんなの生活で絶対に必要なものだし、不当に値下げしてくるライバルさえいなければそれなりに安定はしているか。が、そのくらいの仕事も南畝の手に掛かればめでたくなることがポイントだ。

　例によって借金漬けの貧乏武家が年末を迎えると、

　ものゝふも臆病風やたちぬらん大つごもりのかけとりの声　（『徳和《とくわ》歌《か》後万載集《ごまんざいしゅう》』）

武士らしくもない臆病風だが、そのくらい年末の掛け取り――溜《た》めこんだ支払いの催促の人はそうとうすごんでくるのだろう。素朴ながらおかしい。

　あまり笑えない場面でも言祝ぎの力に頼る。『狂歌才蔵集』に収めた一首で、詞書きによれば北風激しい歳末の日、菰《こも》を着て病にうめく物乞いを見かけて金銭と懐中の薬「万金丹」を与えたときの詠。

北風は今日はな吹きそ飢え人の虫もかぶれり菰もかぶれり

『伊勢物語』第十二段の、武蔵野を逃げる男女が追っ手に火をかけられそうになって詠んだ「武蔵野はけふはな焼きそ若草のつまもこもれり我もこもれり」のもじりで、虫が「かぶ」る（腹痛がする）と菰を「かぶ」るを揃えたところも巧みだが、笑いの要素は寒風と痛みに苦しむ「飢え人」への哀れみに覆い隠される。北風に「な吹きそ」、吹かないでくれと呼びかけるところは、そのまま彼の真情を汲み取っていいようにみえる。この人はこんなときにも狂歌を詠むのだ。

こじつけだって

もっと素朴な感じでいえば、マクワウリとスイカの盛り合わせを愛でる次の一首もすてきだ。

砂村のゐにしの瓜となるこ瓜ともにもらさぬ水菓子の仲　（『徳和歌後万載集』）

砂村は現在の江東区内にあった砂町の旧名でスイカ（西瓜）の名産地。鳴子《なるこ》は現在の西新宿にあたり「鳴子瓜」と呼ばれる質のいい真桑瓜《まくわうり》の生産で知られた（高層ビルの建ち並ぶ今の西新宿からは考えられない！）。そんな砂村のスイカとその「縁《えにし》となる」、鳴子瓜のコラボレーションとはさすが水菓子（つまり果物）同士、水ももらさぬ親しい仲ですな、と。今のように遠くから果物が運ばれてきたりしない時代、江戸近郊の西と東から届けられた名産の瓜の共演を素朴に喜ぶ、うれしい気持ちが溢れ出ている。どんなことだっていい。しかもそれぞれがどう素晴らしいか、根拠を挙げて読者をいちいち説得しようとはしないし、その確認もいらない。

目黒の大鳥明神を詠む次の一首は、その名前だけで大鳥明神をもちあげる。どう考えてもこじつけなのは承知のうえだ。

この神にぬさをも鳥の名にしおはゞさぞ大きなるかごありぬべし（『万載狂歌集』）

神に捧げる「ぬさ」、御幣を「取り」に「鳥」、鳥の縁となる「籠」に「加護」を掛ける。大鳥という名前なんだから、それだけの大きな籠ならぬ神のご「加護」があるはずだ、と。ありえない、なんていう野暮なツッコミは無用だ。そう信じた者勝ち。それでわれらは楽しいのだ——むやみやたらに前向きな気分がここにはある。
第一章でもみたように、狂歌師四方赤良の手にかかればなんでも「めでたい」。根拠はあってもなくても、自分たちが楽しいのだからそれでいい。例の『めでた百首夷歌《えびすうた》』にはむしろこじつけでもいいじゃないかと開き直りに近い歌さえみえる。

五月雨《さみだれ》のふる屋の軒のやね板もあつきめぐみにもれぬめでたき

五月雨の「降る」なか、「古」い家の屋根も雨漏りがしないのはしっかりと「厚」いからで、それもこれも泰平の世の恵みが「篤《あつ》」いからだ、と。雨漏りしないだけでありがたがれれば、この世はたいがい幸せだ。前にみた「いつまでもめでたき御代にすみれ草色よき花の江戸の紫」の、江戸紫色に咲くスミレの花だけでそこにいつまでも住みたくなるなんていう気分もそうだ。幸せは自分次第みたいな、宗教めいた幸福論を地でいくように、むしろ確信犯的にこのまちに住むことを丸ごと肯定する。

「江戸自慢」とかいうと、江戸のすばらしいところばかりを挙げて賛美するようなことを想像しがちだ。歌舞伎とか吉原とか、盛り場とか料亭とか、花見とか紅葉狩りとか。たしかにそれも詠む、それはそれで極上の娯楽だ。でも、そんないかにもすごいところばかりを自慢するようではまだまだ青い、というくらいの勢いがある。そこに、天明狂歌の愛すべき点を筆者はみたい。江戸の太鼓持ちたる狂歌師四方赤良の手に掛かれば、どんなにダメそうなところだって褒められないところはない。それができないようでは狂歌師ではない。それが狂歌師の役どころなのだ。

世の中、嘘も方便

身もフタもない現実をそのままもちあげてみせようという開き直った態度がよくわかるのが黄表紙『手練偽《てれんいつわり》なし』という作品。実はこれ、十ページしかない（つまり当時の数え方でいう五丁、専門用語でいう草双紙一冊物）ぺらぺらな一作で内容もなかなか軽々しいくせに、なんと実は現在知られている伝本が一点だけという貴重な作。とはいえ、それに画工北尾政美《きたおまさよし》ことのちの鍬形蕙斎《くわがたけいさい》（北斎《ほくさい》に真似られた絵師として知られる人だ）の名前はあるものの、南畝の名前はない。ただ版元蔦屋重三郎の広告から南畝の作だと知られる（古典文庫『蜀山人黄表紙集』和田博通解題）という、ちょっとしたいわく付きの作なのだ。ただ南畝としてもたぶん隠していたわけではなく、今はなくなってしまったカバー（当時の言葉で「袋」）にでも書いてあったのだろう、と思う。

そんなわけで刊年も不明の（広告は天明六・一七八六年だからその頃以前だろう）この作品、落としどころは「まことと嘘が半分づつなくては世の中がたつものか」。半分ずつとはけっこう嘘の割合が高いなとつい思ってしまうが、それはさておき、中身を紹介する。

ときは鎌倉時代。執権北条時頼《ほうじょうときより》が嘘ばかりのこの世の中を嘆いて、「偽り禁制」を言いわたす（雪のなか愛蔵の盆栽を切って暖をとってもてなしてくれた人を褒めてつかわした「鉢の木」伝説でも有名なこの人なだけに、さもありそうな設定だ）。そこで、まず正月の門松を立てるにも、松も竹も、裏白も橙《だいだい》も、何にしても本物を、というわけで、鉢植えをそろえて植木市のようになる。それはまだしも、大変なのは年始のあいさつまわり（図3－3）。迎える側が「まことにうるそう候ける」と、つまり「まったく面倒くさい習慣だ」と本当のことを言ってしまう。あいさつに行くほうも「実は来たくない」という本音を言う。そのうえあいさつ先に「明けまして良い春」といいたいところだが、きっと年末の支払いの工面にも苦労して、ひど

図3-3　『手練偽なし』（東京都立中央図書館蔵）

い年明けを迎えたことだろうとあけすけに言ってしまう。迎えるほうも迎えるほうで「何かのついでに来たくせに、どうせなら来なければいい」などと言っては、客が早く帰るようにと箒を逆さに立てるまじないを本人に見せつける。

次の場面は天神の富くじ（宝くじの前身）。そのねらいは「鼻の下の」つまり口の「建立」、食べていくための興行だ、と本当のことを看板に書く。これまで嘘が多かったことを反省し、正直に内実を書く（今でいえばアカウンタビリティーか）。するとあまりの正直さに人びとが驚いて買い手がいなくなる。続いて鶴岡八幡宮境内（江戸の深川八幡をなぞらえる）で相撲の興行の場面。相撲では強いほうが勝つのが当たり前のはずなのだが、ときに逆にしたり引き分けもなしにしたりしないと客の入りが落ちてしまう……と裏事情もあけすけだ。

吉原でも、みんな正直だ（図3－4）。吉原行きの駕籠《かご》かきは後で代金をふっかけることをあらかじめ宣言。客も自分がどんなに貧乏かを言いつのる。廓内ではおいらんが客をいちいち値踏みする。気に入らない客に「なぜおいでなんした」と文句をいいながら、脇目もはばからずサツマイモをむしゃむしゃ。やり手もその客からは取れるだけ取って早く手を切れと本音を言い、客のほうも実は借金をしてきたところで、懐《ふところ》が火の車だと暴露。情趣も何もない。

困ったのは芝居の世界。芝居だからすべてが嘘だけれど、やめてしまうわけに

図3-4 『手練偽なし』(東京都立中央図書館蔵)

もいかず、大げさな言葉はやめ、誇張のない、ぶなんな話を選んでの上演とする。さすがは北条時頼の世、ここは「鉢の木」だ。わざわざ性格のいい人を選んで誠実な主役、性格の悪いのを敵役。男が女の振りをするわけにはいかないと女形《おんながた》もやめになる。早朝からやるのもやめて昼からの興行とする。

そんな世の中すべて「ふけいき」(江戸時代にもこう言ったのだ!)、こんなことではたち行かないというわけで、世の中元通りにしていただきたいと人びとが執権北条時頼に嘆願する。

以上が『手練偽なし』のあらすじだ。虚

礼で成り立つこの世、それを崩すわけにもいかない。芝居はもちろん、吉原だって富くじだって、なんだってみんなこの世は建前があって成り立っている——そんなことは誰でも充分承知だ（ろう）。それをあえてついてみせることで、笑いとともに裏側から、それがあっての世の中なのだと読者を納得させる。嘘は悪いといわれるけれど、みんな暗黙のうちにお互い納得ずく、それもあっての楽しいわれらのお江戸なのだ。いちいち野暮なことはいうなと——こんなことを笑いに包んで表すとは、なんて「通」な、スマートなのだろう、この人は。

○

表もあれば裏もある。日向《ひなた》もあれば陰もある。当たり前のことだが、それを丸ごと肯定し、面白がる、それがこの人の江戸という都市への対し方だった。今の感覚なら、それだけでいいのか、批判精神が足らん！　と思うかもしれない。でも、それが当時、もっとも賢く、カドを立てず、楽しむ方法だった。第一章でふれた平賀源内みたいに、不満や悪口をまき散らすのは野暮なのだ。

3　狂歌師なかまの江戸自慢

名所に名物?!

世の良いも悪いもなんだっていい。すべてをほめたいご機嫌な気分は南畝だけのものではない。まわりの狂歌師仲間みんなのものだった。

さきに南畝の添削ぶりを紹介した『狂歌角力草《きょうかすまいぐさ》』は、天明三（一七八三）に月々開かれていた狂歌会の記録だ。日常の一コマを詠んだり、名物の食べ物や名所を詠んだり、芝居を詠んだり。さまざまな身分職業の人にこと寄せて恋心を詠んだり。実にいろいろだ。

これをみれば、彼ら江戸のまちの太鼓持ち、天明狂歌師の「江戸自慢」のありようがよくわかる。裏長屋だってもちろん対象だ。「裏店春雨《うらだなはるさめ》」と題する、独寝欠《ひとりねのあくび》の一首。

　うら店をかりの浮世にすむ月日ふるほねかりて傘を春雨

裏店を「借り」に「仮」を掛け、かりそめの浮世で暮らす日々を詠む。月日を「経る」ため、「古」い傘の骨を借りてきて傘張りをする。最後の「春」雨にはもちろん傘を「張る」が掛かっている。

夕顔の咲く隣家。けれども『源氏物語』のように「荒れ家」とか、「賤《しず》が軒」とか詠むわけにはいかないじゃないか、お隣さんに対して……というのは襖明建《ふすまのあけたて》という人物の詠。「隣夕顔」と題して、

荒れ家とも賤が軒ともよみがたし御隣にさく夕顔の歌

王朝時代とは違って、今どき、近所付き合いを考えると滅多なことはいえない、というわけだ。

歌舞伎は狂歌のかっこうの題材だ。もちろん舞台や花道、花形役者も詠むのだが、客席のさまざまも狂歌にしてみる。一番安い客席「羅漢台」は、舞台の奥にあって役者を後ろから見るという席。役者に近くて熱狂的なファンにはいいかもしれないが、役者の顔も見えない残念さを勘定外成《かんじようのほかなり》が詠む。


すねたのか顔さへむけぬたちすがたうしろからみてあけらかん台

席が席だから顔が見えないので、役者がすねたわけではないのは承知でボケる。後ろ

から見て「あっけらかん」に「羅漢台」を掛けている。
もう一つ、花道の脇で窮屈な土間（今なら舞台正面の一等席だが当時は安い）の席「おくみ」を詠んだ珍々釜鳴《ちんちんかまなり》の狂歌。

あたり隣心おくみのつまみ喰忍びて君が手をにぎりめし

つまみ食いをするように辺り隣に心を「置く」、気兼ねのいる「おくみ」の席。ひそかにあの子の手を「握る」、「にぎりめし」をつまみ食いしながら、というくらいの意味だろう。薄暗い江戸の劇場で人びとが好き勝手に食べたり、女の子を口説いたり。安い席だろうと楽しそうだ。
「大江戸に名だゝるうまこと」、つまり名物の狂歌はどうだろう。今でも有名店の味は誰にも愛されるもので、当時名高かった饅頭や団子、飴や煎餅などなどにちなんで、恋の心を詠むという試みだが、そこに「名物」でないものを混ぜてくるのが彼らの笑いだ。四谷大木戸で売られたもので、大きいだけが取り柄の牡丹餅《ぼたもち》を詠んだのは、大《おお》原雑魚寝《はらのざこね》。

ちぎりても君やまずしと思ふらん顔はぼたもち尻は大木戸

ちぎって食べてもどうせ不味《まず》いと思うのでしょうね、この大木戸の牡丹餅を、というのに、私と契ったとしてもあなたは失敗したと思うのでしょうね、顔は牡丹餅（お多福）だし、お尻は大きいしという意味を重ねる。この卑屈さも牡丹餅もぜんぜん美味《おい》しそうではない。

特定の店ではなく、屋台の夜鷹蕎麦《よたかそば》も詠まれる。加倍仲塗《かべのなかぬり》の一首で、

かさゝぎの渡せる橋の夜鷹蕎麦くらい所にねぎのうつり香

『百人一首』で有名な大伴家持「かささぎの渡せる橋におく霜の白きを見れば夜ぞ更けにける」によって、その夜更け、橋のたもとに現れる夜鷹蕎麦売りを引き出す。夜鷹、つまり最下級の娼婦《しょうふ》が街頭の「暗」いところで「寝」てその香を男に移すように、蕎麦を「喰ら」う屋台がまわりに「ね」……葱《ねぎ》の香りを漂わせる、と。どうも美味しい感じはしないが、別にそれはそれ。おもしろく詠めばいい、のだ。

江戸名所の各地を詠んだ歌はどうだろう。観光スポットなんて余所《よそ》からきた人が行くところで江戸に住むわれらには関係ない――なんてすましたことを言わないのが天明狂歌師。江戸名所は彼らがたびたび取りあげた人気のお題だった。

吉原にほど近く、川柳や洒落本なんかでは吉原行きの口実にもされたことが書かれる紅葉の名所正燈寺《しょうとうじ》。これを詠んだ加保茶元成《かぼちゃのもとなり》こと吉原の妓楼大文字屋《だいもんじや》主人市兵衛の一首。この変な名前は先代の大文字屋市兵衛がカボチャみたいな大頭でそうあだ名されていたことから。「もとなり」は「うらなり」の反対、しっかりなった実のことで本命の跡継ぎの意味だ。

吉原とうしろあはせの正燈寺時雨《しぐれ》ふられて気をや紅葉ば

せっかく色づいた紅葉が時雨にやられて散ってしまうのではないかと正燈寺では気を「揉《も》」むのではないかというのと「紅葉」を掛けて、紅葉のことを心配するようだが、実は本人もそれを口実にやってくる客足のことを案じているんだろう、この商売人は——なんてことも匂わせるのも狂歌師としては計算のうちだろう。

次は高松藩士で山の手の狂歌仲間の馬屋厩輔《うまやのまやすけ》が詠む湯島天神。高台にあるこの社には有料の「遠眼鏡《とおめがね》」、望遠鏡があった（今も展望スポットにはよくあるが、当時のは図3－5にみえるように長い単眼のものだ）。

遠眼鏡湯島に名所見つくしの財布はたいて銭は飛梅

図3-5　葛飾北斎画『山また山』（法政大学国際日本学研究所蔵）

天神といえば筑紫の太宰府《だざいふ》。菅原道真《すがわらのみちざね》が左遷されたことを悲しんで、彼を追いかけて京都から梅の木が飛んでいったと言い伝えられる「飛び梅」が太宰府天満宮にある。その言葉を使った一首。遠眼鏡で名所を見「尽くし」＝「筑紫」にするのはいいが、それで財布をはたいてしまって飛び梅よろしく銭も飛んでいく、と。楽しみながらついしみったれた考えがよぎるのが人情だ。とはいえ代金は、一茶《いっさ》が湯島で「三文が霞見にけり遠眼鏡」（『寛政句帖』）という句を作ったように、たった三文。「見尽く」すには一回三文でも積もれば山に、とはいえたかが知れている。そのケチな感じもおかしさのうちだろう。

もうちょっと素朴にのどかな歌もみよう。江戸湾を望む高台の御殿山《ごてんやま》を詠む一首。桜の名所として有名なのだが、ここは蟬との取り合わせだ。詠者は腹《はら》のたらぬと名のるが、正体はわからない。一時のノリで参加しただけのようで、その後の活躍は確認できない（そんな人もたくさんいるのだ）。

蟬の声日も高縄や御殿山海を一と目にみんみんと鳴く

蟬の声も、日も一段と「高」い昼日中。その「高輪《たかなわ》」近くの御殿山では蟬も海をひと目に「みんみん」、見よう見ようと鳴く、と。蟬ときたらちょっと想像していた通りの展開だ。

狂歌絵本の江戸名所

とくだん現実を美化することもなく、ありのままを言葉にしてそれと戯れる。どんな対象でも言葉で切り取り、技巧を絡めて楽しむのが天明狂歌師だ。今みてきたような江戸名所は、『狂歌角力草』以外でもくり返し狂歌に詠まれている。それらの歌は、天明後半以降、鳥居清長《きよなが》、喜多川歌麿《きたがわうたまろ》や北尾重政《きたおしげまさ》（山東京伝の浮世絵の先生）ら、名だたる浮世絵師の挿絵を添えて数々の絵本にも仕立てられている。そのうち唐衣橘洲《からごろもきつじゅう》序、北尾重政画『絵本吾妻抉《あづまからげ》』（天明六・一七八六年刊）から少し紹介してみよう。

図3－6は珍しく芳町《よしちょう》の陰間茶屋《かげまぢゃや》。さかやき（ちょんまげを結うために頭を剃《そ》ること）を剃る前の少年が男色を売る店で、日本橋芳町に多くあった。ときは正月七日の七草の日だ。一見、女性のようだが、図中で羽織を着ている二人、階段にもたれているのと、まな板に向かう男の背後に立っているのが、色を売る若衆だろう。これも他にはみない狂歌師の一首。

うちはやす七草わかな若衆がた拍子揃ふてふりもよし町　山郷橘祢《やまざとのきつね》

七草の日には、図中の男のようにまな板にすりこ木や菜箸、玉杓子などで拍子を取りながら囃《はや》し歌を歌う。それが「うちはやす」だ。七草の若菜のような初々しい若衆くんたち、拍子を揃えて歌いぶりもいいように、その姿、ふるまいもいい、そんなこの日の芳町だ、といった意味だ。

この図をはじめ、江戸各地の名所とその行事を扱う本書には図3－7のような地味な図もある。「日暮らしの里」とも呼ばれた日暮里の野辺で聞く秋の虫の声を詠む二首だ。

図3-6(上)　図3-7(下)　北尾重政画『絵本吾妻抉』(個人蔵)

日暮らしの宮のみまへにふりたつる鈴虫の音や秋の夕しで　柳枝也《やなぎのえだなり》
果報をも寝てまつむしのわび住居《すまひ》その日暮らしも秋の野の露　今田部屋住《いまだのへやずみ》

一首めは日暮里の諏訪明神の御前で、鈴を振るような鈴虫の声がする秋の夕べを詠む。末尾の「夕」は神に捧げる「木綿幣《ゆうしで》」が掛かっている。二首めは「果報は寝て待て」の通りに暮らすわび住まいで、その日暮らしにも「飽き」るほどに慣れてしまったという心と、その「待つ」ではなく「松」虫が鳴く「秋」の日暮里の野辺の露深さを重ね合わせる。露という言葉に涙や汗を伴う暮らしを想像してもいい。絵にも、供の小姓さんを連れてうかうかと虫聞きの風流を楽しみに来た旦那と、草を分けて働く「侘《わ》び住居」の人びととが描かれる。江戸の格差社会の一こま。それに目をつむることもなく、あっさりと取りあげて言葉で戯れてみせたのが天明狂歌師だった。

門人宿屋飯盛の手腕

南畝の門人のなかでも江戸自慢としては見逃せない試みをしたのが宿屋飯盛《やどやのめしもり》だ。『狂歌角力草』の狂歌会を主催した、馬喰町を拠点とする伯楽《ばくろ》連《れん》の一員で、近くの小伝馬町で宿屋を営んだ人物。だからそのまま狂名が宿屋飯盛だ。

その試みとは『都の手ぶり』（文化五・一八〇八年刊）。少しあとの時代のものだが、南畝や狂歌とのかかわりで生まれた作品にはちがいない。というのも、第一章の2のうち「「役」を表す言葉の「型」を作る」の項で少し触れたように、南畝は寛政の改革を機に狂歌の世界に遊ぶのを控え、幕府の実施した学問吟味を受けてみごと合格する。その結果として拝命した仕事の一つに全国の親孝行の事例を集め、読みやすい文章で綴って人びとに提供するということがあった。のちに『孝義録』として出版される仕事だが、このために文章にうるさい南畝はどんな配分で漢語と和語を交え、どう綴ったらいいのか、南畝個人ではなく、もちろん狂歌師でもなく、「ご公儀」つまり幕府の黒子として表現するにはどんな文体がふさわしいのか、研究する。その一つがさきに触れた、宛丘という人の生涯についての文章を、和漢雅俗のバランスを工夫して五種類の文章スタイルで書き分けた試みだ。

それを一人で試行錯誤するだけでなく、仲間を集めてやろうと会を開く。これも彼らしい。それが寛政十一（一七九九）年からの和文の会だ。集まった顔ぶれは多彩だった。幕府の右筆《ゆうひつ》（文書作成係）で膨大な類書『古《こ》今要覧稿《こんようらんこう》』をまとめていた屋代《やしろ》弘《ひろ》賢《かた》、随筆『譚海《たんかい》』で知られる津村淙庵《つむらそうあん》らの和学者もいれば、もちろん狂歌関係でも飯盛をはじめ古くからの友人唐衣橘洲、南畝の甥の紀定丸《きのさだまる》や南畝の「四方」姓を継いで狂歌界の中心になっていた鹿都部《しかつべの》（四方《よも》）真顔《まがお》ら、また江戸落語の立役者烏亭焉馬《うていえんば》、まだ若かった曲亭馬琴もいた。それはその成果集『ひともと草』（文化三年序、ただし未刊。雑誌『鯉城往来』に久保田啓一らが注釈をつけて連載）からわかるのだが、飯盛はこれに「富沢町朝市」「両国橋の記」「馬喰町旅籠屋」の三つの文章を収めている。これをもとにそれぞれ「富沢の市」「両国の橋」「馬喰の町」と題を変え、「薬師堂」「夜鷹」の二つの文章を足して五篇にまとめて出版したのが『都の手ぶり』だ（稲田篤信『江戸小説の世界』「『都の手ぶり』考」に詳論がある）。

　文章表現の研鑽の会だけに、それぞれ表現には凝っているのだが、ここで飯盛が採用した文体は、『源氏物語』など王朝古典のようなばりばりの古文。実は飯盛、家業の関係で寛政のはじめに不正の容疑をかけられて江戸近郊（さきほども出てきた鳴子村、現在の西新宿）にしばらく隠棲していて、その間、古典の研究にいそしんでいたのだ。その成果を生かして、その後石川雅望《いしかわまさもち》の号で古語辞典『雅言集覧《がげんしゅうらん》』や『源氏物語』の注釈の補遺『源注余滴《げんちゅうよてき》』なども著したほどだった。その学習と研究の過程で身につけた素養を大いに生かしたのが『都の手ぶり』に収められた各篇というわけだ。

　さて注目したいのはその内容。まずは巻頭「富沢の市」。富沢町というのは日本橋や飯盛が住んでいた小伝馬町にもほど近いところだが、露店の古着市で知られる。といっても今の感覚でフリーマーケットを想像してはいけない。出された品は「紅のうはしらめるもの、紫の灰おくれたる類のみ」とは『源氏物語』末摘花《すえつむはな》巻の言葉を使ったいい方で、要するに色あせたものばかりだということ。「藤衣のまどほなる、不知火《しらぬい》の筑紫の綿、河内女の手ぞめの糸、陸奥《みちのく》のしのぶずり、いせをの蜑《あま》の潮衣《しおごろも》」などなど、ここではいちいち典拠は挙げないが、飯盛は『万葉集』や王朝古典和歌の世界の衣類に喩えて美しく綴っている。が、その市の現実は、質に預けられた着物が、質物の保管期限の八ヶ月のあいだに、結局は預け主も代金を工面することができずに質流れ品になったものの山なのだ。これも筆者の説明ではなく、飯盛の弁だ。それで続けてこんなふうにいう。

買ふもの、失ひし人、共にまた侘び人なれば、かゝる市のにぎはしきこそ、世に貧しき人の絶えざるしるしなれと思へば、例のもろき涙ほろ〳〵とこぼれ出るを……

安値で売り買いされるこんな古着を買うのも生活に困っている人なら、手放した人もそうだ。こんな市がこうして賑わっているのは、貧しい人が絶えることがないということだ。そんなところにやりきれない思いを表明する。

『都の手ぶり』と題して、華やかな都会の風俗を描くかと思いきや、貧困への注目。雅やかな古典的文体とのギャップの醸し出すおかしみをねらったものとも取れるし、古典語彙の表現の限界に挑戦したともとれる。どう考えたらいいのだろうか。

江戸の光も影も

次の文章は「両国の橋」。今は両国といえば国技館と江戸東京博物館、JRの駅がある、橋の隅田川東岸側を思いうかべるが、当時は橋の両端に広場があってともに盛り場になっており、とくに西岸側のほうが栄えていた。数々の飲食店が軒を連ね、芝居や語り物、見世物などなどの娯楽を求める客足で賑わう楽しい一角だった。誰もが知る有名店もあるが、「名高き商人の家々はかぞへ尽くすべうもあらねばうちおきていはず」――数え切れないからあえて触れない、と飯盛はいう。代わりに描くのは、珍獣の見世物、狩人《かりゅうど》の「親の因果が子にたたた」った系の見世物、心中をうたう豊後節の浄瑠璃や昔の戦を語る講談、歯磨き粉を売る居合抜きの芸と巧みな口上、物真似をする口達者な物乞いの芸、操り人形、曲芸、病気平癒を祈る願人坊主の水垢離《みずごり》……嘘や誇張もいとわない芸能者や物売りたちが作りあげる猥雑《わいざつ》なまでの盛り場の賑わいを、飯盛の筆は数々の古典を下敷きにした穏やかな筆致で描き尽くす。そこでも見世物にされた娘に対して、その身体に生まれついた不幸のうえに大々的に「人を集めて見することよ、彼女《かのむすめ》いかに侘しとや思ふらん」とその心中の哀しみに思いをはせることを忘れていない。盛り場の光と影、その両方に目を向ける。

三つめの文章は、自身の店にもほど近い馬喰町の宿が舞台だ。飯盛の家業は宿とはいっても「公事宿《くじやど》」という特殊なもので、地方から訴訟のために江戸にやってくる人を泊め、その手続きを助けた。この文章に描かれるのもそうした地方の人びとの姿や言葉だ。客引きをする宿側の者たちの巧みな言葉も雅やかな古典語による表現に反して生々しいが、借金返済に困って仲裁を嘆願する男、賑やかに故郷の歌を歌い踊る越後の人びと、五杯の飯を平らげて食欲不振を嘆く信濃者（川柳などに詠まれる信濃人の大食いというステレオタイプそのものだ）の滑稽、小銭をめぐるいさかい、その他、数々の旅人のそれぞれのふるまいと言葉を描く。最後に昨晩投宿した山伏の語りとして記す言葉が印象的だ。いわく、漢籍には天地は万物の宿りという（李白だ）、すべての物も人もどこかに留《とど》まることはない。だから、

ようなき財《たから》に心をかけて草枕旅寝の窓より浮かびたる雲を望まんは、いと〳〵愚かなる心にこそ。

むだに財産に執着して、この永遠の旅のような人生で高望みをしようというのは愚かなことだ、と。飯盛は「深き心のゆゑよしは知らねど」と前置きしつつ、「げにと目さむる心地」という。旅にあるのはこの宿に来ては去っていく旅人だけではない。この世に生きるすべての人のことでもある。こんなふうに生活のなかから教訓を導くの

は『徒然草』を真似たスタイルなのだろうが、教養があるのか無いのか、どんな人生を送っているのか——素性もわからない他人の言葉に学ぶという設定に、飯盛という人のどんな人とも同じ目線で向き合う姿勢をかいま見ることができるだろう。

あと二つ。次の「薬師堂」は茅場町《かやばちよう》薬師のこと。これも飯盛の住まいのごく近く、両国橋の手前にある。毎月八日と十二日のその縁日に植木市が開かれた。それを描いて、こんなに多種多様な草花を集めてみるのは江戸以外では難しいことだろうと「何事につけても事足《ことた》らひぬる都のさまぞかたじけなき」といって締めくくる。最後の「夜鷹」は最下層の娼婦を描く。老いてなおその稼業にしか生きる道のない彼女たちも、それを求める男たちのふるまいも充分に醜く描かれる。憎々しげに悪口を吐く奴、やせ細った老法師。落ちぶれて銭もなく、昔通った女に他の馴染み客がいることをとがめる古博打《ばくち》うち。そこでこの女に「この身は草の原なる屍《しかばね》ぞ、鳥の来てついばみ散らすをいかでかすまふべき」——放置された死体同然のわが身に群がる鳥のような男どもを拒めるはずがない——そう言わせる。飯盛もまた「いかなる人の落ちあぶれて、かゝる身とはなりにたるらん」、どんな人がこんな身に落ちぶれてしまうのかと思いをいたしてこの文章を終える。

飯盛は貧しい人びと、蔑《さげす》まれる人びとを自分と異なる世界に生きる人たちとみていない。その境涯に思いをはせ、そのつらさを想像してみる。しかし一方で、それを生む江戸の社会が悪いとも変えられるとも思っていないし、むしろ「薬師堂」の文章の末尾をみると天下泰平の恩恵をさえ感じている。社会の暗部もみつめ、その現実を受け止めながら、そんな都市のさまをそのままそういうものとして受け容《い》れている。それは変えようもない徳川の体制下に生きる、一介の町人としての知恵だ。

南畝の愛弟子宿屋飯盛こと国学者石川雅望の手で雅言によって昇華された江戸は、美しさも醜さもすべてがそのなかで溶けあいながら現実とも虚構ともつかない世界のなかに再構成される。そんなこの一篇は、天明狂歌の「江戸自慢」がさりげなくもっていた要素を最大限に増幅してみせてくれた作品だといえるのではないか。

○

天明狂歌の江戸自慢は、江戸を単純に美化するものではない。もちろん楽しいところ、いいところは存分に謳いあげる。けれど、だめなところもそれはそれでおもしろがる。貧乏だろうがしみったれていようが、当たり前のことだろうが、どんな要素にも目を向け、明るい天明狂歌の世界に染めあげる。

頭光《つむりのひかる》にこんな歌がある。

ほととぎす自由自在に聞く里は酒屋へ三里豆腐やへ二里

彼の追善集『萩古枝《はぎのふるえだ》』（享和二・一八〇二年刊）などにも掲出される光の代表歌。夏の訪れを告げるその声が、古来、和歌の世界で喜ばれてきたホトトギス。でも、それを存分に堪能《たんのう》できる山里は、酒屋だって豆腐屋だって遠くて不便だ。なら、ホトトギスの声の聞こえる風流な暮らしでなくていい。そんなにステキでなくても今のまま、酒屋も豆腐屋も、魚屋も八百屋も近所で間に合う暮らしがいいのだ。

4　江戸 vs. 上方

上方への対抗心

自慢できるところもそうでないところも、まるごとこんなお江戸でいいじゃないかというのが彼ら天明狂歌師の基本姿勢だったが、コト、上方（つまり関西）が出てくると、わけが違ってくる。今でいうと、大阪の人は何かと東京に対抗意識をもつ（という感じがする!?）が、ちょうどこれと逆の立場だと思えばいい。最初に書いたように、江戸は後発の新興都市。文化的にも経済的にも、江戸からみたら京都や大坂のほうがずっと優位にあったのだ。

南畝は、後年、寛政の改革にともなう官吏登用試験に受かって大坂の銅座に赴任し、かの地の文人たちとも交流する。『雨月物語』で名高い上田秋成もその一人だ。そんなつきあいがあっても、大坂下りの人気役者、中村歌右衛門《なかむらうたえもん》への反撥《はんぱつ》を当初は容赦なく書き綴ったし、大坂への違和感をいろいろなところで吐露している（揖斐高「江戸っ子としての大田南畝」）。根っからの江戸びいきだ。その並々でない情熱は、のちに江戸の地理についての記述、逸話や伝説を集めて地誌『武江披砂《ぶこうひしゃ》』を編んだことにも象徴的に表れている。

さてそんな南畝が、上方への対抗心をあらわに、全面的な江戸自慢を繰り広げた作品が「七観」。なんと漢文だ（そこで嫌そうにしないで！）。しかもかなり凝ったつくりになっている。中国は六朝時代に編纂《へんさん》された詩文のアンソロジー、『文選』に収められた、駢儷文《べんれいぶん》という韻文にも近い技巧的な文体を用いた「七」という形式を採用。さらにやはり『文選』収録の、洛陽や長安といった都市の繁昌を謳いあげる「東都賦・西都賦」「東京賦・西京賦」などの語彙をちりばめる。そうして中国古代の都市の豊かさの諸要素をそのまま備える理想的な都市として江戸を描いてみせるのだ（詳しくは拙著『天明狂歌研究』二―四をご覧ください）。はじめに述べたように、南畝は中国の古典語彙で漢詩を詠む古文辞格調派に学んで漢詩人になるつもりで修行し、狂歌や戯作に遊びながら、一方でその方法で漢詩を作りつづけていた。そんな人だから、これはかなり本気の試みだ。本気の江戸自慢のうえに、ふつうに考えたら漢詩文では表し難い、江戸の今どきの要素を、あえてそれに似合わない古典的な漢文体で表してやろうという表現者大田南畝の野心的な挑戦でもあったにちがいない。

出版の予定もあったらしく、『万載狂歌集』や『徳和歌後万載集』を出した版元須原屋伊八が他の本に広告を載せているが、結局は出なかったのか、今は写本でだけ残っている。そんなわけで、南畝がいつ書いたのかもその広告の出た天明後半頃かとしか推測できない。

さてそんな「七観」の概要を紹介するところからはじめよう。東都の「逆旅主人《げきりよのしゆじん》」つまり宿屋の主人と、上方からの旅人「西土客《せいどのきやく》」が登場する。旅人は、宿屋の主人が江戸の見所をいくら勧めても病弱だからと言って見物にいこうとしない。この対話の設定と進み方も「七」の形式のうちだ。宿屋の主人は、江戸の七つの名所を次々と誉め称《たた》え、旅人に勧める。日本橋は新場の魚河岸の活況、商品も豊富な呉服店、歌舞伎の劇場の興奮、吉原の遊廓の豪勢な遊び、盛り場の繁昌する両国の舟遊び、そして壮麗な大名屋敷と威風堂々とした大名行列、以上七つのスポットだ。どこも江戸のすごさをみせつけるにふさわしいところばかりで、真正面からの江戸自慢だ。にもかかわらず、次々と挙げられるはじめ五つの名所のどんな華麗さにも楽しみにも旅人はまったく心を動かされるようすもない。ところが最後の二つで武家屋敷の威容を説かれてついに感嘆し、江戸を賞賛するに至る。これが大筋だ。

南畝はこれをどうやって漢文で表したのだろうか。歌舞伎や盛り場の賑わいを漢文で書くのはたしかに悩ましそうだ。書き下しで少しだけ引用してみよう。

将《まさ》に迥望《けいぼう》の広場に遊ばんとして俳優の妙伎を観る。奇幻目を驚かしめ、新楽耳を悦ばしむ。鼓を撃ち、幕を撤す。翕如《きゆうじよ》として其れ始まる。侲僮《しんどう》材を逞《あらわ》して優人前に並ぶ。或いは仮に妓女に飾《よそお》ひ習慣自然なり。或いは赫《あか》きこと渥赭《あくしや》の如く厳毅《げんき》なり其《そ》の顔……歌ふ者、舞ふ者、譃《たわ》るる者、笑ふ者、泣く者、訴ふる者、闘ふ者、論ずる者、千変万化して節するに鐘鼓《しょうこ》を以てす。石を転《まろば》して雷を為し、水を激して雨と成す。

大きく開けた劇場で役者の名演を見る。不思議な術に目を驚かされ、新しい音楽で耳を楽しませる。拍子木を合図にさっと幕が開いて始まる。子役が才能を発揮し、役者たちがずらっと並ぶ。遊女のなりをする者もいたって自然で、赤い隈《くま》取りをした怖い顔をした者。歌うも舞うもふざけるも笑うも泣くも……さまざまな変化を見せ、節目節目には鳴り物。石で雷の音を作り、水で雨の音を立てる、云々。小難しい漢語の羅列だが、たしかに芝居を描いている。網かけ部分は「西京賦」のうち皇帝の御前で諸芸能を披露する「平楽之館」の場から借りてきた言葉だ。この調子で隅田川の船遊びの場面では見世物や曲芸を描いて「珍禽奇獣の玩、觳抵《かくてい》、都蘆《とろ》、舞木弄丸《ぶぼくろうがん》の伎」となる。「觳抵」は相撲、「都蘆」は軽業を得意とした中国古代の西方の異民族の名。どちらも『文選』の賦の語彙だ。

こんな刹那的な娯楽や消費ではなく、武家の質実剛健の美徳を誉め称えるにも『文選』をふまえる。『文選』の賦では、「東都」「東京」つまり洛陽の威容のもつ精神的な豊かさを、「西都」「西京」の物質的な繁栄と対比し、その上に置いて賞賛する。南畝は、この東西二都市と江戸を二重写しにして、その両方の美点を兼ね備えた都市として描き出す。商品や娯楽の豊かさに加え、将軍のお膝元として立派な大名屋敷が建ち並び、厳かな大名行列が歩を進める武威の都として、大坂も京都も太刀打ちできない点を挙げて勝ち誇るのだ。あげくの果てにこれを聞かされた上方の旅人を茫然《ぼうぜん》自失のていで「美なるかな、善なるかな、悠たるかな、久しいかな」と、徳川の世の「大業盛徳」に心服させて締めくくる。

さすがは堂々たる漢文、狂歌狂文のときのような照れもボケもない。正面から正論で江戸を褒めちぎり、くだらないもの、つまらないものは取りあげない。上方を仮想敵としたからには、容赦もなければ、隙を見せている場合でもないのだ。

腹唐秋人の東西対抗

この上方者を相手として言いたい放題の江戸自慢を、戯作で実践した者がいる。狂名は腹唐秋人《はらからのあきんど》、のちに書家中井《なかい》董堂《とうどう》という別の顔で有名になるこの人、本業は江戸のまちの中心地本町に店を構える大きな両替商の番頭（今でいうと大企業の役員クラスだ）、たしかに腹の底からの商人に違いない。この人が島田《しまだ》金谷《きんこく》の筆名で書いた、その作品が天明四（一七八四）年刊行の『彙軌本紀《いきほんぎ》』。『史記』の「本紀」ならぬ、江戸っ子らしい「いき」の「本紀」というタイトル。しかしなんで「島田」「金谷」という東海道の大井川を挟んだ両岸の地名を筆名にしたのかはよくわからないのだが……。

さてその『彙軌本紀』は、「面白と目出度《おもしろいめでたい》といふこと、扶桑《ふそう》広しといへども東都にとどまる」（扶桑は日本のこと）と豪語して江戸自慢をくりひろげる作だ。まずは「四時」つまり一年中「千金を商」う、日本橋の魚市の繁昌。初鰹《はつがつお》や鮟鱇《あんこう》の高級魚、鯛の商いと来て、「鮪《まぐろ》は下賤《げす》の食もの」（当時脂っこいマグロは人気がなくて安かったのだ！）と落とし、そこで河豚《ふぐ》が出てくるも、安魚の代表格の鰯《いわし》や鮭を売る棒手《ぼて》振りでまとめる。ここまでは魚も貴賤《きせん》さまざまなものが売り買いされる、その豊かさも自慢の種だ、と思っているとみなそう。続けてこの棒手振りの気っぷのよさを誉め称えるところから、勇み肌の兄ちゃんたちに話が移ってようすが変わる。

人物活々《かつかつ》として勢、昇天の竜の如し。二号五勺《こなから》の酒に酔ては源八と闘諍《とうしょう》に及び、親分柔訣《じゅうわり》と制すれば双方口を閉じて止む。

天に昇る竜のようなすごい勢いで、ちょっと飲んではすぐ喧嘩。でも親分の仲裁にはちゃんとしたがってエライじゃないか。次に登場するのは「さんげさんげ」を唱え長大な奉納用の太刀をぶら下げ、雨乞いの神として信仰された相模《さがみ》（現、神奈川県）の大山への代理参拝を訴える乞食坊主たち。威勢よく「紅の褌《ふんどし》、寒風に翻」し、「般若《はんにゃ》の面、女の首」の入れ墨をして、「乱鬢《らんびん》、長髪」、つまり鬢も乱れてさかやきも伸ばし放題（江戸の「長髪」はロン毛ではないのだ！）。彼らは声も大きければ態度も大きい。「なんまいだん仏の大音には仏も耳を塞ぎ」、「六根《ろっこん》清浄《しょうじょう》の騒劇《そうげき》には不動も逆上す」るほど。しかも「遠慮」と「延引」とか、「先刻」と「先日」とかを間違えてしまうくらいの片言でも「よく通ず」……というか無理矢理通じさせている点をあえて褒めてくる。

たしかに「面白」くも「目出度」くもあるのだが、そこは江戸自慢のポイントか？……と思わせながら、続いて歌舞伎の劇場をべたべたに褒めちぎっているところに、「浪華《なにわ》の客」が登場。しかも最初から感じ悪く「むつとして」江戸の流行りものがなんなのかを聞いてくる。

こう挑発されたら、江戸の利点を並べ立てるしかない。ここからはひたすら、流行の着物柄や人気の色合いの自慢から、脇差しは短く（そんなところにも流行が！）、羽織は長く、祈るなら浅草の因果地蔵、贔屓《ひいき》にするなら独立間もない初々しい芸者ちゃん、食べるなら手打ち蕎麦。あとは絵草紙や洒落本（手前味噌だ）、便利なのはシラミ除《よ》けの紐が江戸にはあることだ（細かいな）……などなど。続いて、狂歌、俳諧、浮世絵の名手。浄瑠璃、歌舞伎の作者たち。さらに人気の料亭の数々。

シラミ紐とか手打ち蕎麦とか素朴なのも挙げつつ、やっぱりここで出してくるのは、各界のトップを走る固有名詞だ。それをもって「浪華の客」を江戸に感服させて「恐るべきは東都の盛んなること」、大坂をはじめとして、とても他の都市は及ばないとわざわざ言わせてみる。

魚市や芝居もすごいがヤクザ者がおもしろいと、硬軟（玉石？）とり混ぜつつも、大坂人を登場させると、江戸の立派なところだけ並べてみたくなる。逆にそれをひたすら連ねるために、この大坂からの旅人を登場させたのかもしれない。なんでもまるごと江戸礼讃《らいさん》の狂歌師も、上方が相手となると身構えざるを得ない。あるいは上方者をあえて出してくるところで、てらいもなく江戸のすごいところを自慢したおしてみせるのが楽しみだったのかもしれない。

烏亭焉馬のならず者口調

上方者を相手に、露骨にちゃきちゃきの江戸弁の俠客で迎えうって江戸を褒めちぎるのが烏亭焉馬の『太平楽巻物《たいへいらくのまきもの》』（延広真治『江戸落語』に解説と本文掲載）。江戸は本所竪川《たてかわ》沿いの相生《あいおい》町に住み、狂歌や戯作の仲間らを語らって面白おかしい話を披露しあう「咄の会」を始めてプロの噺家が生まれてくる機運を作った焉馬は、落語の立川流の名前の由来ともなった人物だ。この作品は江戸のならず者たちがめったやたらに言いたい放題の「太平楽」をまくし立てる、その言葉をリアルに写し取って焉馬が口

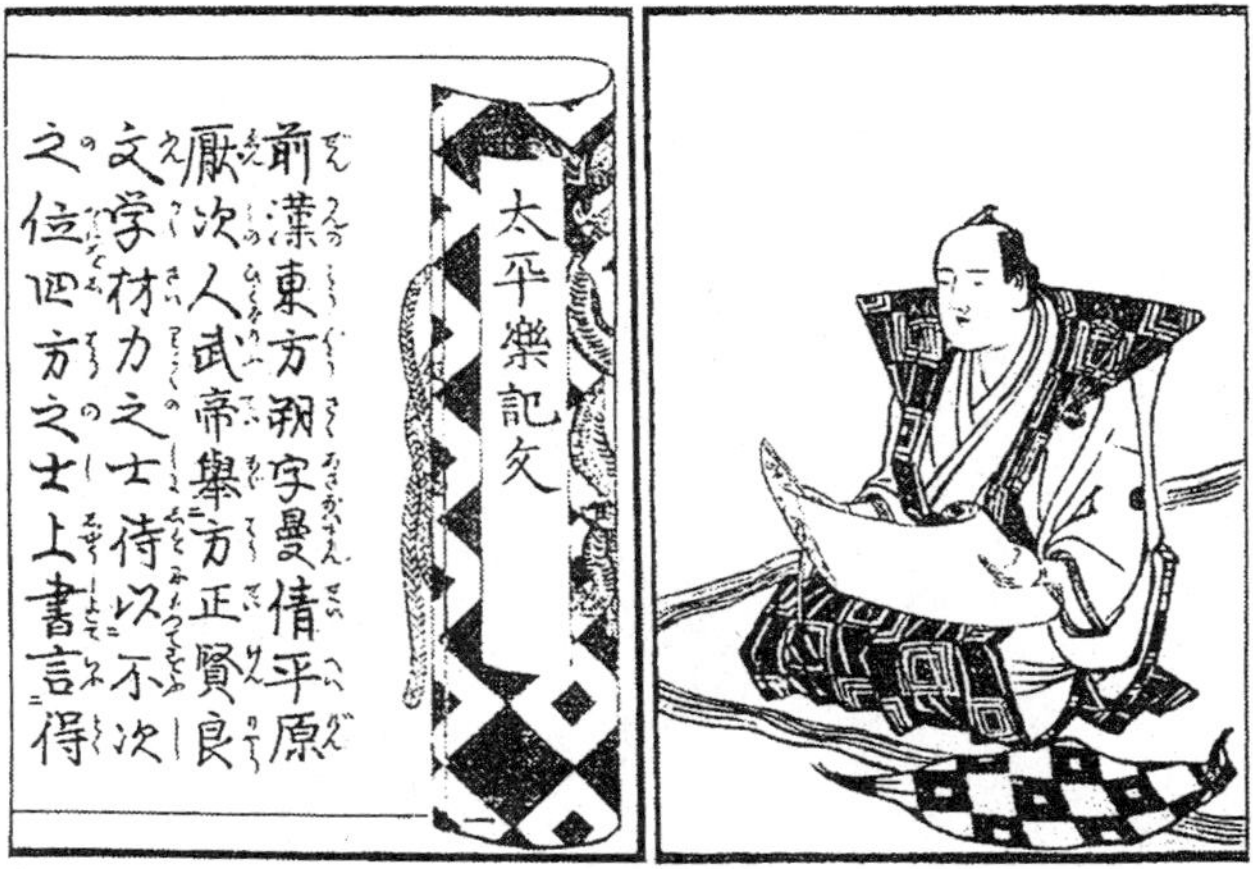

図3-8　『太平楽記文』披講する焉馬像（東京都立中央図書館蔵）

演した記録（らしい）。上中下三巻が伝わるうち、上巻は『太平楽記文』として、『彙軌本紀』と同じく天明四年に出版されている（図3－8）。

挑発的な上方者が登場するのは、そのうち未刊に終わった中巻。焉馬が天明八年に催した二回目の「咄の会」のために作ったとされているものだ。登場するのはやっぱり口の悪い侠客。自称「東都の繁栄広大なれば、引き窓よりシャチホコを拝み（名古屋ではなく江戸城のだ）、鶴亀模様の日傘《ひからかさ》、お乳《う》母《ば》、太神楽《だいかぐら》で（大切に、ということ）育てられ」たという男。入れ墨は全身に「誰々命」とかいう文字（昭和のヤンキーかと思うこの表現もルーツは古くに遡《さかのぼ》るのだ）や、浮世絵のような女の首（『彙軌本紀』のならず者と同じだ）、ごつい男の姿を彫って、しゃれこんで肩で風を切って歩く威勢のよさ。その目の前に、近所の宿に逗留《とうりゅう》する、べたべたにイヤミな京都の人が現れる。焉馬はこの巻のあとがきでこの人をあえて「優美な京都の客」と書くが、本文中ではそのヤな感じときたら半端でない。京都の町は格別キレイで「お江戸はむさいなァ」と、いきなり喧嘩を売ってくる。江戸は犬の糞《くそ》が多いとイヤミを言い、さらに言葉にケチをつけ、京都の神社仏閣を自慢してくる。それに煽《あお》られた江戸の侠客が浅草寺の賑わいを誇ると、京都の人は祇園のにぎやかさを出してきて口論になるという、いかにもの展開だ。男伊達《だて》も大坂の雁金文七《かりがねぶんしち》や黒船忠右衛門《くろふねちゅうえもん》を例に上方が上だといい、江戸っ子自慢の男伊達、歌舞伎でもおなじみの花川戸《はなかわど》の助六《すけろく》を、そのセリフを取ってこんなふうに馬鹿にする。

お江戸の助六は、なんのこっちや。紫の鉢巻しめて「鼻の穴へ屋形船を蹴こむ」。どふして鼻の穴へ船が蹴こまりよぞひ。江戸衆はでけもせぬ悪態言ふて力《りき》みくさるか、何じや知らぬがとつと無茶じや。

これには怒るだろう。本当のことだけに、ますます火に油だ。江戸っ子返していわく、このべらぼうめ、さつきから大きな骨箱《こつばこ》〈口のこと〉を鳴らしやァがるが、なんだと江戸がどふしたと。コレヱ、それほどいい所なら失せなァせ。そこに失しやァがられねへ。江戸へ来て銭金を儲《もう》けていりやァがつて。どこ抛《ほう》りやうもない寝言をほざくと、鼻の穴へ指をつっこんで、しやつ面の皮をひんめくるぞ。

口汚さと極端な物言いは相変わらずだ。で、そこをつかれる。

それ見さんせ。ちよつとするともふそれじや。マアきよとひ〈ひどい〉事言いなますが、コレ、物をよふ合点《がてん》して見やんせ。面の皮をめくりや命がないぞへ。人の命をとつて我が身よふ安穏にすもふぞ。鈍《どん》らしい。あほうらしいせりふぬかすな。

いちいち本当だ。人殺しをして自分がただで済むと思うなというのは正しすぎる。で、まともに言い返す代わりに「クソをくらやァがれ」……と殴りあいになる。仲裁が入ってなんとか収まるが、焉馬は江戸っ子侠客にこんな啖呵《たんか》を切る場面を与えている。

どなたのめへでもいふ事はいわねへけりやァおかねへ。根性骨は負ける男じやァねへ。……天上天下唯我独尊、ぎやつと言ふと竜の口から産湯《うぶゆ》を浴びて、三途《さんず》の川のお乳母どん、お側《そば》さらずのお相手には、阿吽《あうん》の仁王に中剃りをすらせ、韋駄《いだ》天《てん》とかけ競《くら》べをして風の神に凧を上げさせ、おむづかり出すが最後の助、雷が太鼓貸さないと言つて角をもいでぶちばひにまはした男だ。うんらは見たことはあんめへ。いきた金時はおれだ。

エラいお育ちで。いわゆる（玉川の）水道の水を産湯に浴びた自慢から、乳母は三途の川の脱衣婆《だつえば》、お気に入りの仁王には元服前の髪型をするのに前髪の後ろを剃らせ、足が速いので駆けっこをするにも相手は韋駄天、凧揚げは風の神にやらせ、しまいには機嫌が悪くなると雷に太鼓を借りようとしても貸さないから角をもいでとっちめた男だ、云々。あげくの果てに俺は「生きた金太郎」だったんだぞと言いたい放題の啖呵。これにも上方者に「あほうなせりふ言いさらし、酒喰らふた酔いどれめ、けたいくそな野郎め」などと言われては、また「くそをくらやァがれ、うぬ、またエラ骨を踏み折つて、鼻の下の呼井戸《よびいど》を埋めてくれべい」とか訳のわからないことを言い言い、終わる。

　両者のめちゃくちゃな言いよう、言葉の違いをおもしろがろうという作だが、江戸っ子に肩入れして読む立場でいえば、イヤミな上方者相手に江戸弁で言いたい放題に

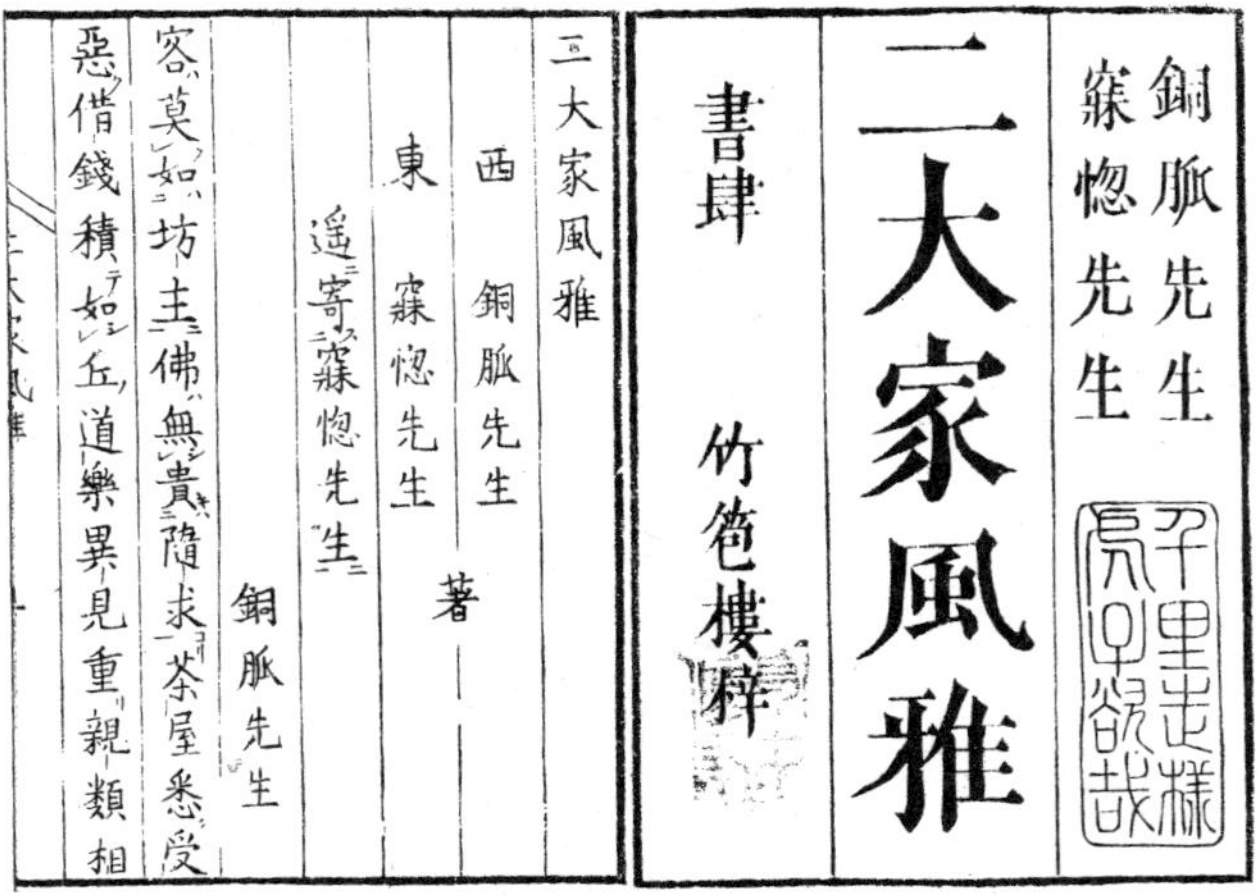
銅脈先生
寝惚先生
二大家風雅
書肆　竹苞楼梓

二大家風雅
西　銅脈先生
東　寝惚先生　著
遥寄寝惚先生
銅脈先生
容莫如坊主仏無貴随求茶屋悉受
悪借銭積如丘道楽異見重親類相

図3-9　『二大家風雅』（個人蔵）

まくし立ててやるのがキモチイイのだ。正直、江戸っ子らしく威勢がよければ、中身はなんでもいい。この上方者と江戸っ子の自慢しあいの趣向は、後に式《しき》亭《てい》三馬《さんば》も『浮世風呂』（文化十・一八一三年刊）で真似することになる。

京都の銅脈先生と

そんな彼らもリアルに東西交流となったら、さすがにもう少し礼儀正しくなる。その相手とは、前にも触れた江戸の寝惚先生と並び称された京都の銅脈先生こと、畠中観斎。「銅脈」とは偽金、偽物のことで、それをペンネームにして、これも若く十八歳にして狂詩集『太平楽府《たいへいがふ》』（明和六・一七六九年刊）を出して大評判を呼んだ男だ。あまりの人気に『太平楽府』は海賊版まで出るほどだったらしい（斎田《さいた》作楽《さくら》編『銅脈先生全集』解説）。東西の人気狂詩作者の競演を実現したのは、酒問屋として東海道をさかんに往来した狂名を問屋酒船《とんやのさかふね》（舟）といった人だ。二人を中心にした東西の狂詩作者の応酬は京都で寛政二（一七九〇）年に『二大家風雅《にだいかふうが》』として出版される（図3－9）。

はじめに狂詩を贈ったのは銅脈のほう。「道楽異見《いけん》重なり、親類相談催す」（道楽が過ぎて親に説教されていて、親戚一同と勘当の相談が始まった）から、

近日被追出
忽向関東之
戯気尽又尽
偶〱有寝惚知

近日追い出さるれば
忽《たちま》ち関東に向きて之《ゆか》ん
戯気《たわけ》尽くして又尽くさば
偶々《たまたま》寝惚の知る有らん

勘当されたら即刻江戸に行ってたわけをやり尽くそう、そうすれば寝惚先生と知り合いになれるだろう、と。仲介者酒船の序に「同じ穴の貉《むじな》」といわれたように、「戯気」という、いわば狂詩作者同士の合い言葉を使った挨拶だ。返す寝惚こと南畝の側もなかなか礼儀正しい。

銅脈先生自一流　滅法海上欲浮舟
唐巴詩映勢多水　遺響人偸物沢楼
聖護院辺君已聖　牛籠門前我如牛
更吟小本太平楽　婢女行篇鬼湿眸

銅脈先生自ら一流　滅法海上舟を浮べんと欲す
『唐巴詩《からはし》』勢多《せた》の水を映ず　『遺響《いきょう》』人偸《ぬす》む『物沢楼《ぶったくろう》』
聖護院辺《しょうごいんへん》　君已に聖たり　牛籠門《うしごめ》前　我牛の如し
更に吟ず小本の『太平楽』　『婢女行《ひじょこうの》』篇《へん》鬼も眸《ひとみ》を湿す

銅脈先生は一流で、やたらめったら「滅法界」ならぬ「滅法海」に舟を浮かべようとされている。ここは『太平楽府』に銅脈がてきとうに付けたペンネーム「胡逸《こいつ》滅法海　著」をきかせたところだ。お伊勢参りを題材にした第二作『勢多唐巴詩』は瀬田の橋の下の水に映るように、その道中のさまをよく写していて（近江の瀬田の唐橋は伊勢参宮の道の途中にある）、第三狂詩集『太平遺響』はどこかの江戸人がその中身を盗んで海賊版『物沢楼詩集』として出したほど。まさに「ぶったくろう」という名のとおりのぶったくり本だ。聖護院の宮に仕える君はもはやまさに「聖《ひじり》」だけれど、僕は家の近所の江戸の牛込御門（今の飯田橋駅の千代田区側に跡が残るあれだ）あたりで牛のようにのろのろしているだけだ。重ねて小本仕立ての御作『太平楽府』を口ずさむ。そのなかでも『婢女行』の素朴な下女が不良娘になっていくくだりには「鬼の目にも涙」だ、と。

なんて謙虚なんだろう。こんな南畝はここまで見たことがない。念のためいっておくが、南畝という人がいつもふてぶてしいという意味ではない。この本で紹介した、狂歌師、戯作者、狂詩作者の役どころとしては貧乏をかこちつつ、あっけらかんと開き直っているのがいつもの姿だということだ。ここではもちろん互いに貧乏自慢はしあうのだが、互いを思い尊敬の念を表明しあう。返す銅脈も「皮厚くして年々馬鹿濃《のう》なり　酒醒《さ》めて一夜関東を憶《おも》ふ」といい、江戸での米の価格の騰貴を聞き知っては「習井風寒くして大名走り　下町米貴《たか》くして小心窮す」（関東らしく「ならい」の冷たい風に吹かれて大名も米の確保に走り回るほど、下町では米価の高＝貴さに困っているでしょう）、「地震洪水君恙《つつが》なく　御作数篇幸便に通ず」（地震や洪水があったみたいだけれど君がご無事でよかった。御作の狂詩数篇は幸い手元に届きましたよ）と。

いい交情のさまではないか。二人とそのまわりの作者たちの温かい交流のさまがみてとれるのが本書だが、ここでもつい江戸自慢をしてしまうのが南畝ならぬ寝惚先生だ。その詩は題して「大酒徳望太平館主人銅脈先生素足の下に復し奉る」と、やたらにものものしく、手紙を狂詩に仕立てた体裁の一作だ。前半はシンプルに手紙そのままで「暮春十日の書　卯月五日に届く　委細拝見の処　益々《ますます》御風流　此方別条無く馬鹿日々に相求む　八百八町の会　四里四方の遊」と。つまり、こうだ。手紙が届くのに約一月、拝見しましたがますますの御風流ぶりですね、こちらも変わりなく相変わらず毎日馬鹿なことばかりを求めて江戸八百八町で開かれる「会」や江戸の四里四方での遊びに精を出していますよ、と。さりげなく最後のところで江戸のまちの大きさを自慢する。さらに続ける。

朝窺堺町幕　夕上吉原楼
恨不得先生　無礼作講頭
伝言宜伝達　秋人与酒舟

朝に堺町の幕を窺ひ　夕べに吉原の楼に上る
恨むらくは先生を得て　無礼　講頭に作《な》さざること
を
伝言宜《よろ》しく伝達す　秋人と酒舟と

朝に晩に、歌舞伎に色町に楽しく遊んでいますよ、あなたを親分にお迎えできないご無礼が残念です、腹唐秋人も問屋酒船もよろしく言っています、と。酒船と一緒に秋人が出てくるのは、彼も狂詩を作って銅脈に贈っているからだ。銅脈と会って一緒に遊びたいという気持ちは溢れているが、あまりにも素直すぎてお江戸自慢が隠せない。

秋人が銅脈に贈ったのも隅田河畔《かはん》の春の楽しみを全面的に自慢しまくってみせた「隅田八首詩」だった。

ちなみに銅脈はオトナで、京都自慢をしかえしてきたりはしていないようだ。とりあえず『二大家風雅』にはそんなようすはみえない。

○

「江戸自慢」という言葉から想像する範囲を超え、江戸のいいところだけでなくつまらないところも、ステキなところだけでなく汚いところも、なんでもかんでも狂歌狂詩に詠み、戯作に書いて、それでいいじゃないかと全力で肯定感を表明してきた彼ら。しかしそれでも、上方が出てくると対抗意識をあおられてつい何かといいところだけ自慢したくなってしまうらしい。江戸弁で悪態をつきまくるならず者たちだって、こうなったら自慢の種となる。たしかに奴らは江戸らしさ全開だ。

具体的な相手が出てくると俄然《がぜん》、競争心や敵愾《てきがい》心をあおり立てられる。現代でも、いろいろな次元でみられる構図ではないか。こういうところは人間、変わらないのだ。

5　江戸自慢から日本自慢へ

「自慢」は江戸からニッポンへ

この江戸自慢は勢い余って日本自慢になる。いわゆる「鎖国」日本で、日本自慢なんて誰にするのかと思うだろうが、ノリでやっているだけなので相手は誰でもいいのだ。

たとえば宇宙人……なんて想像力はさすがにないが、竜宮城の面々だって構わない。その竜宮が日本に憧れる設定の日本自慢が、例の五代目市川団十郎の子の海老蔵襲名祝い狂歌集『市川贔屓江戸花海老』（図3－10、天明二・一七八二年刊）。導入部はこんな話だ。

図3-10　『江戸花海老』（東京大学総合図書館霞亭文庫蔵）

ところは竜宮。神代の昔には、海幸・山幸の神話をはじめ「大日本とは格別の御由緒正しい」間柄のこの地。それが浦島太郎やら、藤原鎌足《かまたり》が海女《あま》に竜宮の玉を盗ませたやら（近松門左衛門「大職冠」ほか）、もろもろのいざこざのために疎遠になって（たしかにもめ事ふうの伝説が多い）「海陸道なし」となって迎えた今年、画期的な出来事が起こる。かの名優市川団十郎の子が今度名のるその名も海老蔵というし、その母も亀という名前だそうだから、お祝いを遣わしたいと言い出したのが乙姫君。父竜王も娘に甘く、こう言って賛同する。

かの三升〈団十郎のこと〉は伎芸に秀《ひい》でしのみならず、朋友の信を守り、強きに恐れず弱きをたすくる男気ありて、古今無双の大豪傑、日本国中贔屓のせざる者なければ、申すも恐れあら磯の波のこなたの竜《たつ》の都、是《これ》まで日本へ中絶して、今改めて端向《はむ》きたくても小魚《こうお》どもの評判もあるものなれば、なんぞの時節と思ふたが幸いの事なり。

強い者を怖れず弱い者を助けるなんて、さすが江戸っ子のヒーロー市川団十郎。芸だけでなく人柄にも優れ、日本中が大の贔屓とは、申すもはばかり有りの「あら」——荒波のこちら側の竜宮のわれらもこれまで日本と断絶してきたために、今さら仲良くしようと思っても雑魚たちにとやかくいわれそうだと控えていたところへ、絶好の機会だ、と。

上方どころか異国を飛び越え竜宮にまで団十郎親子に憧れさせるという設定は、身贔屓にもほどがある、突き抜けた自由さだ。しかも贔屓ついでに彼らに「日本大きに狂歌はやり、別《わけ》て東都に上手多く、かりにも落書《らくしょ》などゝいふ様な鄙劣《ひれつ》な歌をよむ事なき正風体《しょうふうてい》の狂歌連中、てには違ひのことばのある、屁玉《へだま》の様な狂歌などゝは落栗庵《おちぐりあん》とすつぽん体《てい》ほどの相違」と、自分たちの狂歌を大絶賛させる。正々堂々とした詠みぶりで「テニハ」違いなんて下手くそな歌とは、月ならぬ「落栗庵」（元木網《もとのもくあみ》のこと）とすっぽんだ、と言わせる。このうえ竜宮の面々が狂歌を詠むというシュールさ。

たとえば「たこの入道八足斎《にゅうどうはっそくさい》」という、いかにもな人（？）の一首。

ひとりでも八つの手打ちの新場だこ祝ふてちよつとしめませうが酢

たしかにタコだから一人（？）でも手八本分で、祝いの手打ち（拍手）に大活躍できる。そんな日本橋は新場の魚市のタコをお祝いにちょっと〆《しめ》ましょう、生姜《しょうが》酢で、と（江戸時代、鮹《たこ》は生姜酢で食べたらしい。人見必大『本朝食鑑』の「鮹」の項目に「薑醋《しょうがす》」で食べるとされる）。

口まで細長く「細魚」とか「針魚」と書く、サヨリ。狂名にした「さよりのはし長《なが》」はくちばしの形容だ。

名びろめのめでたさよりの口上も長いためしや魚のくちばし

襲名披露のめでたさ——その「さ」のサヨリの長いくちばしのように長い長い襲名の口上が、未来永劫《えいごう》ずっとめでたさの続く先例となるだろうか、というような感じか。

また毒にやられると死んでしまうという意味の、ふぐの異称「北向き」を狂名にした「ふぐの北向《きたむき》」は、こんな狂歌を詠んだことになっている。

こればかりあたり給へと祈るなり我らがてうもひいき連中

ふぐの毒に中《あ》たるのは困るのだが、海老蔵の襲名披露だけは大当たりになるよう祈る。我ら竜宮王朝（?）も贔屓連中の一員だ、と。

まあ、こんな感じで技巧も多用しない、全体としてゆるっとした作品だ。それはたぶん、我らが大の贔屓の市川団十郎丈だからといって魚介類にさえ惚《ほ》れさせてみるのはいくらなんでも強引だとわかっていてやってみせて、大らかに笑おうという気分から来ているのだろう。

〈唐人〉相手の仮想

異類というか魚介類にまで江戸の英雄団十郎を賞賛させたくらいだから、そんな想像はいくらだってできる。想像上の異国を作ってまで日本に憧れさせてみせた話もある。

黄表紙人気を背景に、新作の論評を役者の評判記の形式で一冊に仕立てた『岡目《おかめ》八《はち》目《もく》』（天明二年刊）の「発端」として記した一話。野暮で色事に疎い「はけ長島といへる大国」の大王、鴻《こう》以《い》賢《けん》とかいう人物が色事の先進国日本に憧れるという設定。「はけ長」とは当時の流行にそった長い髷《まげ》のことで、日本に憧れてそういうかっこうをしたがる人びとの国、ということだ。

我いやしくも一国の王と生まれ、金銀まんくたりといへども、この国諸国と不《ふ》通《つう》にして色事の道伝はらず。伝へきく、日本は万国にすぐれ、神のおしへしいもせの道、色で丸めた丸山には毛唐人さへうつゝをぬかし……われ何とぞ日本へ渡日して色をかせいで見ん。

王の身分に生まれて金には不自由しないけれど、この「はけ長島」は他との交流なく色事の道の伝わらないのが残念だ。そんな国を出て、神の教えとして男女の道の伝わる日本で色事を堪能したい、と。「丸山には」云々は、当時起こった、長崎丸山遊廓

右から図3-11、12　『此奴和日本』(東京都立中央図書館蔵)

の遊女と中国の商人が心中した事件の当て込み。日本の自慢ポイントは色事の発達ぶりなのか、とも思うが、たしかに伊《い》弉《ざ》諾《なき》・伊《い》弉《ざ》冉《なみ》の「みとのまぐわい」から生まれたとされ、『伊勢物語』『源氏物語』の色男たちを古典として仰ぐ「色好み」先進国というのが当時のふつうの認識だから（拙稿「「やわらぐ国」日本という自己像」）、あながちまちがっていないのも侮れない。

そういう勝手な妄想の権化が、黄表紙『漢国無体此奴《こいつ》和《わ》日本《にっぽん》』（天明四年刊）という作品だ。タイトルの「日本」は、当時の戯作界の流行語。「日本一」の省略形で、すばらしい、イケてるくらいの意味。立派なことからくだらないことまで、気に入ったものに

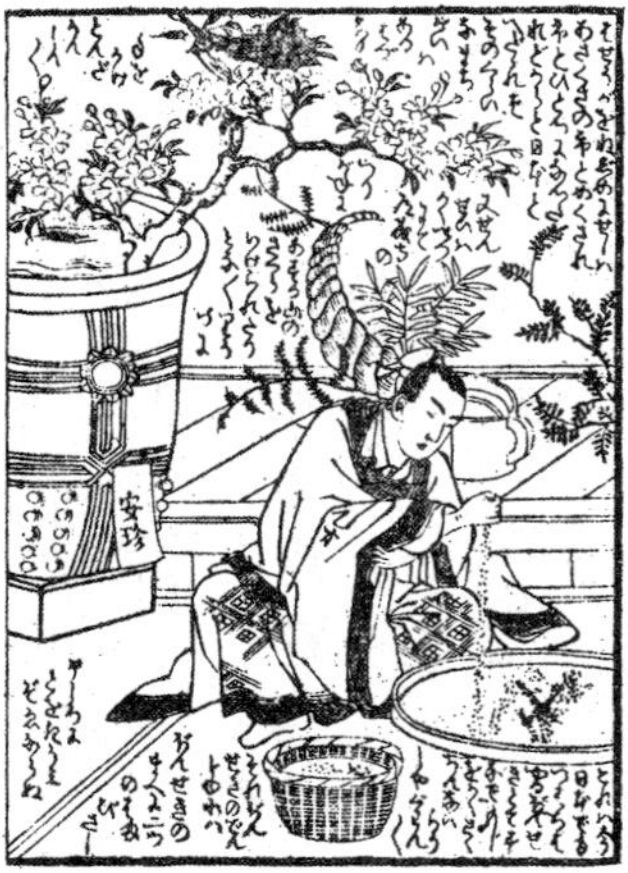

対してなんでも「日本」だ、というふうに使われた。その形容詞としての「日本」と国の名としての「日本」を重ね合わせて「こいつは日本」、角《つの》書きの「漢国」「無体」のとおり中国を無下にして日本を褒めちぎるという、にわかに不安になるようなタイトルだが、安心してほしい。実はこの本は前年に「寿《ことぶき》 塩商婚礼《しおやのこんれい》」という名前で出版されたのを題と体裁を変えて出したもので、その「しおや」とは江戸の流行語ではうぬぼれ屋のこと。実際、主人公は中国の塩屋の息子という設定なのだが、それと同時にこの作の激しい日本贔屓もしょせんはうぬぼれだという自覚はある。

さてそのストーリーはこんな感じだ。

中国の塩の大商人の息子「塩秀才」（図3－11、浄瑠璃『菅原伝授手習鑑《すがわらでんじゅてならいかがみ》』に出てくる菅原道真の子「菅秀才」もどきだ）。父の助言で五歳にして日本文化に目覚め、筆やら紙・硯《すずり》も日本から輸入し、日本の古典から今どきの本まで部屋に並べ、文字を習うにもひらがな、絵には歌舞伎役者の似顔を描くという、かぶれぶり。漢詩ではなく和歌を習い、それにも飽きると長唄、河東節。生け花も日本で流行の流派を習い（図3－12）、日本食にも興味を示す。しかもところどころ勘違いがある。たとえば食事の場面ではちゃんとした献立ではなく吸い物とどんぶり、刺身くらいで日本の質素さに感心させてみる（本章扉の図）。そうこうするうちに、（お定まりで）吉原そっくりな、かの地の遊廓に入り浸ることになり、吉原の松葉屋のおいらん瀬川《せがわ》ならぬ、「松葉楼《しょうようろう》」の「らいせん婦人」に馴染み、親に勘当される。そこで日本に向けて船出し、日頃の日本贔屓が効いて、無事、日本に漂着する。かつて白楽天がやってきたときに追い返した和歌の神、住吉明神（能の「白楽天」）も、その日本贔屓ぶりを評価して彼に説教をしてやる。さらに『国性《こくせん》爺合戦《やかっせん》』の主人公和藤内《わとうない》の又従兄弟《またいとこ》にあたる（という設定の）加藤内（「堅《かと》うない」だ）のところでしばらく厄介になっているうち、人情のわかる通な加藤内の、頃合いを見計らった絶妙な説得で（図3－13）、親に許しを請い、無事に勘当を解いてもらって帰る。

旧タイトルの「塩屋の婚礼」は、塩秀才が最後に許されて「らいせん婦人」と結婚するところによる。現代ならともかく、この時代の中国で日本に憧れるとか、ありえ

図3-13　『此奴和日本』(東京都立中央図書館蔵)

ない。というのは、くり返すが南畝もわかっていてやったことだ。憧れるどころか、日本の細かな事情まで中国の人が知っているという設定がまず非現実的だろう。しかもそれは「日本が誇る正統な伝統文化」的なものではなくて、むしろことごとく当時の江戸の流行り物なのだ。ここで自慢したのは、「日本」と称していても、書画にしても音曲にしても料理にしても、ようは彼らが愛する江戸の日常なのだ。そのうえ、塩秀才の極端な日本趣味は、実は当時の江戸にみられた中国趣味の行き過ぎた人たちの姿を裏返しにしておちょくってみせたものだ。じっさい、この本の中国風の挿絵は人びとのエキゾティシズムを満足させたことだろう。

書き遅れたが、この絵は山東京伝の浮世絵の兄弟弟子北尾政美、のちの鍬形蕙斎によるものだ。

漢籍を学び、その文明を享受した南畝たる者、中国人が日本に憧れるなんていう筋は、毎度ばかばかしい黄表紙らしい荒唐無稽なストーリーとして書いたものだ。そんなことはあり得ないとわかりきっている。それでいい、自分たちがそれを存分に楽しんでいる気分を表しただけなのだ。

揺れる心

とはいえ、意外と人の心は複雑なもので、そんな理性的な南畝も、実のところはその敬愛する中華文明にちょっとした対抗心はあったのかもしれない（拙稿「自意識と憧憬と」）。

先のことになるが、南畝は前にも触れたように寛政の改革の官吏登用試験に合格し、新たな仕事を与えられるようになる。文化元（一八〇四）年には五十六歳にして長崎奉行所勤めを経験する（左遷ではなく栄転だ）。漢学に親しみ書籍を愛好する南畝のこと、漢籍の輸入の最前線に立てるこの仕事に彼が嬉々《きき》として臨んだことは、その滞在記『百舌《もず》の草茎《くさぐき》』や、目にした記録を抜き書きした『瓊浦雑綴《けいほざつてつ》』『瓊浦又綴《けいほゆうてつ》』からよく伝わってくる。江戸にいる息子定吉宛の手紙には「わづかに四、五十日をへだて〻

清人の近作を見る事、誠に太平の代の幸なるべし」、つまりかの地で書かれた書画が数十日でやってくる平和な世への感謝も綴っている。中国の商人たちと詩を詠みあったり、わざわざ息子定吉に漢詩を作って送らせ、彼らに返答の詩を作ってもらったりもしている。唐船の監督のために船を覗き、下層の船員の居室の行灯《あんどん》にも漢詩句の一節が記されているのを見て「真に文国といふべし」と感じ入ったことも書き残している（『瓊浦又綴』）。

にもかかわらず、病気になって中国船に同行していた名医の診察を受けることを勧められたとき、頑固に拒否する。その腕を疑っていたわけではない。事実、孫が生まれたものの乳の出に悩む息子の嫁のためには処方箋をもらっているのだ。本人いわく、婦女は別として「官吏の身として、異国の薬、服すべき事にはこれ有るまじく」（定吉宛書簡）、役人として異国の薬の恩恵にあずかるわけにはいかない、と。みずから説明するように、『源平盛衰記《げんぺいじょうすいき》』巻十一にみえる、病身の平重盛《たいらのしげもり》が唐医の診察を断った逸話の真似をしたのだが、そんな自分の「病中の豪気」を自讃したともいい、知り合いに話して笑い話にしてくれとも書いている。憧れと矜恃《きょうじ》とに揺れる、そんな心持ちがよくわかる手紙だ。

『通詩選』の野望

時代はふたたび天明期に戻り、『唐詩選《とうしせん》』七言古詩の部を逐語的にもじった『通詩《つうし》選《せん》』(天明四年刊)にも、そういう微妙な感覚がよく表れていた。『唐詩選』は唐代最盛期の都市文化の繁栄を描いて、文芸を愛好する江戸の人びとに愛誦《あいしょう》されたが、南畝はそれをもじるにあたって唐の都市の華やかさを、卑近な日常に落とすだけではなく(そういう作もあるのだが)、江戸の同種のものに置き換えてやはり華麗に描き出してもいる。

たとえば劉廷之《りゅうていし》「公子行」が謳いあげた白馬の貴公子は、同じ「繁華の子」として町芸者に化ける。元の詩はこう始まる。「天津橋」は隋の古都、洛陽の川に架かる橋。

天津橋下陽春水　天津橋上繁華子
馬声廻合青雲外　人影揺動緑波裏

天津橋下　陽春の水　天津橋上　繁華の子
馬声廻合す　青雲の外　人影揺動す　緑波の裏

橋の下には春の光り輝く川が流れ、橋の上を豪奢《ごうしゃ》な貴公子が馬に乗っていく。そのいななきは青い空の雲の上にも響きわたり、橋行く人びとの姿が清らかな水面《みなも》に映る、とかなんとか、そんな意味だろう。これが南畝の「芸子行」(図3－14)だとこうな

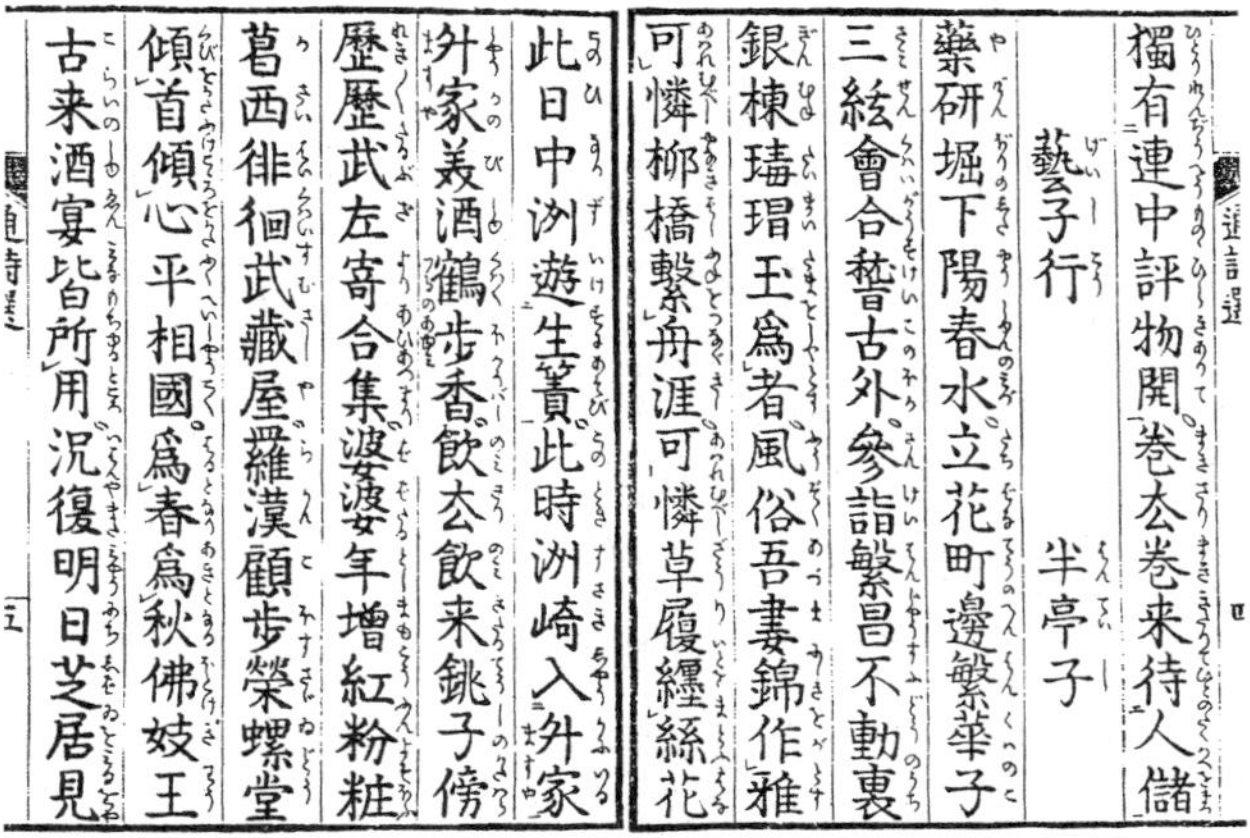

図3-14　『通詩選』（個人蔵）

る。網かけ部分が字面や音を似せているところ。それ以外でも「人影」を「参詣」にするとか、微妙に音を近づけているところもあったりするのにも注目したい。

薬研堀下陽春水
立花町辺繁華子
三絃会合稽古外
参詣繁昌不動裏

薬研堀下《やげんぼり》　陽春の水
立花町辺　繁華の子
三絃《さみせん》会合す　稽古の外
参詣繁昌す　不動の裏《うち》

薬研堀近くの立花（橘）町は町芸者たちの拠点。その堀にも春の光に映える水がたたえられ、装いも華やかな芸者たちが闊歩する。その三味線が稽古場の外に響きわたり、病平癒で信仰を集めた薬研堀不動院の境内は参詣人で賑わう、と。貴公子を芸者にしたことで当世的な俗っぽさは出ているものの、春の陽に輝くその姿の美々しさ、それを取り囲む人びとの賑わいと活気は劣らない。

元の詩はこう続く。

此日遨遊邀美女　此時歌舞入娼家
娼家美女鬱金香　飛去飛来公子傍
的的珠簾白日映　娥娥玉顔紅粉妝

此《こ》の日遨遊《ごうゆう》美女を邀《むか》へ　此の時歌舞娼家に入る
娼家の美女　鬱金香《うつこんこう》　飛去り飛来る公子の傍《かたわら》
的的たる珠簾白日映じ　娥娥《がが》たる玉顔紅粉妝《よそお》ふ

貴公子は豪遊して妓女とともに遊廓で歌舞を楽しむ。香を焚《た》きしめ公子の傍をひらひらと舞うように行き来する妓女たち。つぶつぶとした玉飾りのすだれは日の光に輝き、美しい顔は紅で彩られている。

南畝のほうは、これを芸者たちが隅田川の河口の盛り場中洲や、その東岸の洲崎《すさき》の名高い料亭升屋の遊びに伴われていくようすに変換する。「升家」はこの詩の読みでは「ますや」ではなく「しょうか」だ。

此日中洲遊生簀　此時洲崎入升家
升家美酒鶴歩香　飲去飲来銚子傍
歴歴武左寄合集　婆婆年増紅粉粧

此《こ》の日中洲《なかず》生簀《いけす》に遊び　此の時洲崎升家に入る
升家の美酒鶴歩《かくほ》香ばし　飲去《のみさ》り飲来《のみきた》る銚子の傍
歴歴たる武左《ぶざ》寄合集まり　婆婆たる年増紅粉粧《よそお》ふ

この日は中洲で生簀を備えた店を冷やかし、洲崎に行って升屋に入る。そこで出される美酒は「鶴歩」。漢字の左にふりがなで「つるのあゆみ」とあるところからするに酒の銘柄だろう。その酒も芳しく、芸者たちは銚子が並ぶところを飲みながら行ったり来たり。ここまでむしろ遊宴のようすは元の詩に似て、負けず劣らず華やかだ。しかしこの最後の二句で落としてくる。宴会に集っているのは貴公子どころか歴々たる「武左」、つまり垢抜けない武士客たち。濃い化粧で彼らを迎える店のおばさんたち。ときどきこういう笑いどころを混ぜてくるが、全体として、唐の都市文化の華やかさ

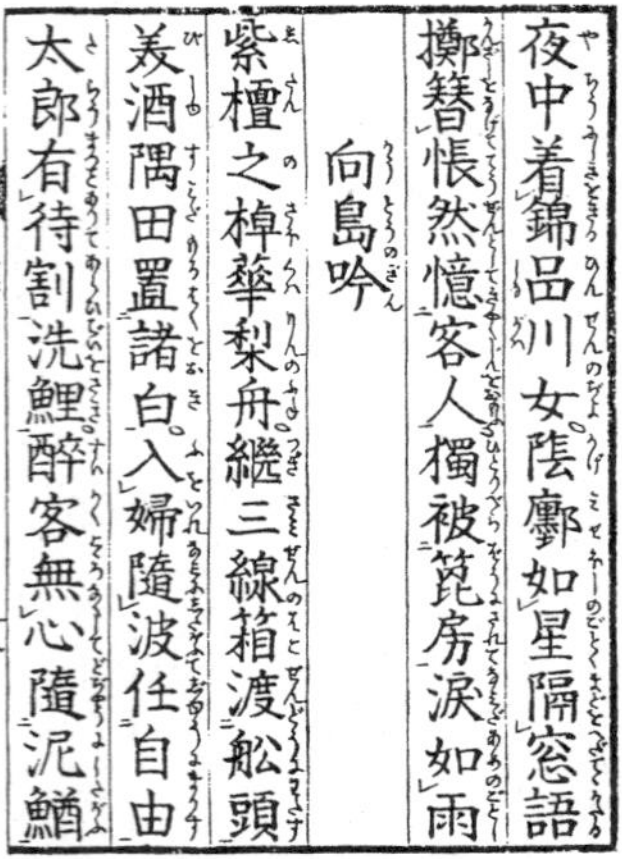
夜中着錦品川女陰酈如星隔窓語
擲簪帳然憶客人獨被篦房涙如雨
向島吟
紫檀之棹華梨舟纔三線箱渡船頭
美酒隅田置諸白入婦随波任自由
太郎有待割洗鯉酔客無心随泥鰌
図3-15 『通詩選』(個人蔵)

をそのまま江戸に移しかえ、同じ趣の、それに匹敵する豊かさと華麗さを誇らかに描き出す。

李白の「江上吟」をもじった「向島吟」(図3－15)は、内容的に元の詩にもっと近い。題も「むこうじまのぎん」ではなく、元の詩に似せて「こうとうのぎん」と読ませる。まずは李白の元の詩のほう。

木蘭之枻沙棠舟　玉簫金管坐両頭
美酒樽中置千斛　載妓随波任去留

木蘭《もくらん》の枻《かい》　沙棠《さとう》の舟　玉簫《ぎょくしょう》金管《きんかん》両頭に坐《ざ》す
美酒　樽中千斛《そんちゅうせんこく》を置き　妓を載せ波に随ひて去留《きょりゅう》に任す

木蘭の櫂《かい》(オール)に沙棠で造られた芳しい舟。どちらも香木だ。その両端に玉や金で造られた美しい楽器を載せる。美味しい酒をたっぷりと入れた樽《たる》を置き、妓女とともに波に乗って揺られるままに行く。これを南畝はそのまま向島の船遊びに移しかえた。

紫檀之棹華梨舟　継三線箱渡船頭
美酒隅田置諸白　入婦随波任自由

紫檀《したん》の棹　華梨《かりん》の舟　継ぎ三線《さみせん》の箱船頭に渡す
美酒隅田《すみだ》諸白《もろはく》を置き　婦を入れ波に随ふて自由に任す

そっちが木蘭と沙棠なら、こっちは紫檀と花梨だ、みたいな勢いだが、それだって輸入の香木だし、現実にはありえない。まあ、そのくらい華奢《きやしや》な遊山舟だといいたいのだ。それに持ち運び用の継ぎ三味線の箱を積もうと船頭に手渡す。こちらの美酒は江戸の誇る、浅草は山屋の銘柄「隅田川」の「諸白」つまり高級酒、やっぱり芸者を乗せて波に揺られていく。

ここに落差を見いだすとしたら、中国と日本、古代と当代というだけだ。内容そのものに質的な差はない。さらに元の詩が、中国の古典中の古典、「屈平」こと屈原《くつげん》『楚辞《そじ》』を称揚すれば、その向こうを張る。元の詩は、

屈平詞賦懸日月　楚王台榭空山丘　　屈平が詞賦《しふ》日月を懸け　楚王の台榭《たいしゃ》　空しく山丘

屈原の作品は歳月を経ても輝きを失わないが、彼を貶めた楚の国の王の楼閣は跡形もない、と。これに対抗してもってくるのは芭蕉の高弟其角《きかく》が向島で詠んだとされる有名な雨乞いの句「夕立や田をみめぐりの神ならば」と『伊勢物語』の都鳥の歌だ。

其角発句懸夕立　業平都鳥空白鷗　　其角が発句《ほっく》夕立を懸け　業平が都鳥空しく白鷗《はくおう》

其角の句は夕立を願ったが、業平が詠んだ「都鳥」の名も空しくただの白いカモメだ、というくらいの意味。時代違いの取り合わせは、さりげない笑いどころ。とはいえ、日本の、というより江戸っ子の誇る自慢の話を大動員する。『伊勢物語』までもってくるこの自慢ぶりは本気だ。ゆるく落とす気はない。

○

狂歌師として、江戸のまちをもちあげる太鼓持ちのような役を作りあげ、その江戸自慢のノリの延長線上で、笑いとして空想の竜宮やはけ長島相手に日本自慢をしてみせた。想像の唐土の人びとに江戸の当世文化を羨ましがらせた『此奴和日本』のときだって、その自慢が「しおや」つまり手前味噌だという自覚はあったはずだ。それでも南畝はかの地の栄華の都、洛陽や長安と同じように江戸の繁昌が描けるのだということを証明してみたいという誘惑に駆られたのだろう（肩を並べるところまでなのだが）。それは『唐詩選』の世界への憧憬の強さの裏返しでもあり、それと狂歌師の役柄とが重なったところに生まれた作品がこの『通詩選』だった。

とはいえ、ここまで凝ったつくりになると、まったく狂歌師的役どころとして、自ら作りあげてきた天明狂歌師の「型」に則って表現したままでだとはもはやいい切れない。そこまでしてこんな遊びをやりたかったのは、南畝その人だ。唐国と本朝、そういう枠組みが、漢学を中心に教養を形成した南畝のような人をさえ刺激するのだろう。それでもそれを表そうというときに、漢詩ではなく、狂詩というややずらした方法で韜晦《とうかい》するのがこの人の粋なところだった。

終章　文芸界の大御所「蜀山人」として

『仮名世説』(個人蔵)

この本でみてきたように、大田南畝という人は言葉を尽くして江戸の繁昌を言祝ぐ「狂歌師」という役どころを発明して狂歌の大流行を作りあげ、あらゆる人びとの手に届く楽しみとして提供した。その熱狂は、江戸だけでなく、流行が爆発した天明三(一七八三)年から十年もたたないうちに地方へも拡大し(そのさまは石川了『江戸狂歌壇史の研究』第四章で尾張を例によく描き出されている)、階層・地域・性別を超えて広がっていった。

そのなかで、本人はどうなっていったのだろうか。狂歌師の役どころの表現を追求してきた南畝その人は、その後さらに別のステージへとのぼる。最後にそのゆくえをみておこう。

寛政の改革と狂歌師「役」の喪失

天明七年六月、松平定信が老中首座となり、田沼時代のゆるんだ空気を引きしめにかかる。南畝にとって、たんに位が高いだけでなく、学識豊かで詩文や和歌にも通じた定信の登場はいっそう学問に励む動機ともなったことだろうが(久保田啓一「大田南畝の天明七年」、長澤和彦「大田南畝と松平定信」)、事態はそれだけの問題ではない

（拙著『天明狂歌研究』二一二）。

天明期に田沼の腹心の勘定奉行下で勘定組頭を勤め、「行状よろしからず」としてその年十二月に処刑された土山孝之《つちやまたかゆき》は狂歌を好み、身請けした吉原の元遊女を伴ってたびたび料亭のようなところで南畝たちと一緒に遊んできた。狂歌仲間平秩東作《へずつとうさく》がその関わりで連座している。南畝自身、彼らと関係が浅くないだけでなく、前年に土山と同じく吉原の遊女を身請けして妾《めかけ》としていたから、ぜいたくを好むふとどき者として土山と同類として扱われかねない。何より、本人がいくら「かりにも落書などゝいふ様な鄙劣な歌をよむ事なき正風体の狂歌連中」（『江戸花海老』）と宣言していても、世間では狂歌は政治や社会を風刺する落首と混同されている。

現に、松平定信がこの頃の世の噂を集めさせた『よしの冊子』には南畝についての悪い風聞が書きとめられている。日頃、狂歌連で派手なことをやっているのを時節柄止めざるを得なくなって南畝が腹を立てている（天明七年十一月条）とか、お上の命を病気という理由で断って上役を怒らせた（同八年六月条）などと囁《ささや》かれていた。この頃、狂歌仲間にあまりの華美を理由に召し捕られた者まで出たなどという噂もあったらしい（随筆『親子草』）。文武両道を奨励する定信の治世を風刺した落首「世の中に蚊ほどうるさきものはなしぶんぶといふて夜も寝られず（または第五句、身を責るなり）」が南畝の作だという風聞も広まり、本人が「是レ、大田ノ戯歌ニアラズ、大田ノ戯歌ニ時ヲ誹《そし》リタル歌ナシ」と否定しても（『一話一言』、『大田南畝全集』版参考補遺篇2『野翁物語抄』補記）、世の人は口さがなく、罷免されたという噂まで出たという寛政三（一七九一）年頃の記聞がある（高澤憲治『松平定信政権と寛政改革』）。

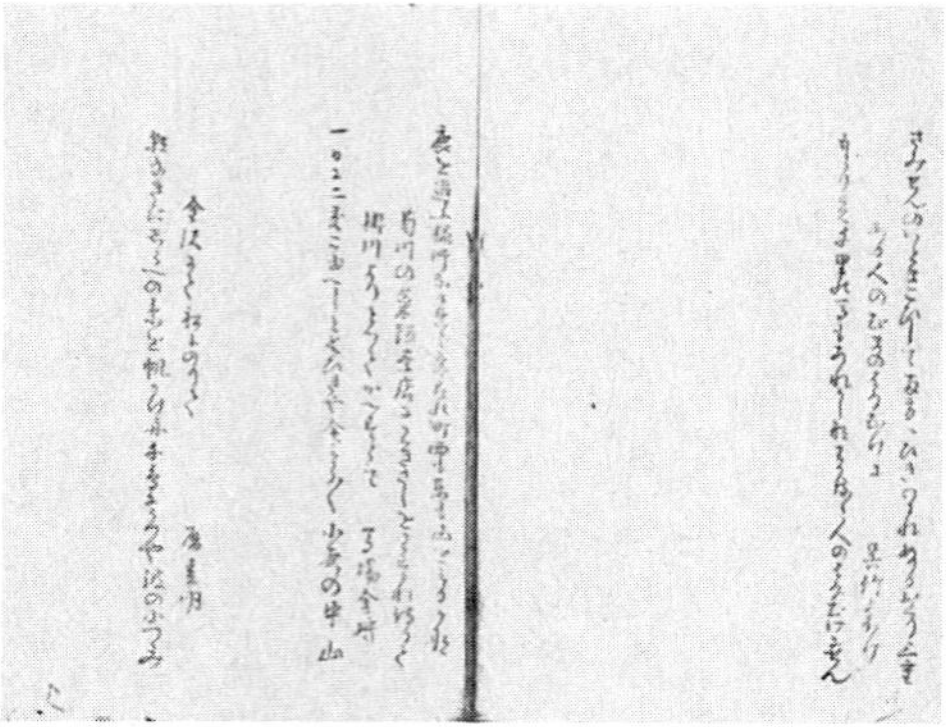
図4-1　『狂歌才蔵集』羇旅部　空白部は狂歌の削除の跡（個人蔵）

　これほど人の噂の種となった本人は気が気でなかったことだろう。南畝がこの頃出した編著『狂歌才蔵集』の「羇旅《きりょ》」の部には露骨な削除の跡があり（図4－1）、東作が田沼の政策に関わって出かけた蝦夷地への旅の途上で詠んだ歌を削って編集したと考えるのが妥当で、狂文集『四方のあか』も、門人宿屋《やどやの》飯盛《めしもり》の作のようにごまかして届けを出して出版したという指摘がある（濱田義一郎「『四方のあか』と『狂歌才蔵集』と」『江戸文芸攷』）。その『四方のあか』上巻末の「木《ず》兎引賛《くひきのさん》」という一文のしめくくりとして、こんな狂歌を載せている。

小鳥ども笑はゞ笑へ大かたのうき世の事はきかぬみゝづく

聞かぬ「耳」と「木兎」が掛詞。昼間は目が見えないミミズクをつつこうと小鳥たちが群がる（これを利用してミミズクをおとりに小鳥を捕まえる猟「木兎引」が行われた）。このミミズクに自分を、そして彼を嘲笑《あざわら》う世の人たちを小鳥に喩える。南畝はこれを天明八年正月に「大小」と呼ばれる絵暦（その年の各月が三十日か二十九日かを大・小の記号で表したもの）に仕立てて友人・知人に配ったらしい（東京国立博物館蔵の絵暦帖『大小類聚《るいじゅう》』にその写しが残っている）。「小」「大」を詠みこむのもそれにちなんでのことだろう。

しかし、それ以上狂歌を詠んでいられない状況となって自粛するに至る。これをかつて野口武彦が転向と呼び（「大田南畝の「転向」」『江戸文学の詩と真実』）、中野三敏がそうではなくて南畝自身も狂歌の大衆化と新味のなさに飽きが来ていたのだと反論（「南畝における「転向」とは何か」）して以来、いろいろなことがいわれてきたが、ここではいちいち述べない（詳しくは宮崎修多「大田南畝における雅と俗」、野口武彦『蜀山残雨』をご覧ください）。南畝自身の飽きや学問への意思とは別に、状況が状況だけに自粛せざるをえなかったのは間違いない。後年、本人がこのときをふり返って、天明七年正月に出した歳旦狂歌集『狂歌千里同風』に筆で「新政にて文武の路おこりしかば、この輩と交わりを断ちて家にこもり居りき」などと書きつけたとおりだ（国立国会図書館蔵本と東京大学国文学研究室蔵本の二冊に文政三・一八二〇年および四年付けで書き残されている）。

誤解のないように書いておくが、ここで武士作者みんなが狂歌壇から退陣したわけではない。同じ幕臣でも、盟友朱楽《あけら》菅江《かんこう》は寛政十（一七九八）年に亡くなるまで、唐《から》衣《ごろも》橘洲《きつじゅう》もやっぱり享和二（一八〇二）年に亡くなるまで、それぞれ門人たちのグループを指導しながら狂歌を続けている。南畝の甥で同じく幕臣だった紀定丸《きのさだまる》も寛政に入っても狂歌を詠んでいる。これは南畝個人の問題だったのだ。

狂歌への未練

それから南畝は狂歌の遊びを慎み、勤めと学問に精励する。前にも「和文の会」について述べたところで少し触れたが、寛政六年には幕府が実施した人材登用のための学問吟味に御目見え以下の身分では首席で合格している。ちなみに彼はその前々年に行われた試験も受験していて、その名声をねたんだ担当官森山孝盛に不合格にされたようなことがよく書かれている。しかし、それはどうも誤解らしく、成績の評定をめぐって実施の主体だった聖堂の儒者たちと立ち会いの目付らの間に異論があって試験そのものが無効になり、南畝だけでなく誰一人合格者が出なかったらしい（橋下昭彦

『江戸幕府試験制度史の研究』）。
　この間、狂歌のお誘いがなかったわけではない。試験合格の前年に鹿都部真顔《しかつべのまがお》たち数寄屋《すきや》連の人びとが出した『四方の巴流《よものはる》』という狂歌集に「野中清水《のなかのしみず》」という名前で巻末に載る、こんな歌がある。

年頭の御祝義ちかくなりぬとやなにかしらかをくれてゆくらん

年が「暮れる」を、何かを「くれる」とずらす発想で微妙なおかしみを表現する歌。

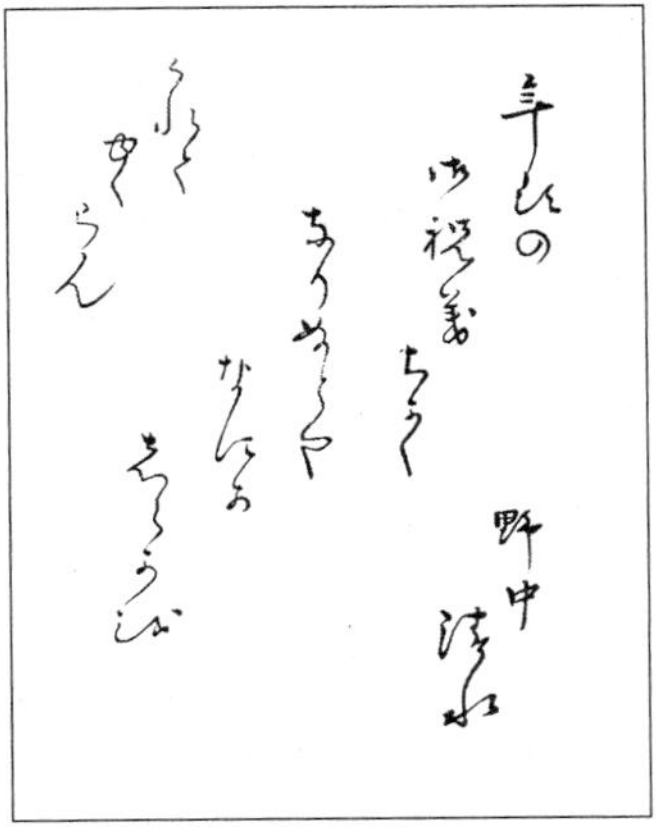
図4-2　寛政5年版『四方の巴流』巻末南畝流による「野中清水」の狂歌（法政大学市ヶ谷図書館蔵）

筆跡はあきらかに南畝流（図4－2）。しかも最後のトリという意味深な位置からして、どう考えても南畝の歌だと早くに指摘したのは延広真治《のぶひろしんじ》「戯作者と狂歌」。この狂名は『古今和歌集』に載る古歌「いにしへの野中の清水ぬるけれどもとの心を知る人ぞ汲む」による。今は狂歌から離れているけれど、「元の心」

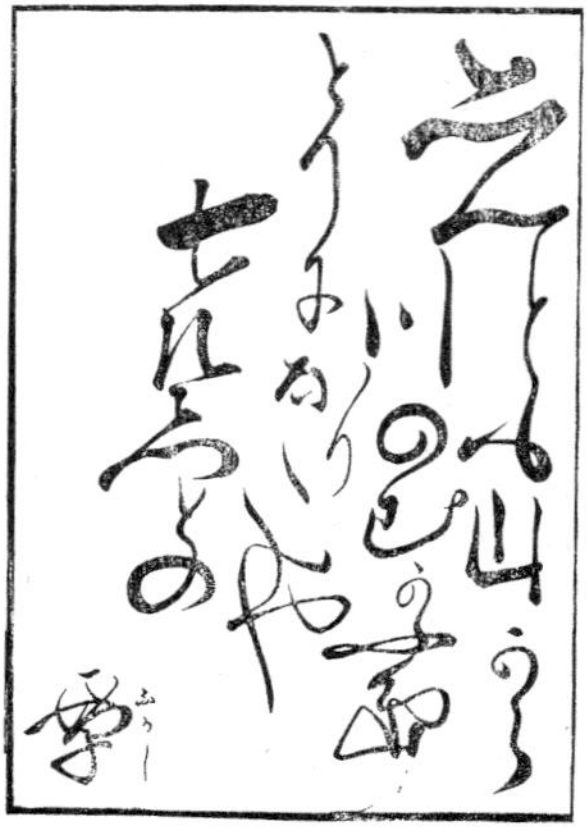

図4-3　『今日歌白猿一首抄』「覃」名による一首（個人蔵）

はわかってくれているね、ということだ。

他にもある。たとえば古くからの仲間烏亭焉馬《うていえんば》が五代目市川団十郎に捧げる狂歌俳諧集を出すとなったら断れるわけがない。引退していた五代目の舞台口上復帰を記念した『今日歌《きょうか》白猿一《はくえんいっ》首抄《しゅしょう》』（寛政十一・一七九九年刊）に載せたのは次の歌（図４－３）。団十郎あきらかに狂歌なのに本名の「覃《ふかし》」での屋号・通称の成田屋《なりたや》七左衛門《しちざえもん》を詠みこんで、和歌にみせかけて、一応の神妙さを示している。

思へども山から川のむかふ島とりになりたや七左衛門どの

団十郎丈への想いはあっても、南畝の住む山の手の牛込から、団十郎の隠棲した隅田川の向こうにある向島は遠い……ああ鳥になりたい、と嘆いてみせる。「なりた」やは団十郎の屋号成田屋との掛詞。

親しい狂歌仲間の酒月米人《さかづきのこめんど》の編集した『狂歌東来集《きょうかとうらいしゅう》』（初編寛政十一年刊～四編享和二・一八〇二年刊）にもその作がみえる。初編巻頭「詠み人知らず」は、続く狂歌の顔ぶれと配列から南畝としか思えないし、他にも「うし《大人》」とぼかしたり、じかにその号「杏華園老人《きょうかえんろうじん》」（南畝は天明末から「杏花園」の号を使っていた）、本名「覃」としたりして多くの詠を載せる。これとかかわって南畝好きで有名だった作家永井荷風は、南畝の甥の紀定丸の筆録にみえるとして次の話を書き留めている（『葷斎漫筆』）。

四方赤良、天明の末戯歌《たわれうた》ふつにやめて勧学の事に傾きたまひしを、山道高彦《やまみちのたかひこ》久しき門下なれば、一とせに一日はひそかに取り出でたまへとて、飯盛・真顔などむつまじきばかりを集へ、戯歌よみける時、人日《じんじつ》なりければ、
七夕にあらぬ七草爪にさへ年に一度のおんたはれ歌

天明の末以来、狂歌をすっかり止めて学問に専心していた彼も、年に一度の逢瀬《おうせ》を楽しむ「七夕つ女《め》」ならぬ「七草爪」（七草を茹《ゆ》でた湯に爪を浸して切る行事）の日に年に一度、親しい仲間と集まって狂歌を詠んでいたというのだ。たしかに『狂歌東来集』二編には、正月七日に七草がゆで祝う人日の日に、これと同じ顔ぶれで集まったときの歌が収められている。

実際、狂歌を詠むのがそれだけですむはずはない。寛政十年に南畝は、自分の五十歳を祝う「五十初度賀戯文」（『四方の留粕』）を綴り、めでたいもの尽くしの狂歌を添える。

竹の葉の肴に松の箸たてむ鶴の吸もの亀のなべ焼

狂文のほうには、「御馴染の御方、詩歌連俳狂詩狂歌とも皆御断わりなり」と書いているくせに、だ。ただよくみると狂詩狂歌だけでなく漢詩や和歌、さらに大してやってもいない連歌・俳諧までもお断りというのだから、はったりか冗談かとしか思えない。

他にもいくつかあるが、寛政十二年に竹橋御門内の幕府の蔵に収められていた勘定奉行所の古い文書の調査を命じられて詠んだ次の狂歌は、南畝好きにとってはわりと有名だろう。

五月雨の日も竹橋の反古しらべけふもふるちやうあすもふるちやう

五月雨が今日も明日も「降る」と「古帳」が掛詞になっている。

こうやって何かするごとに、掛詞や縁語を駆使したムダ口が口をついて溢れ出てきてしまうのだ、この人は。「鳥になりたや」にしても、「今日もふるちょう」にしても、内容はけっこう単純で、技巧が先に立つ。その場の思いつきで言葉とことん戯れたい、戯れてしまうところが彼の本質なのだ。

狂歌の再開

結局、南畝はほとぼりも冷めた頃に狂歌を再開する。寛政年間は仲間うちの狂歌会に参加してきただけだったのが、公務で大坂の銅座に赴任していた時期におおっぴらに詠みはじめる。ここで漢籍で銅の異名「蜀山居士」にちなんで「蜀山人《しょくさんじん》」と名のる。後年これで有名となる号だ。ときに五十三歳。

江戸に帰ってからも、狂歌壇に全面的に復帰するというよりは、気心の知れた仲間と詠みあい、頼まれて歌を書き与えるくらいで、狂歌合などに出ていって点をつけたりとか、そういう実務は積極的にせず、狂歌界の象徴みたいな存在になる。

そんな南畝大先生の人気は高く、その筆を求める人びとは引きも切らなかった。狂歌稿『放歌集《ほうかしゅう》』（写）にみえる文化九（一八一二）年の年頭の歌は、

又ことし扇何千何百本かきちらすべき口びらきかも

また今年どれだけ書きちらすのか……ってどれだけ詠んでいるんだ、と聞きたいのはこっちだ。今でも古書や骨董の市場に南畝の筆跡は続々と出てくるし（贋作《がんさく》も多いのだが）、なかにはまだ知られていない狂歌が出てくるものも少なくない。現実的には、学問吟味合格以降、多少俸給が増えたとはいっても百俵五人扶持《ぶち》の御家人の暮らし、こういう揮毫《きごう》に対する謝礼は馬鹿にできなかったことだろう。

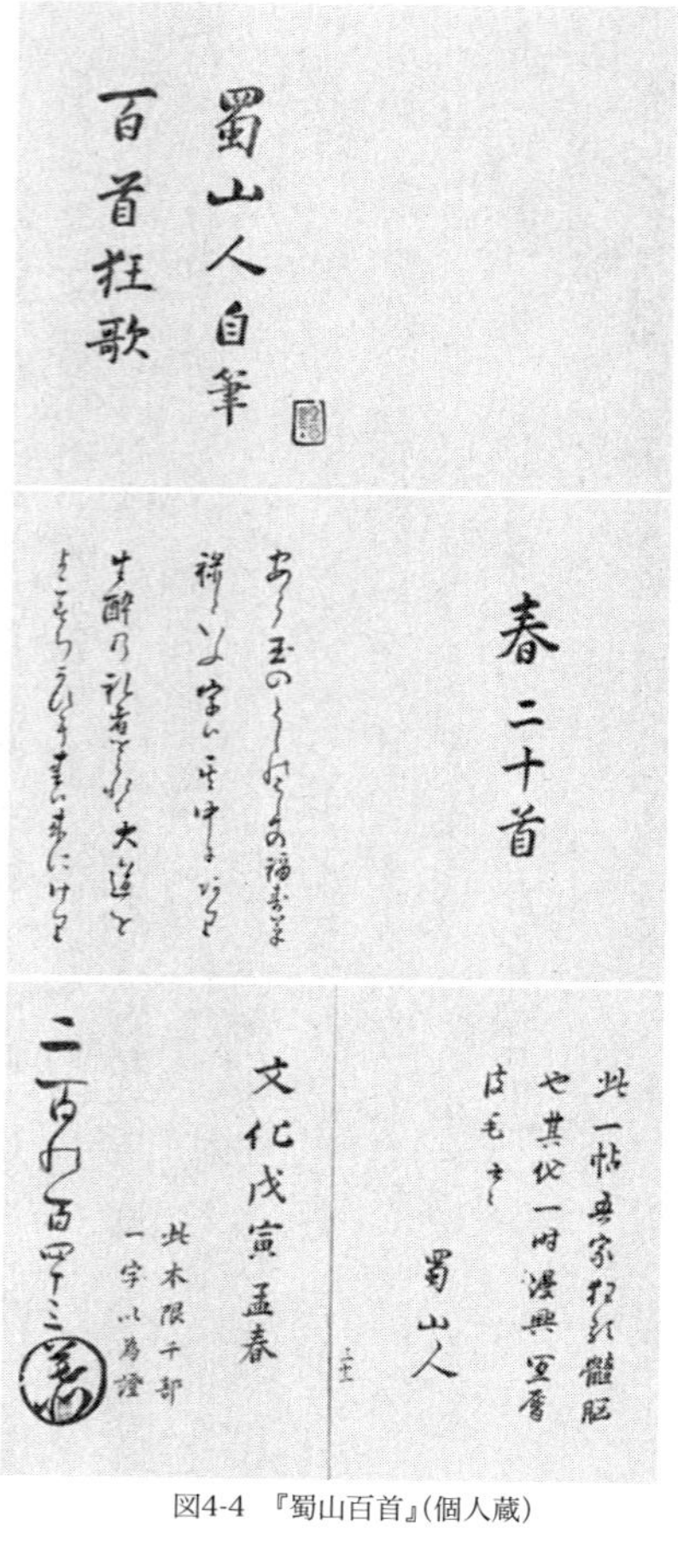

図4-4　『蜀山百首』(個人蔵)

古稀《こき》を迎えた文政元（一八一八）年には、その筆を求める世の人びとに応えて『蜀山百首』（図4－4）と題する自撰歌集を編み、版下も自筆で私家版として限定千部を板行する。これにみえる狂歌にも、

おれをみて又うたをよみちらすかと梅の思はん事もはづかし

やっぱり「また歌を詠み散らすのか」と思われてもおかしくないくらいの詠み散らし方なのだ。それにしてもなんで梅を擬人化したのか。これには『源氏物語』の一節の下敷きがある。桐壺更衣《きりつぼのこうい》を亡くした更衣の母君が生きながらえた自らに「松の思はむことだにはづかしう」と思うというくだりをふまえ、松でなく梅がそんな「おれ」をどう思うかとふざけたのだ。

こんな書き方をしたこともある。学問を志した少年の頃をふり返って、いつの間にやらおじさんになった自分を顧みる「吉書初」という文章の一節（『四方の留粕』）。稿本『巴人集拾遺』には「甲戌の春」と題して収められていて、文化十一年、六十六歳の作だとわかる。

狂歌ばかりは言ひたての一芸にして、王侯の懸物《かけもの》をよごし、遠国波濤《おんごくはとう》の飛脚を労

し、犬うつ童《わら》はも扇を出し、猫ひく芸者も裏皮をねがふ。わざをぎ人の羽織に染め、うかれめのはれぎぬにも、そこはかとなくかいやりすてぬれば、吉書はじめともいふなるべし。

この屈折。いわく、狂歌しか芸はありませんが、おエラ方から「わざをぎ人」こと役者、また遊女にまで、猫も杓子も、掛け軸に扇、着物、はたまた三味線裏にまでサインを求められますよ、高尚な漢詩文や和歌でなくたって、これも年始の「吉書はじめ」というやつでしょう、くらいの感じだろう。

いちおう本人、俗っぽいものですみません、みたいに卑下してみせるが、実は遠慮も臆面もない。この本でも前に狂歌師を落語家に喩えたが、こんなところもよく似ている。「卑下慢」という言葉がぴったりの態度だ。

これもまた「狂歌の蜀山人」を喜ぶ人びとの期待に応えた役どころなのだろう。ただ、実は「古書初」のこの箇所の直前には、十代の少年の日に漢学に励んだ頃のこんな回想がある。

我《われ》、年十に余りぬる頃は三史五経をたてぬきにし、諸子百家をやさがしゝて、詩は李杜の腸《はらわた》を探り、文は韓柳の髄《ずい》を得んと思ひしもいつしか白髪三千丈《はくはつさんぜんじょう》、かくのごとくの親父となりぬ。

漢籍の史書・経書をはじめ諸書を知りつくし、李白《りはく》や杜甫、韓愈《かんゆ》や柳宗元《りゅうそうげん》等、歴代名歌の詩文の真に迫ってみせようと思っていたのに、李白「秋浦歌《しゅうほのうた》」にいう「白髪三千丈」の嘆きではないけれど、いつのまにやらこんな白髪のオヤジだ、と。ここで前ページで引いた「言ひたての一芸」つまり自称表芸《おもてげい》ですが、の卑下。その前に吐露する過ぎ去った少年の日の学問や詩歌への志。狂歌師という滑稽者の「役」を演じるなかにもそれを超えて、南畝の個がほろ苦くわずかにかいま見えるところだ。

しかしその表し方は控えめだ。南畝先生は垢抜けた文壇の大御所として、「通」なふるまいが求められる。そのためには空気を読んで自ら卑下しながらまわりを楽しませることが最優先、そこで過剰な自己表現なんて野暮なことをするわけがない。

大御所蜀山先生として

そんな晩年の南畝の役づくりを考えるなら、まさに今触れた『蜀山百首』がいい材料になる。晩年の作を多数収める自選の名歌集なのに、かつて『日本古典文学大系　川柳狂歌集』でこの作品に注を施した往年の南畝研究の大家濱田義一郎に、つまらない歌が多く「いささか杜撰《ずさん》」と評されたいわく付きの撰集だ。「この作者らしいリズ

ム も速度もない凡作」などと酷評される作もけっこうあって、『大田南畝全集』解説には「重点はむしろ筆跡にあって」蜀山流の手本とされた（だけだ）とされる。しかし、本当にそうなのか。南畝自身あえてそんな作を多く収めたことに何か理由はないのか。

たとえばこんな、夏越《なごし》の祓《はら》えにちなんだ一首。人の背丈を超えるくらいに大きく作った茅《ち》がやの輪をくぐらせて清めとする各地の神社の行事だ。

心だに茅の輪のごとくまろからばくゞらずとても神や守らん

丸い茅の輪のように円満な人柄ならば、茅の輪をくぐらなくても神の加護があるだろう、と。たしかにそうだ。実は、この一首は今日では偽書とされる『鴨長明四季物語』などによって北野天神の詠歌とも信じられた「心だにまことの道にかなひなば祈らずとても神や守らん」のもじりになっていて、心が正しければ神が守ってくれるという本歌の発想をそのまま引き継ぐ穏当な詠みぶりだ。

次の俚諺《りげん》「果報は寝て待て」を使った狂歌も、なるほど、と思わせる視点の転換による無難な歌。

ねてまてどくらせどさらに何事もなきこそ人の果報なりけれ

寝て待てとはいうけれど、むしろ何事もなく無事に過ごせるのが最大の幸せなのだという、欲のない年の功を感じさせる境地だ。

次の歌も世の常識を突き放す視点の新しさとともに、執着をみせないところがさすが南畝老人だ。

今さらに何かおしまん神武《じんむ》より二千年来くれてゆくとし

初代天皇とされた神武の御代から二千年間もずっと暮れていった年のことを考えたら、今さら何も惜しむことはない、と。

次の二首は連続して載せることで、隠者を志向する達観した心と、暮らしを考えたらそんなのはありえないという現実的な思考との葛藤と、それに対する常識的な判断を巧みに示す組み合わせだ。

日の鼠月の兎のかはごろも着て帰るべき山里もがな

世をすてて山にいるとも味噌醤油さけの通ひぢなくてかなはじ

前の一首は、世に「月日の鼠」というように、年月はあっというまに過ぎ去るのだから、月の兎にちなんで兎裘《ときゅう》の地（『春秋左氏伝《しゅんじゅうさしでん》』隠公十一年）、つまり官を辞して隠棲する地がほしいものだ、といい、二首めで、とはいえ隠棲したところで味噌と醤油《しょうゆ》と酒が買えないところでは困る、と。南畝先生、いちおう隠者となるという理想は掲げつつ、しごく理性的だ。前にも触れたが池澤一郎や高橋章則が「吏隠」をキーワードに論じてきたように、南畝は青年期からこんな隠棲志向をたびたび吐きながら、いっぽうで家や家庭というしがらみから逃れられないという葛藤を抱えてきた。それがこの二首を並べて、隠棲するのは憧れなのだが、もはやなんの迷いもなく、現実は現実として受け入れる姿をみせる。

　これらは、狂歌の稿本に照らしてどれも文化期以降の、五十代も半ばを過ぎた晩年の詠とみられる。『蜀山百首』には若い頃の作も収めているが、それもたとえばこんなふうにわかりやすい作だ。

　　世の中はいつも月夜に米のめしさてまたまうしかねのほしさよ

かつて『万載狂歌集』に収めた詠。満ち足りた状態をいう俚諺「いつも月夜に米の飯」を用いて、それでもまだ「金のほし」い人情をつく。「さてまた」以下の下の句は「それに付ても金のほしさよといへる下の句は、いづれの歌にも連属する」（平賀源内『放屁論後編』安永六・一七七七年刊）といわれる常套句をうまく使っている（たしかに芭蕉の名句にも付く！　たとえば「古池や蛙飛び込む水の音　それにつけても金のほしさよ」とか）。人の欲は限りなく「いつも月夜に米の飯」でも、やっぱり金がほしいのだ。

また、次は視点のおもしろさが命の一首。

青柳はめはな眉髪こしもありて前のなきこそうらみなりけれ

柳には芽（目）も花（鼻）もあれば、「柳の眉」「柳の髪」「柳腰」といういい方もあって、美しい女性みたいだ。それなのに「前」、あそこがないのが残念、とスケベオヤジぶりを発揮してみせる。たしかにそうだ、さすが南畝先生、よく気づいたと思わせる。

本当にそうだなあと共感を誘う、オトナな詠も挙げてみよう。

世の中はわれより先に用のある人のあしあと橋の上の霜

世の中にたえて女のなかりせば男の心のどけからまし

一首めは解説もいらないだろう。雪の上の足跡に早朝から出かけたその主に想いをはせるもの。二首めは在原業平の「世の中にたえて桜のなかりせば春の心はのどけからまし」(『古今和歌集』)のもじり。女さえいなかったら世の男は心穏やかに過ごせるだろうに、と日々心乱される恨みを反転してみせるが、内容はとても単純だ。

他の狂歌も、古歌や諺、漢籍をふまえたり、掛詞を用いたり多少の縁語で構成したりはするけれども、概して単純でわかりやすい。もはや滑稽者というより、老練の士、知恵者だ。

そう、それが「蜀山人」の「役」づくりだったのだろう。五十を過ぎ、当時の感覚では老境に達した俗文芸界の大御所蜀山先生として人びとの期待に応えるには、わかりやすくかつ洗練されたおもしろさと知恵を兼ね備えた老巧な人生の達人でなくてはならない。狂歌師として名をなしただけでなく、寛政の改革を経て幕臣としてもそこそこの地位に就き、またこの本ではあまり紹介できなかったが、読書家で、さまざまな書物から情報を抜き書きして編集した多くの随筆作品が世の人に珍重される学者としても南畝は有名だった。そんな蜀山先生の役どころを誰にでもわかりやすく、平易な言葉のなかに映し出したのが『蜀山百首』だったのだ。

実は『蜀山百首』にも南畝がさらっとおのれを覗かせたところがある。吉原の松葉屋の番頭新造三保崎《みほざき》に入れあげ、江戸に水害をもたらすほどの長雨を押して通い詰めた三十代、天明の頃の歌だ。

〇

をやまんとすれども雨の足しげく又もふみこむ恋のぬかるみ

雨脚の激しく小止みもない天候に自らの想いを喩え、そこにはまりこんださまを「恋のぬかるみ」と表現する。のちに身請けしてお賤《しず》と名をあらためたものの、身体の弱いこの女性は早くに亡くなってしまう。南畝は後年に至るまで、六月のその命日に毎年、仲間を集めて狂歌会を催しては、その死を悼み続ける。『蜀山百首』には、そんな壮年の日々に詠んだ想い出の狂歌をまぎれこませてもいたのだ。

そんな一首も一般論にみせかけつつ、『蜀山百首』の狂歌はそれぞれに人が見過ごすようなところを指摘して笑わせ、世の中を円満に丸く収めて考える柔軟な知恵を縦横に発揮してみせた。巻末に南畝先生自ら「此一帖、吾家狂歌髄脳なり」と記したことを侮ってはならないのだ。そうやって世の人が狂歌の老大家「蜀山先生」に期待する役どころをそのとおりにしっかり演じてみせる。そこもまた、人びとの敬愛を集めた南畝という人の気の利いた通なところだった。

エピローグ――成長しない社会の楽しみ方

「立身出世」への道が限りなく狭い江戸時代。いくら学問に励んでも、できることはたかが知れている。南畝はそれでも、幕府が導入した学問吟味の機会を得て、御徒などという下々の職務から多少は昇進したけれども、それはたまたま寛政の改革という史上まれにみる学問による人材登用が行われた時代にあたったからだ。江戸という都市が社会的・文化的な成熟をみた十八世紀後半、そんな時代に学問をした若者たちの行き場のない才能のむだ遣いの結果が文学史上「前期戯作」と呼ばれるジャンルだったことは、この分野の研究では中村幸彦『戯作論』以来の常識とされる。この十八世紀後半に盛んに行われた洒落本・黄表紙といった戯作の作者たちの多くが天明狂歌の仲間連中となり、またこの本でも触れてきたように南畝もふくめて、狂歌師たちも戯作を手がけてきた。成熟期を迎えた江戸で花開いた当世文化を謳歌するその気分としては、共通する部分が大きい。

そのなかで南畝のすごいところは、多くの人びとに狂歌を通じて楽しい文芸活動への参加の機会を与えたことだ。それは南畝がもともと意図して流行をしかけたということではなく、あくまでそれが人びとに迎えられて大流行となった結果としてもたらされたものだった。だが、それはそうなっていく要因が彼らの方法のなかに多々あったということをこの本で解き明かしてきた。南畝は、五七五七七のたった三十一文字で構成される狂歌という短詩を詠む行為に、楽しい江戸のまちの太鼓持ち「狂歌師」になるという魅力的な意義を与え、それを目的として仲間を作って集まる楽しみを広めた。さらに技巧に満ちた独特の昂揚感のある詠風をうち立てて多くの人を惹きつけ、その人びとがその気になれば誰でも参加できる制度と方法と雰囲気を、仲間とともに作りあげた。狂歌は、作者となって戯作を書くよりずっと簡単に文芸界に足をふみいれられる道として、どこの誰でも、ちょっと言葉をひねくってみる気さえあれば参加できる、そして参加したくなる、そんな気軽で魅力的な遊びとなった。そしてそういうこと全部をひっくるめて狂歌を大流行にもっていき、狂歌を詠む、狂歌会に参加するという楽しみを多くの人びとに提供した。次々と集まってきた仲間とともに作りあげた楽しそうな雰囲気と、仲間に加わるためのいろいろな意味での敷居の低さ、そして追求し続けられる目標の高さ。単純な言葉にしてみると、こういうところに天明狂歌が大流行になっていったカギがあり、それを実現できたところに南畝の人を巻きこむ大きな力があったということになるだろう。

本書では、「役」「型」ということをキーワードとして、南畝が仲間と作りあげた天明狂歌の大流行を読み解いてきた。それは「役」の体系からなる社会であったとされる当時を生きた人びとに即して考えるには必要な視座だった（と思う）。そしてそのことで、南畝少年が源内風を試みたり、また狂名を「発明」した安永の宝合わせの人びとに倣ってみたりと滑稽者としてのありようをあれこれと模索していたのは、キャラクター＝「役」を表す「型」の工夫だったことがよく理解いただけたのではないだろうか。「役」の体系としての社会を生き、ふるまいの「型」を必要とした当時の人びとにとって、「狂歌師」は、明るく楽しい江戸のまちの太鼓持ちという役どころを確立したことで、目新しく魅力的ながらも、はまりやすい「型」となった。自分なりの個性の主張や表現なんていう小難しいことは考えなくてよい、ただにぎやかな滑稽者となればいい。こんな狂歌師のあり方は天明狂歌の大流行の重要な要因として見過ごせない。頭光とか、宿屋飯盛とか、大屋裏住とか、腹唐秋人とか、山手白人とか、浜辺黒人とか、智恵内子とか、土師掻安とか、そんな変な名前をあえて名のって「狂歌師」となることで日々ににぎにぎしく楽しくやっていた彼らの気分を本書で少しでもお伝えできただろうか。もし気に入っていただけたなら、ぜひ今度は『万載狂歌集』『徳和歌後万載集』『狂歌才蔵集』などなどをひもといて、彼らの遺してくれた言葉をご自身でご堪能いただきたい。

南畝自身は、ずっとその狂歌師という役どころの演じ方を追究し続け、寛政の改革にあたって苦い経験もして、晩年には独自の域に達した。しかし、いちいち自意識をさらけ出すのは野暮だといわんばかりに、そこからはみ出るところはごく稀にしかいま見せてくれない。さすがの通人ぶりだ。

そんな南畝は狂歌師として一貫して「かりにも落書などゝいふ様な鄙劣な歌をよむ事なき正風体」(『江戸花海老』)を標榜《ひょうぼう》し、いつだってポジティブに愛すべき日常を謳いあげた。山の手の彼の地元は客観的にいえば江戸のなかでも無粋な(とみなされる)下級武士たちの住む、鄙びてどうも垢抜けない地域だったのだが、その土地への愛着を堂々と書き連ね、美しいところもそうでないところもお構いなしに描きだす。江戸のまち全体、あるいは武蔵野の地全体に対しても基本は同じく、どんなところもおもしろがろうという姿勢で臨んだ。言葉を自在に操ること自体を至上の楽しみとした南畝には、「言祝《ことほ》ぐ」という言葉が象徴するような、言葉で表現することがもたらす幸福への全面的な信頼がある。その先に一点の曇りもない底抜けに明るい世界が開けていった。

それに共感する仲間と集い、江戸のまちでの愛すべき日常を狂歌にしたて、集まるごとに笑いあう。紙と筆と墨さえあれば(あるいはそれもなくても?!)できる楽しみで、大した元手はいらない。その日の飲食だって各自が用意すればいい。実際、南畝の母の六十歳のお祝いの狂歌会の案内状には「御ひもじくないように御工夫」くださいと書いたくらいだ。本人、当時流行の料理屋の対決をネタにした黄表紙『頭《あたま》てん天口《てんにくち》有《あり》』を書いていて、ぜいたくな飲食に誘ってくれるお金持ちがいれば喜んで出かけていったようだが、それはそれ、非日常の出来事（本文で触れたように、ご馳走《ちそう》になった料理茶屋の献立を随筆『俗耳鼓吹《ぞくじくすい》』にすべて書き留めたのも特別な体験だったからだろう）。いつもは仲間と集まって、おもしろおかしく狂歌を詠んで笑いあう、そのシンプルな楽しみが基本だ。そうやって生活を言祝ぎ、笑いあうことで、会の場だけでなく日常そのものが楽しむべき明るい世界にみえてくる。

そこに一もうけしてやろうという目をつけた本屋がやってきたら、惜しげもなく原稿を与えてそれもまた楽しみ、狂歌仲間になることで名前を売ろうとする人が出てきても（この本では触れなかったが、たとえば奇々羅金鶏《ききらきんけい》という狂歌師を筆頭に、狂歌師として名を売りたがった人びとも少なからず近づいてきたのだ）、大らかに受け容《い》れておもしろがる、そんな余裕が彼らにはある。貧乏も不幸も凶事までもネタとして、狂歌仲間はどんなことだって笑いにできる人びとだ。

贅沢《ぜいたく》な消費を必要としない、自給自足の楽しみ。狂歌を詠むのに必要な知の蓄積と人間関係という資本、そして回を重ねるごとの趣向の創意工夫と、それらさえあれば持続可能な、しかもそれで日常が何倍も、何十倍も楽しくなるような愉楽——大流行となっていく天明狂歌の原点は、人の楽しみとは何かということについて、そんなある種、普遍的な示唆を今の私たちに与えてくれる。

引用・参考文献

◇テキスト・注釈
『大田南畝全集』一―二〇・別巻　岩波書店　一九八五～九〇・二〇〇〇年
『日本古典文学大系　川柳狂歌集』岩波書店　一九五八年
『新日本古典文学大系　寝惚先生文集　狂歌才蔵集　四方のあか』岩波書店　一九九三年
『新日本古典文学大系　仮名世説（ほか）』岩波書店　二〇〇〇年
『日本古典文学全集　黄表紙　川柳　狂歌』小学館　一九七一年
『新編日本古典文学全集　黄表紙　川柳　狂歌』小学館　一九九九年
宇田敏彦（校注）『万載狂歌集』社会思想社（現代教養文庫）一九九〇年
『江戸狂歌本選集』一―四巻　東京堂出版　一九九八・九九年
『蜀山人未刊資料集』二巻　ゆまに書房　一九八四年
日野龍夫編『五世市川団十郎集』ゆまに書房　一九七五年　＊『老莱子』所収
濱田義一郎編『天明文学』東京堂出版　一九七九年　＊『灯籠会集』所収
延広真治編『江戸の文事』ぺりかん社　二〇〇〇年　＊松田高行・山本陽史・和田博通「略註『たから合の記』」所収
『日本古典文学大系　風来山人集』岩波書店　一九六一年
『日本古典文学大系　黄表紙洒落本集』岩波書店　一九六一年

『新日本古典文学大系　田舎荘子（ほか）』岩波書店　一九九〇年
宇田敏彦ほか編『江戸の戯作絵本㈡』社会思想社　一九八一年
中野三敏編『江戸名物評判記集成』岩波書店　一九八七年　＊『江戸じまん評判記』所収
『噺本大系』二・一一巻　東京堂出版　一九七六・七九年　＊『醒睡笑』『管巻』『春袋』所収
『洒落本大成』一二・一三巻　中央公論社　一九八一年　第一二巻　＊『彙軌本紀』『無駄酸辛甘』『太平楽記文』所収
鈴木俊幸（校注）『シリーズ江戸戯作　唐来参和』桜楓社　一九八九年　＊『大千世界牆の外』所収
『狂歌大観』明治書院　一九八三〜八五年　＊『家づと』『貞柳翁狂歌全集類題』『春駒狂歌集』所収
『新燕石十種』一巻　中央公論社　一九八〇年　＊『親子草』所収

◇**書籍・論文・図録など**

青木正児「京都を中心として見たる狂詩」『青木正児全集』二巻　春秋社　一九七〇年
＊初出は一九一八年
浅野智彦『「若者」とは誰か　アイデンティティの30年』河出書房新社　二〇一三年
池上英子『美と礼節の絆――日本における交際文化の政治的起源』NTT出版　二〇〇五年
池澤一郎『江戸文人論―大田南畝を中心に―』汲古書院　二〇〇〇年

石上敏『平賀源内の文芸史的位置』北溟社　二〇〇〇年
石川淳「江戸人の発想法について」『石川淳全集』一二巻　筑摩書房　一九九〇年　＊初出は一九四三年
石川了『江戸狂歌壇史の研究』汲古書院　二〇一一年
岩田秀行「機知の文学」『岩波講座日本文学史9　一八世紀の文学』岩波書店　一九九六年
――「「東洲斎」の読みについて」『浮世絵芸術』一六五号　二〇一三年
伊藤龍平『江戸の俳諧説話』翰林書房　二〇〇七年
稲田篤信『江戸小説の世界　秋成と雅望』ぺりかん社　一九九一年
井上隆明『平秩東作の戯作的歳月』角川書店　一九九三年
揖斐高『江戸詩歌論』汲古書院　一九九八年
――『近世文学の境界――個我と表現の変容』岩波書店　二〇〇九年
植谷元「『春駒狂歌集』とその著者」『江戸の文人雅人』青裳堂書店　二〇一三年　＊初出は一九七三年
久保田啓一「『めでたさ』の季節」『語文研究』五五号　一九八三年
――「大田南畝の天明七年――文武奨励と狂歌界離脱をめぐって」『文学』隔月刊八巻三号　二〇〇七年
小林ふみ子『天明狂歌研究』汲古書院　二〇〇九年
――「膝を抱えた南畝像」『日本文学』五八―一〇号　二〇〇九年
――「江戸戯作の「ニッポン」自慢」『国際日本学』八号　二〇一〇年

――「天性の狂歌師つむり光」『国語と国文学』八八巻五号　二〇一一年
――「「やわらぐ国」日本という自己像」『国際日本学研究叢書16　日本のアイデンティティ
――形成と反響』法政大学国際日本学研究所　二〇一二年
――「大田南畝晩年の狂歌」『日本文学誌要』八六号　二〇一二年
――「自意識と憧憬と――長崎における江戸文人大田南畝の中国意識を例に」『国際日本学
研究叢書15　地域発展のための日本研究』法政大学国際日本学研究所　二〇一二年
佐々木毅・金泰昌編『公共哲学1　公と私の思想史』『公共哲学3　日本における公と私』
東京大学出版会　二〇〇一・〇二年　＊渡辺浩「「おほやけ」「わたくし」の語義」ほか所
収
斎田作楽編『銅脈先生全集』太平書屋　二〇〇八年
島田大助『近世はなしの作り方読み方研究』新葉館出版　二〇一三年
鈴木俊幸『新版　蔦屋重三郎』平凡社（平凡社ライブラリー）二〇一二年　＊一九九八年
原刊
高澤憲治『松平定信政権と寛政改革』清文堂出版　二〇〇八年
高橋章則「鶯谷吏隠　大田南畝」『日本思想史　その普遍と特殊』ぺりかん社　一九九七年
田中道雄『蝶夢全集』（解説）和泉書院　二〇一三年
田中優子「痴れ者の働き　大田南畝」『江戸はネットワーク』平凡社　一九九三年
玉林晴朗『蜀山人の研究』畝傍書房　一九四四年
永井荷風『葷斎漫筆』『荷風全集』一五巻　岩波書店　一九六三年　＊初出は一九二五年

長澤和彦「大田南畝と松平定信」『近世文芸　研究と評論』七四号　二〇〇八年
中野三敏「南畝における「転向」とは何か」『国文学』二七巻八号　一九八二年
――『江戸狂者伝』中央公論新社　二〇〇七年
――『江戸文化再考』笠間書院　二〇一二年
中村幸彦『日本古典文学大系　風来山人集』（解説）岩波書店　一九六一年
――『中村幸彦著述集二　近世的表現』『中村幸彦著述集八　戯作論』中央公論社　一九八二年
西田耕三『人は万物の霊　日本近世文学の条件』森話社　二〇〇七年
延広真治「戯作者と狂歌」『鑑賞日本古典文学　洒落本　黄表紙　滑稽本』角川書店　一九七八年
――『江戸落語――誕生と発展』講談社（講談社学術文庫）二〇一一年　＊『落語はいかにして形成されたか』として一九八六年原刊
野口武彦『江戸文学の詩と真実』中央公論社　一九七一年
――『蜀山残雨』新潮社　二〇〇三年
橋本昭彦『江戸幕府試験制度史の研究』風間書房　一九九三年
花咲一男『川柳うなぎの蒲焼』太平書屋　一九九一年
濱田義一郎『大田南畝』吉川弘文館（人物叢書）一九八六年
――『江戸文芸攷』岩波書店　一九八八年
――「江戸・東京人の気質・人情」『国文学解釈と鑑賞』一九六三年一月号臨時増刊号

――「狂歌歳旦黄表紙五種」『大妻女子大学文学部紀要』三号　一九七一年
日野龍夫『日野龍夫著作集』一・三巻　ぺりかん社　二〇〇五年
平野啓一郎『私とは何か』講談社（講談社現代新書）二〇一二年
宮崎修多「大田南畝における雅と俗」『日本の近世』一二巻　中央公論社　一九九三年
武藤禎夫『江戸小咄辞典』（解説）東京堂出版　一九六五年
――「噺本の作り手に関する一考察――大衆参加による安永期噺本」『国語と国文学』四五巻一〇号　一九六八年
森銑三「平秩東作の『歌戯帳』」『森銑三著作集』一巻　中央公論社　一九八八年　＊初出は一九三一年
和田博通編『蜀山人黄表紙集』（解題）古典文庫　一九八四年
渡部泰明『和歌とは何か』岩波書店（岩波新書）二〇〇九年
太田記念美術館『蜀山人　大田南畝　大江戸マルチ文化人交遊録』二〇〇八年
新宿歴史博物館『「蜀山人」大田南畝と江戸のまち』二〇一一年　＊揖斐高「江戸っ子としての大田南畝」、小林ふみ子「狂歌の先達大根太木が示唆すること」所収
西尾市資料館『西尾の三河万歳』二〇〇一年
安城市歴史博物館『三河万歳』一九九八年

＊本書では、大田南畝の作品は『大田南畝全集』（岩波書店）から、その他で翻刻のあるもの

はここに掲げた文献から引用し、その他の作品は刊本・写本から部分的に翻刻した。その際、読みやすいように適宜、濁点・句読点を施し、漢字やかなの表記を改め、必要に応じてふりがなを付けた。

あとがき

本書執筆のきっかけは、二〇〇八年初夏に太田記念美術館で開かれた「蜀山人 大田南畝」展だった。そこでお声がけいただいてから、六年近くもかかってしまった。本書執筆を後押ししてくださった、『大田南畝全集』編者で、私自身ずっとお世話になってきて、その南畝展でも監修協力をご一緒させていただいた揖斐高先生、学生時代の恩師長島弘明先生のお二人には長らく申し訳ない状態だったが、ようやくまとめられたことにほっとしている。太田の展覧会では『南畝全集』以後出てきた資料を中心に、その補遺篇をつくろうという勢いでやってはみたものの、まだまだ自分なりに世に提示したい南畝像が熟していなかったのだろう。しかも途中に三・一一を挟み、今、南畝を研究することで何を世の中に提示できるのかという問題に向きあって一度ほぼ白紙に戻ったりもした五年半だった。

でも、その間に南畝研究の意義について問題意識を深められたことは、結果としてよかったのではないかと思っている。本書の趣旨は、私が勤務先の法政大学で学生や同僚たちとともに考えてきたことを大きく反映したものとなった。まず何より飯田橋と市ヶ谷の間で、外濠を挟んで南畝が天明期に暮らした牛込地域を目の前に望み、彼が江戸城に通うにあたって、あるいはこの近隣の仲間たちと行き来するのに歩いたはずのこの土地で、南畝を考えられることが僥倖《ぎょうこう》だった。南畝は山の手賛歌を謳いあげたが、そこに日々通勤する私にとってもこの山の手の地への愛は大いに共感できるものなのだ。こんな環境を与えてくれる法政大学にいつも感謝している。

法政に来て、はじめに教えていたキャリアデザイン学部で、現代社会での人の生き方を考える学生たちに私の研究から何を提供できるのかを真剣に考えたことが、この本で「個」のありようをめぐる問題を考えるきっかけとなった。それはちょうど中野三敏先生や揖斐高先生たちが論じられてきた「近世的自我」「個我」とは逆の、というよりそういう個性的な人格が析出してくる以前の、近世のふつうの人にとっての生のあり方を考えることであって、そこで「役」をキーワードとしてみることの有効性に思い至った。折しも昨年秋、日本思想史の分野でピーター・ノスコ先生が中心となって開催されたシンポジウム「Early Modern Japanese Values and Individuality」に参加する機会を得た。そこで日本近世を生きた人びとの「個」のありようがさまざまな角度から検証され議論されるのを聞き、多くの論点をはらむ問題であることを確認したのも収穫だった。

本書の第三章では、法政大学の国際日本学研究所を拠点に、田中優子先生や横山泰子先生たちと進めている、日本人が「日本」をどのように意識してきたのかを探る「〈日本意識〉の再検討」プロジェクトで考えたことが大いに生きている。地域・くにへの意識と個人のアイデンティティとの関係について、またその意識が喚起されるのはどんなときなのかを考える視点は、このプロジェクトから来ている。

大学関係でいえば、もう一つ書いておきたいことがある。ここ数年、講義でもこちらが一方的に話すのは止め、一定の必要な情報を出したあとに学生たちとともに作品のおもしろみ、笑いどころやしかけを読み解くかたちを取っている。そこで重要な示唆を与えてくれた言葉がある。それは「先生、江戸文学は徹底してボケてきますね」というものだ。これがあたりまえだと思っている研究者にはなかなか気づけない視点だろう。向こうがボケてみせているところをあえて示して笑いの勘所を引き出さないと、今の読者には見過ごされてしまうということに気づかせてくれたのだ。この本で、南畝の言葉にいちいち私がツッコミを入れているのをみて、でしゃばりすぎだと思った方もおいでだと思うが、それはこんな事情があるからだ。南畝がとぼけて読み手の笑いを待っているところに、この本の読者に先んじて反応してみせたということでお許しいただきたい。

話は前後するが、第二章で南畝の表現に対するこだわりぶりを論じるにあたって、青裳堂書店の後藤憲治さんに提供いただいた資料の数々が生きた。南畝が『狂歌角力草』となる狂歌合わせに添削と判の言葉を加えた資料については、日本近世文学会の大会で発表だけはしたがまだまとめておらず、推敲の入った自筆資料『かたつぶり』は太田の南畝展で一部を出していただいただけだったが、この本ではそれらの内容にふみこんで紹介した。こういう貴重な資料は、それを論じた研究者の手柄のように語られることが多いのだが、本当は発掘してくれる古書店さんたちの目利きがあってこその発見なのだ。いつも資料を教えてくださり、今回は図版も提供いただいた後藤さんをはじめ、多くの本屋さんたち、またいつも貴重な資料の所在をご教示くださる中野真作先生や所蔵家の方々、さまざまな資料を保存・管理し閲覧に供してくれる図書館・美術館・博物館などの各所蔵機関の方々のありがたみを強調して感謝に代えたい。

　狂歌や戯作というのは、当代の流行や風俗、古典から直近までの書籍や芝居、芸能など、さまざまな情報を総合してそのかげんを腑《ふ》分《わ》けしながら読み進める。この本でも、注釈があるものはそれらを参考にしながら、ないものは私自身で読み解いてみた（不足や誤りがあったらご指摘ください）。そういう読み方というのは、研究仲間とともに読みを共有するなかで知らず知らずのうちに身につけてきたものだと思う。個別のお名前を挙げることはしないが、とくに江戸狂歌研究会の皆さま、草双紙研究会の皆さまの学恩あってこそのことだ。冒頭に挙げたお二人の先生方への感謝と併せてここに記しておく。

最後に、何年も粘り強くつきあってくださった編集者の奈良林愛さんへ感謝を述べたい。本書の「江戸に狂歌の花咲かす」という題は奈良林さんが提案してくれたもので、まさに『徳和歌後万載集』の山手白人の序文にある「花のお江戸に生れとうまれ、来たりときたる人ごとに、言葉の花木ごとに咲て、終にむだの山をなし、心ざしの露は草葉よりつもりて笑ひの海をなす」にぴったりのタイトルだと気に入っている。また某有名マンガ誌編集者の感覚を生かして、最初の読者として助言をくださった南畝愛好家の大門千春さんにもお礼を申し上げる。

本書には見出しにも本文にも、だいぶカタカナ語を使ってしまった。楽しい戯作の世界にお導きくださった恩師延広真治先生のカタカナ語禁止令に抵触し、ご不興を買うのではないかとちょっと恐れ、ちょっとニヤニヤしているが、これも今どきの読者に南畝と仲間たちの楽しい世界に親しんでもらうための手だてです、ということで笑って許してくださるよう、あらかじめここでお願いしておく。

二〇一四年早春

小林ふみ子

文庫版あとがき

江戸文人大田南畝についてその生涯を追って紹介する書物はこれまでいくつも書かれてきた。であれば……と、本書は、多方面で活躍した大田南畝がもっともその才を発揮した言葉の運用力について紹介し、いかにみずからそれを磨きあげたのかという点に絞って叙述した。とりわけその中心となった狂歌は、地域、身分、年齢、性別を超えた大流行となってゆく。もともと本人が狙ってしかけたわけではないにせよ、その現象をもたらした要因はなんだったのか。まさに、現代の社会人に求められる場面の多い「人を巻きこむ力」の権化のようなその姿を分析しようという試みだった。

○

本書の執筆から十年経ってふり返って、反省している点が二つある。一つは南畝がその才能を最大限に発揮し、同時代にも、また後世においても高く評価されたのが狂歌だということはまちがいないとしても、それ以外の、とりわけ知識人としての貌《かお》があることをもう少しだけでも強調しておくべきだったということ。和漢両領域にわたる古今の書物を大量に読み、情報を集め、随筆や叢書《そうしょ》として編纂したことによって、江戸時代について、また当時の知識や情報のありようについての膨大な記録を今日にもたらした功労者としての面である。従来の南畝の評伝でも比較的手薄なところで、二〇二三年に筆者も深くかかわってたばこと塩の博物館で開催された『没後２００年　江戸の知の巨星大田南畝の世界』展でも焦点をあてたが、その文事の解明は今後の南畝研究の大きな課題といえるだろう。

もう一つは、南畝の常識人としての性格について、勢い余って「ふつうの人」と書いてしまったことだ。平賀源内や上田秋成のような強烈な自意識の表現欲求を前面に押しだすことはなく、南畝が場面や立場におうじて周囲の期待に応えたことを随所にうかがわせるその著述からは、おのずときわめて常識的な人物像が結ばれる。しかし、それもどんな場でも機転が利き、いかなる要請にも即応できる才能あってのことで、その点では「ふつう」をはるかに超越している。南畝の言語力、記憶力、知識、そして知ること、記録することへの執念は尋常の人をはるかにしのぐ。狂歌の名人として多くの人に支持される「ふつうの」感覚をもちながらも、その支柱となったのは常人を超えた能力だった。その点はあらためてここで明記しておきたい。

誤解を生みやすい「狂歌師」の称についても、ひとこと追記しておく。南畝はいわば当時の現実世界には存在しない「狂歌師」ごっこをして遊んだのであって、実際には狂歌師ではない。「師」とは、「医師」「絵師」のように、もっぱらそれを生業とする人を指すことは本文（78頁）でも述べたとおりだが、南畝にはなにより幕臣としての俸給があったうえ、彼が流行をつくりあげていった時代の江戸狂歌は収入源になるほど制度化されていなかった。約百年も前の芭蕉の時代にはすでに句作を指導することで報酬を得る俳諧師が職業として成り立っていたのとは大きく異なる。狂歌の教授が職業ないし副業として成り立つのは二、三十年くだった十九世紀の、いわゆる文化・文政期のことだった。流行が地方にまで拡大、有料で大々的に募集をかけて月ごとに各地から歌を集め、そのなかの優秀作を出版、参加者に配付する狂歌合《あわせ》という催しが日常化する。これが狂歌連の活動として定着してはじめて、指導者たちは安定的な収入を得られるようになった。これが名実ともに「狂歌師」だ。南畝はこの頃、終章で述べたように、江戸文壇の大御所の一人として、乞われるままに狂歌を書き与えることも少なくなく、それらが伝来して今日も短冊や扇面などがたびたび市場に出まわるほどだが、狂歌合を主催して収入を得るようなことには関与せず、もちろん職業狂歌人ではなかった。

たしかに南畝がみずから「狂歌師」を名のることはあった（81〜82頁）。しかしそれは、この時代にはあり得なかったプロの存在を装って、あたかも専業狂歌人であるかのようにふるまってみせる遊びだった。それが本書で「狂歌師」という「役」を演じると記したことの本質である。が、それは遊びであって、それを後世のわれわれが真に受けて本人を「狂歌師」と呼ぶのは、当を失している。南畝は今でも辞書事典類で「狂歌師」と書かれることが多いが、これを南畝その人がみたらどう思うだろうか。

○

これとかかわって、本書の刊行後、書評などのかたちで提示いただいた課題に回答しておきたい。揖斐高《いびたかし》先生には、狂歌を「狂歌師」役を演じる行為とみなすことでその流行現象を社会的に説明することについての問題点を指摘いただいた（『日本文学誌要』第九一号）。

たとえパロディであろうと滑稽であろうと、それが表現行為である限り、そこに表現者固有の思いや個性は表れる……狂歌作者たちに「役」を演ずる意識があったとしても、やはりそうした社会学的な分析のうえに狂歌作者たちそれぞれの思いや個性についての文学的な分析を重ね合わせ、対象のありようを立体化してゆくことによって初めて見えてくる、天明狂歌の世界というものがあるのではないか……

この評はおそらく、かつて作家石川淳が天明狂歌師は古典歌人を「やつし」「俳諧化」した「狂歌師」という一律の人格を演じたものとして「よみ人知らず」であると評したこと（「江戸人の発想法について」）が念頭にあって、その亜流とみての批判であったろう。

しかし、もとより筆者は「狂歌師」を画一的な人格とは考えていない。狂歌師それぞれに属性の反映や個別の詠風がみられることには本文でも触れた（たとえば身体を戯画化した頭 光《つぶりのひかる》、140・141頁）。さらに「狂歌師」という滑稽者を演じることと狂歌師それぞれの「思いや個性」を表現することは十分に両立し得るものだと考えている。それは噺家《はなしか》が滑稽者として同様に「落語家」としてふるまっても一人ひとりに個性があり、俳優が同じ役柄を演じても人ごとにそれぞれに異なる演技となるのと同じことだろう。南畝その人が、世に「狂歌師」というステレオタイプが存在しないところからそのスタイルを模索し、多くの先人たちを参考にしながら技巧的で昂揚感あふれる詠風と文体をうち立てていったことを、南畝が少年期以来みずからの個性を形成し、確立してゆく過程として描出したつもりである（第一章1、第二章）。さらにいえば、分析の過程で一端を提示した和漢雅俗の典籍に由来する掛詞や縁語を構成するきわだった連想力、音律に対する鋭敏な感覚、推敲や添削の過程に表れた一字一句をゆるがせにしないこだわりも、他を凌駕する南畝の個性を支えたと考えている。

本文の「役」という用語についても、牧野悟資氏より「狂歌師」は社会体系をなす「役」とは区別し、役割というくらいに広く捉えれば違和感がないという趣旨の指摘をいただいている（『日本文学』第六四巻第二号）。これはたしかに役割といいかえてもよい。近世人がみずからをとりまく世界をどう理解したかをとらえるうえで尾藤正英の説く「役」に言及し、「演じる」という意味でも使われる語として「役」を用いたが、もちろん役割としてもかまわない。要は近世日本人が常日頃おのれに与えられた社会的身分・職分において、あるいはそれぞれのイエのなかで立場や役割にふさわしいとされるふるまいのあり方、すなわち「役」に応じた「型」に即して生きた、そうして染みついた身の処し方は、浮世の現実を離れた文芸世界でも変わらないのではないか、ということである。彼らの日常的な営為のなかには、文章を著すこと、おもには契約などにかかわる文書や手紙を書くことも含まれ、そこにも場面・目的、および身分やジェンダーにふさわしいそれぞれの「型」があった。そうした思考・行動様式、そしてそれを尊重することを正しいとする価値観をもつ人たちが、文芸のうえではそれぞれのジャンルの表現様式としての「型」――俳諧には俳諧の、漢詩には漢詩の、和歌には和歌の、狂歌には狂歌の、それぞれの発想法や約束事――から、まったく自由に「思いや個性」を表現できるだろうか、という問題である（作者の数は詩歌に較べるとずっと少ないが近世小説の類でも同様だろう)。

○

とはいえ、文芸ジャンルごとの「型」と個人の「思いや個性」は、これも二者択一ではない。むしろジャンルの約束事のなかで、作者たちはそれぞれの「型」にみずからの新たな発想や個別の想いを載せてゆく。第一章2でも触れたように十八世紀後半は「型」の文芸から「個」の文芸が生まれつつある(71頁)、揺籃《ようらん》期ともいえる頃だった。個性の表現は無からいきなり出てきたわけではない。漢詩の理論の受容によって刺激を受けつつ、漢詩でも和歌でも、俳諧、狂歌でも「型」の表現を消化し、駆使するなかで、その域にたどり着きえた者だけが生みだしたものだったろう。逆にいえば、「型」を利用した裾野の広い作者人口のピラミッドの上の方から少しずつ個性の表現が生まれたといえるのではないか。

江戸時代の人びとの表現を考えるうえで、作者たちが文芸ジャンルごとに別の号を用いたということも見落としてはならない。漢詩人、文人としては南畝で、狂歌では四方赤良《よものあから》ないし蜀山人《しょくさんじん》などという使い分けがある。それらはまったく別人格というわけではなく表現のうえで、あるいは人物関係を通じて重なりあうところもあり、巴人《はじん》亭《てい》、杏花園《きょうかえん》など、多様な用途で併用された号もあるが、ともあれジャンルによって異なる名前を必要としたのは、それぞれに違う貌を見せることになるからではないか。職業を含む実生活では大田直次郎のような通称を用いるのも、職業人・家庭人としての人格は（当然ながら）文芸とは別に存在していたからだろう。ほかにも伊勢商人として成功するかたわらで国学者、文人として多様な相貌をみせた桂窓《けいそう》小津《おづ》久足《ひさたり》が、職業上の通称と交遊共同体ごとに異なる複数の号を使いわけたさまが近時、詳細に描出された（菱岡憲司『大才子　小津久足　伊勢商人の蔵書・国学・紀行文』中公選書、二〇二三年）。あるいは、文事にかかわらずとも、近世人がひとりで二つの身分ないし人格を生きるとき、医師などその職分にみあった名のりが合法的に認められたという（尾脇秀和『壱人両名　江戸日本の知られざる二重身分』ＮＨＫブックス、二〇一九年）。名前のもつ意味は大きい。

　さきほどは現代の噺家や役者から類推してみたものの、この名のりの問題が象徴するように、近世日本における「個」のありかた、つまり個人の自他認識や内面とその表現のありようは、安易に現代人と同様に考えるに留めることなく、なお追究すべき課題ではないか。故中野三敏先生は、近世中期に老荘思想の流行を背景に多数輩出した「畸人《きじん》」たちについて「近世的自我」を説いた。もしこの「近世的自我」が多くの人のものであって、その延長線上におのずといわゆる近代的自我が形成されたならば、明治の文学者たちがあれほど煩悶し、主題化することがあっただろうか。

もちろん近世日本にさまざまな感懐を抱き、思惟《しい》し、表現する個人が存在したことは疑いない。ついでにいえば、旧稿でうっかり筆が滑って、エピローグに立身出世などという概念のない時代、と書いたことについて、日本政治思想史の渡辺浩先生より私信で誤解を指摘されたのだが、武士たちは立身出世を願い、庶民も社会的成功の意味で出世の望みをもった。つまり上昇への欲望を抱く個人は存在した。それぞれの考えを説く多くの思想家たちが生まれ、無数の文芸作者がおのおのの作品を著し、個性的な絵師たち、各自の芸を磨いた音曲や芸能にたずさわる演者たちが輩出した。日本には歴史的に「個人」は存在しなかったという通念があるが、それは大きなまちがいだろう。さまざまな個性ある人びとが簇生《そうせい》したという認識をふまえたうえで、その「個」がいかなるものでどのような内面や自意識をともなうものだったのか、ごく一部の傑出した思想家、表現者に限ることなく、幅広くみわたすことは、今日に至る日本の個人のありようを考えることにつながるだろう。本書は、この問題にとり組んだ一つのこころみとして読んでいただくのもいいかもしれない。

○

「幅広くみわたす」ということについていえば、本書では大田南畝が牽引した狂歌流行を描出したが、南畝ひとりに光を当てたわけではなかった。近しい狂歌なかまはもちろんのこと、本書で取りあげた詠者たちのなかにはその狂名と数首、なかにはたった一首のその歌しか知られない人物もいる。その一人ひとりがなかまたちと競いあって狂詠をひねり出そうと知恵をしぼった個人である。この一冊は、南畝に視点をおきながらも、流行に身を投じた多くの狂歌人たちをも含めて対象とした江戸狂歌の大流行という現象を論じた書としてお読みいただければと思う。

この本では扱いきれなかったが、南畝が狂歌界の最前線を退いた寛政期以降、江戸狂歌の流行は東日本を中心に、しかし上方や西国を含む全国（とはいっても蝦夷地、異国であった琉球以外）に拡大する。南畝の門葉だけでなく、寛政以後も変わらず狂歌の集いを継続していた盟友朱楽菅江《あけらかんこう》、元木網《もとのもくあみ》、唐衣橘洲《からごろもきつじゅう》たちの門下にも多くの狂歌グループが結成され、それぞれの継承者たちのもとからさらに狂歌の遊びが広がっていった。こうして数千、数万の人びとに狂歌の活動に参加する楽しみを与え、また職業的、半職業的狂歌判者という生き方を可能にする端緒を作ったのが彼ら天明期の狂歌人たちだった。

その活動は、さきにも触れた月例の狂歌合の開催だけではない。狂歌を挿絵入りの本に仕立てること、さらに正月にあわせて自詠を載せた摺物と通称する私家版の一枚摺を制作することが盛行したことによって、その実務を担う版元や摺物工房、その仕事を請け負う浮世絵師たち、彫師、摺師たちに多くの機会を提供するようになった。

歌麿も、北斎も、その門人たちも、文化・文政期以後、ほとんどの浮世絵師たちがなんらかのかたちで狂歌の版行物を手がけている。江戸の出版界、浮世絵界への影響力の大きさを考えれば、一文芸ジャンルの域を超えた足跡を近世日本文化の世界に残したのが江戸狂歌であった。

その流行は近代まで続いたものの、和歌が短歌となってそれまであった主題や語彙の制約から解きはなたれて自由な表現が可能となったことで狂歌の存在意義は薄れ、大きな流れとしては大正~昭和初期でとだえる。それだけに過去の文芸として、今日広く認知されているとはいいがたい。原版の刊行から十年、文庫として本書が再び日の目を見る機会をお与えくださったＫＡＤＯＫＡＷＡの竹内祐子さんに心より感謝申しあげる。これが南畝の功績だけではなく、十八世紀後半から十九世紀において大きな存在感を放った狂歌の意義を多くの方がたに知っていただくきっかけとなることをあらためて願っている。

二〇二四年七月　　　　　　　小林ふみ子

本書は岩波書店より二〇一四年四月に刊行された同名の単行本を文庫化したものです。

大《おお》田《た》南《なん》畝《ぽ》

江《え》戸《ど》に狂《きょう》歌《か》の花《はな》咲《さ》かす

小《こ》林《ばやし》ふみ子《こ》

令和6年 9月25日　初版発行

発行者●山下直久

発行●株式会社KADOKAWA
〒102-8177　東京都千代田区富士見2-13-3
電話　0570-002-301（ナビダイヤル）

角川文庫 24337

印刷所●株式会社暁印刷
製本所●本間製本株式会社

表紙画●和田三造

ISBN 978-4-04-400798-0　C0195

◇◇◇

角川文庫発刊に際して

角　川　源　義

第二次世界大戦の敗北は、軍事力の敗北であった以上に、私たちの若い文化力の敗退であった。私たちの文化が戦争に対して如何に無力であり、単なるあだ花に過ぎなかったかを、私たちは身を以て体験し痛感した。西洋近代文化の摂取にとって、明治以後八十年の歳月は決して短かすぎたとは言えない。にもかかわらず、近代文化の伝統を確立し、自由な批判と柔軟な良識に富む文化層として自らを形成することに私たちは失敗して来た。そしてこれは、各層への文化の普及滲透を任務とする出版人の責任でもあった。

一九四五年以来、私たちは再び振出しに戻り、第一歩から踏み出すことを余儀なくされた。これは大きな不幸ではあるが、反面、これまでの混沌・未熟・歪曲の中にあった我が国の文化に秩序と確たる基礎を齎らすためには絶好の機会でもある。角川書店は、このような祖国の文化的危機にあたり、微力をも顧みず再建の礎石たるべき抱負と決意とをもって出発したが、ここに創立以来の念願を果すべく角川文庫を発刊する。これまで刊行されたあらゆる全集叢書文庫類の長所と短所とを検討し、古今東西の不朽の典籍を、良心的編集のもとに、廉価に、そして書架にふさわしい美本として、多くのひとびとに提供しようとする。しかし私たちは徒らに百科全書的な知識のジレッタントを作ることを目的とせず、あくまで祖国の文化に秩序と再建への道を示し、この文庫を角川書店の栄ある事業として、今後永久に継続発展せしめ、学芸と教養との殿堂として大成せんことを期したい。多くの読書子の愛情ある忠言と支持とによって、この希望と抱負とを完遂せしめられんことを願う。

一九四九年五月三日